Lucie Castel

# Weihnachten wird wunderbar

LUCIE CASTEL

# Weihnachten wird wunderbar

Roman

Aus dem Französischen übersetzt
von Vera Blum

THIELE VERLAG

# KAPITEL 1

Mit einem wütenden Fußtritt öffne ich die Tür der Flughafentoilette. Ich meine *wirklich* wütend, denn ich befinde mich gerade mitten in einem Shakespeare'schen Drama. Ich hänge am Flughafen Heathrow fest, auf der anderen Seite des Ärmelkanals, wie es so schön heißt. Meine Schwester Mélie habe ich draußen auf dem Flur stehen lassen. Sie hat wild gestikuliert, um mir irgendetwas mitzuteilen, aber ich habe sie nicht beachtet. Seit sie mit fünf oder sechs Jahren vom Baum gefallen ist – sie wollte damals beweisen, dass ein Mensch nicht fliegen kann, obwohl die Menschheit dies schon seit der Erschaffung der Welt weiß –, hat Mélie eine ganz eigene Art zu kommunizieren, die nur sie selbst verstehen kann.

Ich trete also gegen die verdammte Tür und stürze zum Papierspender, um den Chai Latte abzuwischen, der mir über die enge weiße Jeans gelaufen ist. Zugegeben, es war nicht die beste Idee, für die Reise so helle Sachen mitzunehmen. Man könnte sagen, ich war geistig nicht ganz auf der Höhe, als ich beschloss, sie anzuziehen. Weißer Schnee, weiße Hose, das kam mir einfach passend vor. Jetzt wäre mir fast noch mein Smartphone auf den Boden gefallen. Ich kann sehr schlecht zwei Dinge auf einmal tun, deswegen schimpfe ich ins Telefon: »Ich habe keine Ahnung, Maman, es sind *Engländer*, und das sind merkwürdige Leute. Das Problem kommt vor allem daher, dass sie auf einer Insel leben. Wenn man so lange schon auf einer Insel lebt, dann richtet die zu enge Verwandtschaft zwangsläufig irgendwann Schaden an. Ich hatte den Eindruck, der Mann wusste, wovon er sprach, als er mir versicherte, dass die Flugzeuge bald starten. Wie meinst du das, *ob er ehrlich wirkte*? Verdammt, wie soll ich das wissen? Entschuldige, ich wollte nicht verdammt sagen … Nein, Sie machen immer dasselbe Gesicht, Maman! Ob sie in Panik sind, glücklich oder unglücklich … Wenn man wüsste, was in ihren Köpfen vorgeht, würde man bei sämtlichen Entscheidungen in Europa nicht dauernd auf der Stelle treten. Nein, ich halte keine Predigt, das ist reiner Sarkasmus, das ist etwas anderes.«

Na toll, nun redet sie auch noch vom lieben Gott, als ob der sich für den Flugverkehr interessieren würde! Meine Mutter stammt aus Italien. Sie hat die meiste Zeit ihres Lebens in der Bretagne verbracht, aber wenn es um Streit, emotionale Erpressung, die Fußballweltmeisterschaft oder Essen geht, ist sie eine zweihundertprozentige Italienerin. Diesmal, muss ich sagen, verstehe ich sie sogar. Es ist ein besonderes Datum, der 23. Dezember, es ist zehn Uhr morgens, und bisher weiß ich nicht, wann Mélie und ich darauf hoffen dürfen, nach Hause fliegen zu können. An jedem anderen Tag im Jahr wäre das nicht so schlimm, aber vor Weihnachten hat jede Verspätung gleich apokalyptische Ausmaße. Weihnachten ist in der Familie Archer heilig. Das war schon immer so, aber in diesem Jahr noch mehr als sonst, denn es ist das erste Weihnachtsfest ohne Papa. Wenn nicht alle aus unserer Familie – bestehend aus drei Leuten, abzüglich Hund und Kaninchen – bei der Feier zusammen wären, würde meine

Mutter das nicht verschmerzen. Das ist vermutlich der Grund, weshalb sie jetzt nicht mehr bloß zweimal täglich, sondern fünfmal innerhalb von zwei Stunden anruft. Ihre ständige Telefoniererei hat übrigens auch dazu geführt, dass ich meinen Tee verschüttet habe, den ich mühsam nach langem Schlangestehen bei Starbucks ergattert hatte, und so musste ich in die erstbeste Toilette flüchten, die dieser Flughafen zu bieten hat.

An diesem stadtähnlichen, unübersichtlichen Ort mit den vielen Hallen, Ebenen und verschiedenen Fluren wimmelt es nur so von Reisenden, und es werden immer mehr. Nur auf der Toilette ist niemand. Die Leute haben große Angst, neue Hinweise über Start- und Landezeiten zu verpassen, sodass sie wie Fischschwärme vor den Anzeigetafeln verharren. Spätestens in zwei Stunden wird sich bei einigen von ihnen jedoch die Blase bemerkbar machen. Wer Glück hat, den wird die Natur erst in vier Stunden erwischen. Nur diejenigen, die nicht der Versuchung erlegen sind, ihre Langeweile mit dem Konsum von Getränken zu erschlagen, werden vor den Anzeigetafeln übrigbleiben. Na ja, was soll ich sagen? Ich habe gerade einen ganzen Chai Latte family size getrunken.

Meine Mutter redet noch immer. Ich habe es schon fast vergessen, so vertraut ist mir ihr Geplapper.

»Pass auf«, sage ich entnervt, »ich muss jetzt Schluss machen, mein Akku ist gleich leer. Ich rufe wieder an, sobald ich mehr weiß … Nein, ich weiche dir nicht aus, ich kann dir sonst wirklich nichts sagen … Was soll das heißen, *und Cholera*? Natürlich interessiert mich, wie es ihr geht. Nein, Maman, überhaupt nicht, ich dachte nur, das hat jetzt nicht die allerhöchste Priorität.«

Cholera ist unser Widderkaninchen. Ich hatte keine Ahnung, dass auch die Natur Humor hat, bis ich zum ersten Mal ein Widderkaninchen gesehen habe. Ich glaube, Mutter Natur hat sich eines Morgens gesagt: *Wie wäre es, wenn ich ein Nagetier mit einer Trauerweide kreuze?* Meine Mutter und meine Schwester sind die reinsten Tiernärrinnen, jede auf ihre Weise. Meine Mutter nennt die Männchen immer Rhett, nach dem Helden aus *Vom Winde verweht*. Das ist ihr Lieblingsfilm, und sie hat es so weit getrieben, dass sie meine Schwester und mich Scarlett und Mélanie genannt hat. Meine Schwester hingegen benennt Kaninchen am liebsten nach schweren, ansteckenden Krankheiten. Wir leben im Moment unter der Herrschaft von Rhett IV. und Cholera der Glückseligen, deren Vorgängerin Pest jung gestorben ist. Cholera hatte neulich eine kleine Operation: Sie haben ihr die Ohren gekürzt, damit sie besser laufen kann. Ich habe lange den grenzenlosen Fortschritt der Chirurgie unterschätzt. Und jetzt habe ich vergessen, danach zu fragen, wie es dem armen Tier geht. Wenn es eine Skala für diplomatisches Talent gäbe, befände ich mich ganz sicher im unteren Bereich.

Meine Mutter redet noch immer ununterbrochen auf mich ein. Ich komme nicht mehr dazwischen, die Sache ist gelaufen. Ich versuche es trotzdem, ich habe nämlich ein paar Argumente: Seit einem Monat arbeite ich in London an einem gigantischen Architekturprojekt, schlafe durchschnittlich vier oder fünf Stunden pro Nacht und stehe ziemlich unter Druck. Aber meine Mutter ist nicht zu beeindrucken. Also lege ich den Kopf in den Nacken, hole tief Luft – so tief, dass man denken könnte, dies sei mein letzter Atemzug –, sehe einen Moment in den Spiegel und fange an zu schreien.

Unweit von meinem Gesicht starrt mich ein anderes an. Das Gesicht eines Mannes. Unsere Blicke begegnen sich, und zwischen uns entsteht eine Atmosphäre wie kurz vor dem Show-down im Western. Nur das erstickte Geschrei meiner Mutter kann diesen Moment stören, in dem sich entscheidet, wer von uns beiden am richtigen Ort ist.

»Maman«, sage ich entschlossen. »Ich rufe zurück.«

Ich versuche souverän zu bleiben, ziehe die Augenbrauen indigniert hoch und sage auf Englisch: »Entschuldigung, aber ich glaube, Sie haben sich in der Tür geirrt.«

Er kneift die Augen zusammen und sieht mich einen Augenblick bewegungslos an wie ein Reptil. Ich schätze ihn auf um die dreißig.

»Verzeihen Sie die Frage«, antwortet er in perfektem Französisch, »aber ich wäre wirklich neugierig zu erfahren, wie Sie die hier benutzen.«

Er lächelt maliziös und weist auf eine Reihe von Pissoirs, die ich beim Hereinkommen wohl übersehen habe. Ich bin so verblüfft, dass ich zunächst kein intelligentes Wort herausbringe.

»Ich kann Ihnen ein paar Vorschläge machen, wenn Sie mögen«, sagt er mit einem breiten Grinsen.

Das Ganze scheint ihm Spaß zu machen, das ist immerhin etwas. So erlebt wenigstens er einen guten Moment.

»Als Sitze für Babys«, erkläre ich unverfroren. »Aber sie sind noch in der Testphase. Es fehlt der Sicherungsgurt. Das Ganze bedeutet jedenfalls einen enormen Zeitgewinn für Mütter, die ihre Kinder nicht allein lassen können, wenn sie auf die Toilette müssen.«

»Aha.« Er denkt eine Weile nach, und ich frage mich, wie gestört man sein muss, um sich auf die Herrentoilette zu verirren. Dann fällt mir auf, dass der Typ, der mir hier plötzlich in die Quere gekommen ist, verdammt süß ist.

»Aber wie kann man sicher sein, dass die Babys nicht gestohlen werden?«, fragt er jetzt, und seine Augen funkeln belustigt.

»Nun, an dem Gurt ist ein Schlüssel. Der Gurt ist allerdings noch nicht montiert, denn …«

»Es ist noch die Testphase.«

»Genau!«

Er nickt und trocknet sich die Hände ab.

Ich bleibe einfach stehen und weiß gar nicht, warum. Doch, in Wahrheit weiß ich es ganz genau. Aus purem Stolz.

»Sind Sie Architektin oder Anwältin?«, fragt er plötzlich.

*Nichts als Klischees.*

»Architektin.«

»Bitte sagen Sie, dass Sie nur in Frankreich Ihr Unwesen treiben.«

Ich zucke die Schultern, beschließe, diese merkwürdige Diskussion zu beenden, und murmele ein kaum verständliches »Auf Wiedersehen«.

Mélie wartet draußen auf mich, zur Salzsäule erstarrt, wie abwesend. Als sie mich sieht, scheint etwas in ihr zu erwachen und ihre Lebensmechanik wieder in Gang zu setzen. »Konntest du mir nicht sagen, dass ich mich in der Tür geirrt habe?«, rufe ich.

Da wiederholt sie die wilden Gesten von vorhin, als ich gerade dabei war, die Toilettentür aufzustoßen. »Das war doch deutlich genug«, sagt sie mit ihrer metallenen Stimme.

»Natürlich nicht! Wenn Gestikulieren ein gutes Kommunikationsmittel wäre, hätte man nicht die Sprache erfinden müssen. Das hier ist der Beweis dafür, dass die Menschheit sie dringend benötigt, um Nuancen auszudrücken.«

»Und die Gebärdensprache?«

»Äh, na ja, Taube oder Stumme haben eben nicht die Wahl.«

Während wir zur Halle von Terminal 5 gehen, rede ich weiter. »Da war ein Typ drin. Ich habe ihn gar nicht reinkommen sehen. Maman macht mich noch mal wahnsinnig.«

»Groß, schlank, elegant und verführerisch. Ganz normal, dass du ihn nicht bemerkt hast.«

»Ich verstehe die Logik nicht ganz.«

»Oh doch, das tust du.«

Meine Schwester ist Psychologin, Spezialgebiet Sexualwissenschaft. Warum ist sie bloß nicht Maskenbildnerin im Zirkus geworden, um traurige Clowns zu schminken, wie sie es wollte, bis sie fünfzehn war?

»Und dir ist nicht mal kurz durch den Kopf gegangen, in die Toilette zu gehen, um mir Bescheid zu sagen?«

»Was einem durch den Kopf geht, bleibt definitionsgemäß nicht darin, sondern bewegt sich durch ihn hindurch.«

»Super.«

Ich habe das Gefühl, dass dieser Tag nicht nur schlimm angefangen hat, sondern sich zur Katastrophe auswachsen könnte. Und was das angeht, sollte man sich immer auf seine Eingebung verlassen.

# KAPITEL 2

Als wir die Halle erreicht haben, suche ich in der riesigen Menschenmenge nach einem Platz, an dem wir unser Lager aufschlagen können. Etwas sagt mir, dass die Warterei erst jetzt so richtig beginnt. Offensichtlich kann der *Homo scientificus imaginatus* mit ein paar Schneeflocken umgehen, aber nicht mit einer Invasion von Schneeflocken. Sobald ein bestimmtes Volumen überschritten wird, erinnern Flugzeuge plötzlich an französische Züge, wenn Streik ist: Sie stehen einfach herum. Vor einer halben Stunde wurde uns mitgeteilt, dass alle Flieger Verspätung haben. Seitdem werden immer neue Verspätungszeiten angezeigt. Fünf Minuten, zehn Minuten, eine Stunde.

Ich sehe die starren Gesichter der Reisenden, die alle in dieselbe Richtung schauen: auf die Anzeigetafeln. Von weitem sieht es so aus, als würden die Mitglieder einer Sekte auf ihren Guru warten. Mir läuft ein Schauer über den Rücken, denn der Guru sagt seit einiger Zeit nichts mehr, und das ist ein schlechtes Zeichen. Der Vorteil ist, dass die Leute sich eher in die Mitte der Halle begeben und so Sitzplätze frei werden. Ich entdecke zwei, gleich links. Ich fasse meine Schwester an der Hand und ziehe sie hinter mir her. Wir haben Glück: keine Familie in der Nähe, also keine Kinder, die überall herumlaufen und plärren. Auf der einen Seite sitzen eine Reihe von Geschäftsleuten, manche von ihnen hinter einer Zeitung verschwunden, und auf der anderen eine Gruppe Senioren. Geografisch betrachtet ist dieser Platz perfekt. Man braucht sich nur ein bisschen zur Seite zu beugen, um die Anzeigetafeln zu sehen. Mélie und ich stellen unsere Taschen als Schutzmauer auf und lassen uns auf den Sitzen nieder. Mein Handy klingelt. Ich schaue meine Schwester an, und die nickt zustimmend. Ich warte, bis die Mailbox anspringt, auch wenn ich weiß, dass keine Nachricht hinterlassen wird. Eine Viertelsekunde später klingelt es bei Mélie.

»Ja, Maman«, antwortet sie im Ton eines Spracherkennungsautomaten. »Wo Scarlett ist? Auf der Toilette. Ja, immer noch. Maman, ich weiß nicht, was sie für ein Problem hat. Die Toiletten in Heathrow sind sehr groß, wahrscheinlich fühlt sie sich wohl dort, sie braucht doch immer viel Raum.«

Ich bin mir sicher, dass meine Augen gleich aus den Höhlen treten. Ich kann nicht umhin zu flüstern: »Ja, hau mich nur in die Pfanne!«

»Kannst du das noch mal sagen, Maman? Da ist so ein Störgeräusch. Keine Ahnung, woher es kommt.«

Mit den Lippen forme ich ein lautloses »Ich hasse dich«, und Mélie versteht es sofort.

»Wie geht es eigentlich Cholera? Heilen ihre Ohren? Ja? Sie kann problemlos laufen? Das ist ja wunderbar. Keine Sorge, auch wenn sie nicht fragt, wie es ihr geht, macht sie sich doch Gedanken. Sie hat einfach gerade sehr viel im Kopf.«

Großartig! Nun machen mir schon zwei Leute Vorwürfe wegen der Ohren dieses verfluchten Kaninchens.

»Ach, ich glaube nicht, dass wir hier noch lange festhängen, Maman«, behauptet Mélie für meinen Geschmack etwas zu selbstsicher. »Die schlimmsten Verspätungen dauern doch höchstens zwei Stunden. Bis Heiligabend ist ja noch Zeit; ich muss jetzt Schluss machen, mein Akku ist gleich leer. Ja, Maman, in Ordnung, ich sage ihr, dass sie ruhig atmen soll.«

Ich verdrehe die Augen. Meditieren, Yoga und Emotionskontrolle sind für mich ein rotes Tuch, als wäre ich allergisch gegen jede Art von Gefühlsbändigung.

»Du sollst ruhig atmen«, erklärt Mélie, nachdem sie aufgelegt hat.

»Ich *bin* doch ruhig. Dieses Atemprogramm ist etwas für Krisensituationen.«

»Nun ja … Nachdem Bruce Banner Hulk geworden ist, denkt er auch nicht mehr daran, dass er sich jetzt beruhigen sollte.«

»Träume ich oder vergleichst du mich gerade mit einem grünen Riesen, der alles, was ihm begegnet, zerstört und wie wild brüllt?«

»Du träumst nicht.«

Ich seufze und durchsuche unsere Taschen nach etwas Essbarem. Während ich noch vornübergebeugt darin herumwühle, höre ich, wie sich ein Mann an meine Schwester wendet: »Ich habe einen Ersatzakku, wenn Sie möchten.«

*Es ist der Typ aus der Toilette!*

»Sieh mal, Scarlett, das ist der Mann, der in der richtigen Toilette war.«

*Ach tatsächlich …*

»Na, wunderbar, großartig.«

Ich richte mich wieder auf und lächele derart verkrampft, dass ich fast meine Zähne knirschen höre. Wenn ich so weitermache, fallen mir noch welche aus.

»Das ist wirklich sehr nett von Ihnen«, ermutigt meine Schwester den Fremden, verrückt wie sie ist. »Ich heiße übrigens Mélanie Archer, und das ist meine Schwester Scarlett. Sie weiß Ihr Angebot auch sehr zu schätzen, auch wenn sie es nicht so zum Ausdruck bringen kann. Sie hat ihre Emotionen gerade nicht so im Griff, wenn Sie verstehen, was ich meine.«

Warum ist sie damals bloß auf den verdammten Baum geklettert?

»Ich finde auch, dass wir jetzt unbedingt über mein Sternzeichen und die Ergebnisse meiner letzten Urinuntersuchung reden sollten, dann wissen Sie alles«, gebe ich schnippisch zurück.

»William Hill«, stellt er sich vor, und das belustigte Lächeln, das seine Lippen umspielt, gibt seinen unbewegten Zügen etwas Menschliches. »Ich bin Zwilling, und wegen Ihrer Ergebnisse: Ich empfehle Bluetooth, das geht schneller als das Flughafen-WLAN.«

*William! Oh mein Gott, er ist Engländer!*

»Sind Sie Brite?«

»Bis ins Mark, fürchte ich, aber wir haben uns ein bisschen gemischt, um die zu nahe Blutsverwandtschaft zu mildern. Meine Großmutter ist Französin.«

*Ganz ruhig atmen, Scarlett. Jetzt ist tatsächlich der richtige Augenblick dafür gekommen.*

»Also, wegen dem, was ich vorhin am Telefon über die Engländer gesagt habe …«

»Entschuldigung angenommen.«

»Ich wollte mich gar nicht entschuldigen!«

Wenn es um bissige Bemerkungen geht, bin ich unschlagbar.

»Doch, das wollten Sie.«

»Die Kommunikation zwischen euch funktioniert ja bestens«, mischt sich Mélie munter ein, »das ist sehr gut, denn wir werden eine ganze Weile gemeinsam warten müssen.«

Ich werfe ihr einen drohenden Blick zu. Ich tue das regelmäßig, seit ich zwölf bin, aber es hat noch nie etwas bewirkt.

»Hör auf, Mélie, male nicht den Teufel an die Wand, das bringt nur Unglück.«

»Tja, zu spät«, sagt sie in apokalyptischem Ton und deutet auf etwas vor ihr.

Ich folge mit den Augen ihrem Finger, der auf die Infotafel zeigt, und mir fährt der Schreck in die Glieder. Bei allen Abflügen steht jetzt statt »verspätet« »auf unbestimmte Zeit verspätet«. Der Teufel steckt im Detail.

»Darf ich Ihnen einen Tee anbieten?«, fragt William lächelnd. Auf seinem Gesicht liegt der zufriedene Ausdruck einer Katze, die vor einem Wollknäuel sitzt.

# KAPITEL 3

Ich lege meine Füße auf das Bordcase meiner Schwester – für einen Moment fühlt es sich tatsächlich so an, als säße ich in einem Stressless-Sessel – und starre auf die Anzeigetafel, ohne sie wirklich wahrzunehmen. Nach dem Wirbel, der durch den Hinweis »unbestimmt« entstanden ist, steht die Menge noch immer unter Schock. Ich auch. Ich glaube zwar nicht, dass wir zu spät zu den Weihnachtsvorbereitungen kommen, aber ich weiß, dass Maman das Schlimmste befürchtet. Das ist typisch für sie: immer an das Schlimmste denken, das passieren könnte, nie an das Beste, weil es offenbar Unglück bringt, wenn man glaubt, dass etwas gut gehen könnte. Als würde Optimismus die kosmischen Kräfte beleidigen.

Mélie ist gerade auf der Suche nach einem menschlichen Wesen, das am Flughafen arbeitet, um mehr über das sibyllinische Wort »unbestimmt« zu erfahren, das alle Leute so fertigmacht. Sie ist nicht die Einzige, die diese Idee hatte. Ich bin sicher, so schnell kommt sie nicht wieder. Ich habe ihr diese Aufgabe gern überlassen, denn Diplomatie ist nicht meine Stärke. Mélie verbringt ihre Zeit damit, Frauen davon zu überzeugen, dass sie sexuelle Lust erlernen können, und Männer, dass sie ihre Erektion gedanklich steuern können. Wenn das nicht die pure Überzeugungskraft ist, frage ich mich, was es sonst sein soll. Meine Schwester hat mir immer vorgeworfen, mein Urteil über ihren Beruf sei zynisch. Ihrer Meinung nach kommt das daher, dass ich von Geburt an in Sachen Liebe verklemmt bin, als wäre meinem DNA-Code etwas Kleingedrucktes hinzugefügt worden. Ich hingegen würde es nicht verklemmt nennen, sondern eher enttäuscht. Angesichts der Oberflächlichkeit der meisten zwischenmenschlichen Beziehungen bin ich tatsächlich desillusioniert. Liebesbeziehungen gehören dazu, und ich sehe keinen Grund, sie anders zu beurteilen. Natürlich gibt es auch schöne Geschichten – Bücher und Filme können es uns gar nicht genug glauben machen. Ich bin aber überzeugt, dass nicht alle für solche Geschichten geschaffen sind. Ich bin es jedenfalls nicht.

Etwas neben mir bewegt sich und unterbricht meine Überlegungen. William hat seine Zeitung wieder zusammengefaltet, und sein durchdringender Blick richtet sich nun auf einen bestimmten Punkt. Er hat ein geradezu royales Profil. Dieses besondere Erscheinungsbild mancher Engländer, an dem man die ganze Geschichte ihres Königtums ablesen kann, ist mir schon öfter aufgefallen. William ist groß und schlank, was hilfreich ist, wenn man mit Schwung und Eleganz einen Anzug tragen will. Seine Augen sind dunkel, sein Haar ist von hellem Kastanienbraun, mit einigen fast goldbraunen Strähnen, woran man erkennen kann, dass er aus dem Norden stammt. Er achtet auf sich, und wie er auf andere wirkt, scheint ihm wichtig zu sein. Alles sitzt perfekt. Sein Haarschnitt ist frisch, er ist ordentlich rasiert, und an seinem Anzug sieht man kein Fältchen. Er muss offenbar immer alles unter Kontrolle haben. Genau wie ich. Wenn es einem gelingt, sein Aussehen im Griff zu haben, läuft alles andere wie von selbst. Ich will nicht leugnen, dass er ziemlich attraktiv ist. Aber Schönheit und die Art, wie sich jemand bewegt, sind zwei Dinge, denen ich nicht zu viel Bedeutung beimessen will, denn sie sind manchmal trügerisch.

*Warum starrt er mich so an?*

»Alles in Ordnung?«

Ich weiß nicht, warum ich ihn das frage. Wir kennen uns schließlich kaum.

»Mögen Sie Theater?«, fragt er in entspanntem Ton.

»Ja schon, na ja, es kommt darauf an. Wenn drei Stunden lang antiquiertes Englisch gebrüllt wird, dann sind für mich, das gebe ich gern zu, die zwei Stunden fünfzig Minuten nach Beginn der Vorstellung ohne Aspirin ziemlich schwierig.«

»Das liegt daran, dass Sie von zarter Konstitution sind«, entgegnet er, und bevor ich etwas antworten kann, fährt er fort. »Wie sieht es mit Vaudeville aus? Ein Volksstück mit Improvisation, und im Hintergrund ein soziales Drama?«

*Wovon redet der bloß?*

Gut reden kann er, dass muss man ihm lassen. Seine ernste Stimme, die bestens mit seinem englischen Pass harmoniert, und seine tadellose Aussprache ergeben eine Art zu reden, die nicht weniger hypnotisierend ist als die Schlange auf dem Baum im Garten Eden oder ein Versicherungsagent.

»Irgendwann verstehe ich sicher, was Sie meinen, aber im Moment schwimme ich ein bisschen.«

»Ich spreche von dem, was sich gerade vor unseren Augen abspielt, dort …«

Er zeigt auf eine Gruppe von Menschen, die uns gegenübersitzt. Eine Familie, bestehend aus einem Paar unter dreißig und vier kleinen Kindern. Der Mann und die Frau sehen sich ähnlich, sie sehen aus wie zwei frischgebackene goldbraune Brioches. Die Kinder hüpfen herum, als hätten sie Drogen genommen. Die Eltern wirken müde und überfordert, und an ihren Blicken sehe ich, dass ihnen von vier Kindern mindestens drei zu viel sind. Auf der anderen Seite das genaue Gegenteil. Eine junge Frau, die direkt einem Modejournal entsprungen zu sein scheint, und ein Mann, offenbar ihr Freund, der aussieht wie ihr metrosexuelles Gegenstück. Ihre Gepäckstücke stammen alle von demselben bekannten Luxuslabel, ebenso wie ihre Kleider. Sie erinnern mich an die Sandwich-Leute, die Werbeplakate für eine bestimmte Firma durch die Straßen tragen. Die beiden Sippen sind wie Wasser und Öl, ganz nahe beieinander, aber sie vermischen sich nicht. Jetzt verstehe ich, was William mir sagen will. Die junge Mutter hat gerade eines ihrer Kinder bewaffnet. Wie konnte sie nur! Sie hat ihm einen riesigen Orangensaft gegeben. Der Becher ist fast halb so groß wie der kleine Engel.

»Ich wette, der süße Troll schafft es.«

Ich weiß aus eigener Erfahrung: Je kleiner sie sind, desto hartnäckiger sind sie.

»Ich glaube, Sie unterschätzen die Gazelle mit den manikürten Händen«, antwortet er mit der Selbstsicherheit eines Buchmachers, der das Wettgeschäft wie seine Westentasche kennt.

Mein Herz schlägt schneller, ohne dass ich weiß, warum.

»Wenn sie in der Serengeti herumliefe, wäre Ihre Gazelle in der Nahrungskette nicht gerade weit oben. Vielleicht knapp über dem Springhasen.«

»Sie sind eine Liebhaberin von Tierreportagen?«

»Und mit Schlafstörungen geschlagen. Sie auch?«

»Als Sharkuran, die jüngste Hyäne im Rudel, von ihrer eigenen Schwester verraten und verbannt wurde, habe ich zwei Wochen gebraucht, um mich davon zu erholen. Sie war unschuldig.«

Ich starre ihn an. Auf seinem schmalen Gesicht ist keine Regung zu sehen. Ich weiß, dass er scherzt, er wirkt dabei aber so seriös und cool, dass ich anfange, daran zu zweifeln.

»Eine neugierige Frage: Schlafen Sie schlecht, weil Sie einen stressigen Beruf haben, oder sind Sie einfach ein Serienmörder, der meistens nachts unterwegs ist?«

Ich nehme wieder dieses Funkeln in seinen dunklen Augen wahr. Ich weiß nicht, ob ich es angenehm oder beunruhigend finde.

»Ich habe eine Kunstgalerie in London.«

»Ach tatsächlich, wo denn?«

Ich zeige wahrscheinlich zu viel Interesse. Meine spontane Art hat sich schon oft als Nachteil erwiesen.

»Unweit der Oxford Street.«

*Verdammt gute Adresse.*

Jetzt ist mir klar, warum er einen so gut geschnittenen Anzug trägt.

»Vorsicht, in die Serengeti kommt Bewegung«, verkündet er.

Ich wende mich den beiden Familien zu und sehe so etwas wie ein Attentat. Der kleine Troll will sich an seiner Schwester rächen wegen eines in seinen Augen ungeheuren Verbrechens und ahnt dabei nicht, welche Gefahr droht. Dann plötzlich der

Sturz. Er bleibt an den Rollen eines der Koffer hängen, und ich beobachte, wie der riesige Becher, einer Duschgel-Werbung gleich, in Zeitlupe durch die Luft fliegt. 2,7 Sekunden später – ich will exakt sein wegen des Polizeiberichts, den es hinterher ganz sicher geben wird – breitet sich der Inhalt des Bechers auf der gesamten Kollektion kostbarer Gepäckstücke aus. Es erfolgt eine unheilvolle Sekunde, in der die Zeit stehen bleibt. Dann ertönt durchdringendes Geschrei. Die Gazelle mit den Louboutins hat zwar keine Reißzähne, dafür aber eine kräftige Stimme. Und das Drama nimmt seinen Lauf. Die Männer der beiden Sippen fühlen sich auf den Plan gerufen einzugreifen, die beiden Frauen werfen sich Beschimpfungen an den Kopf.

Gerade als mein Sitznachbar mir ein englisches Slang-Wort erklärt, das ich nicht verstanden habe, kommt meine Schwester wieder. Offenbar hat das Schimpfwort etwas mit einer Ziege zu tun. Ich frage Mélie sofort, wie der Stand der Dinge ist.

»Und?«

»Ich weiß nicht, was da gerade passiert, aber alle scheinen ziemlich gereizt zu sein«, antwortet sie seufzend.

Mit fällt auf, dass William sie genauso ansieht wie ich.

»Mélie, hast du die Sache nicht mitgekriegt, oder was? Alle Flüge sind auf unbestimmte Zeit verschoben.«

»Warum sagst du mir das? Das weiß ich doch, aber ich sehe keinen Zusammenhang mit der Aggression der Leute.«

*Der Sturz, der verdammte Sturz vom Baum.*

»Egal, hast du etwas herausbekommen können?«

»Worüber?«

»Darüber, wie lange die Verspätung dauert.«

»Nein.«

Ich lasse alle Luft aus meiner Lunge entweichen.

»Ich weiß nur, dass sich der Scheesturm voraussichtlich am Nachmittag beruhigt und am frühen Abend alle Flüge starten können.«

»Das heißt, wir warten hier bis heute Abend?«

»Ja.«

Ich stütze mein Kinn auf und denke eine Weile nach. Dann frage ich: »Hat jemand eine Idee für einen Plan B?«

»Wir könnten versuchen, vom Bahnhof St. Pancras aus den Eurostar zu bekommen«, schlägt William vor. »Ich sehe mal nach, welche Züge noch fahren.«

Ich werfe meiner Schwester einen Blick zu; ich weiß noch nicht, ob ich es gut finde, dass er uns in seinen Plan B einschließt. Einerseits finde ich es amüsant, dieses Abenteuer mit ihm fortzusetzen, andererseits bin ich mir nicht sicher, ob es mich stört, ihn länger in meiner Nähe zu haben.

»Vergessen wir den Plan B. Bis zum 3. Januar ist alles ausgebucht. Plan C also.«

»Plan C?«, fragt meine Schwester. »Es gibt doch immer nur einen Plan B.«

»Ich fürchte, wir müssen diese Tradition durchkreuzen«, entgegnet William in liebenswürdigem und, wie ich finde, aufrichtigem Ton, der mich fast rührt; nicht alle Menschen sind aufgeschlossen genug, um mit meiner Schwester zu diskutieren.

Plötzlich habe ich eine Idee.

»Also gut, wenn wir den Ärmelkanal weder in der Luft noch unter Wasser durchqueren können, dann bleibt uns nur noch, übers Meer zu fahren.«

»Mit der Fähre? Ich sehe nach, ob es noch Schiffe gibt«, sagt William.

»Sehr nett von Ihnen«, meint meine Schwester. »Ihre Reise muss ja sehr wichtig sein, wenn Sie sie nicht aufschieben können.«

»Ich will einen Künstler treffen und mit ihm einen Exklusivvertrag abschließen. Ich weiß, dass andere Galerien auch an ihm dran sind. Wenn ich es verschiebe, bekommen meine Konkurrenten den Vertrag. Wenn es nötig wäre, würde ich sogar nach Frankreich schwimmen. Aber das möchte ich vermeiden, auf hoher See bin ich kein guter Schwimmer, und bei bedecktem Himmel, also im Winter und in einem solchen Schneesturm …«

Ich kann nicht anders, als zu sagen: »Sie sind also eher der Typ Mimose.«

»Ich bin Engländer. Nicht durchdachte und riskante Manöver überlassen wir gerne den Deutschen und den Franzosen.«

Volltreffer. Ich sehe so unbeteiligt wie möglich in seine Richtung.

»Na, was sagt das Smartphone-Orakel?«

»Dass es am 25. um acht Uhr morgens eine Fähre gibt.«

»Und vorher nichts?«, fragt Mélie. »Zum Beispiel am 24.?«

»Ich fürchte, da gibt es überhaupt nichts.«

Meine Schwester und ich tauschen einen verzweifelten Blick. Der 25. ist definitiv zu spät für das Herz unserer Mutter.

»Hat die Stewardess dir zugesichert, dass es gegen Abend wieder Flüge gibt?«

»Ja, sie hat gesagt, diese Art Unwetter würden meistens nur ein paar Stunden dauern.«

»Na gut, jetzt ist es zehn nach elf. Also müsste der Himmel bis heute Abend frei sein.«

Ich versuche mir das selbst einzureden, denn ich kenne mich mit Meteorologie nicht aus. Eigentlich beweist diese ganze Misere, dass sich niemand so richtig auskennt. Alle tun nur so.

»Na gut«, sage ich entschieden, »lasst uns Tickets für die Fähre reservieren, für den Fall, dass die Flugzeuge heute nicht mehr starten. Wenn alles gut geht, haben wir ein bisschen Geld verloren und unsere Mutter vor einem Infarkt und unheilvollen göttlichen Kräften bewahrt.«

Wir beschließen, Fahrscheine von Dover aus zu nehmen. Ich bin noch nie mit dieser Fähre gefahren, bis heute habe ich gar nicht daran gedacht, dass es sie überhaupt gibt. Da ich mich auf der Website nicht zurechtfinde, beugt sich William zu mir herüber und zeigt mir, wie ich auf den Link zur Ticketreservierung komme. Er riecht nach Vetiver und Zedernholz. Ich sehe die Kontur seines Kiefers und seine leicht vorspringenden Wangenknochen. Er muss sich herunterbeugen, denn ich bin viel kleiner als er. Würde in unserem Rücken die Sonne scheinen, wäre ich durch seine breiten Schultern im Schatten. Sein Arm berührt den meinen leicht, und mein Herz schlägt etwas schneller. So schnell jedenfalls, dass ich es bemerke. Aus dem Augenwinkel nehme ich seinen Oberkörper wahr, dessen Form ich unter dem offenen Sakko und dem eng sitzenden Hemd erahne. Ich bin abgelenkt, für ein paar Sekunden.

»So, Mélie, wir haben die Tickets. Du kannst es Maman mitteilen.«

»Ich bin schon beim letzten Anruf drangegangen«, sagt sie abwehrend.

»Ja, aber ich habe die Tickets gekauft.«

»Ich habe dafür mit der Stewardess geredet, und sie war wirklich ätzend.«

»Und ich habe alles im Internet gesucht«, wirft William ein. »Ich bin nicht sicher, ob ich die Spielregeln verstanden habe, aber ich finde es lustig.«

Ich seufze.

»Sagt mal«, fragt meine Schwester, »könnt ihr mir vielleicht erklären, warum zwei Frauen neben einem Haufen Louis-Vuitton-Koffer versuchen, einander die Haare auszureißen?«

»Das ist das Gesetz der Natur, Mélie, und es ist grausam. Ich habe auf den Troll gesetzt, du kannst dir deinen Favoriten noch aussuchen.«

»Übrigens, ich stelle fest, dass meine Gazelle dabei ist zu gewinnen«, verkündet William triumphierend.

Diese verdammte natürliche Auslese.

# KAPITEL 4

Wie alle anderen, die inzwischen seit mindestens fünf Stunden in Heathrow festsitzen, warten wir darauf, dass ein meteorologisches und technisches Wunder geschieht. Das Flughafenpersonal hat uns auf hinterhältige Weise in ständiger Spannung gehalten: Die Flieger starten nicht, es könnte aber jederzeit losgehen. So bleiben wir da, wo wir sind, und geben die Hoffnung nicht auf. Manche Reisende haben überlegt, ob sie nach London zurückkehren sollen, doch die Angst, dass auch der Shuttle nicht fährt, ist zu groß. Ich habe den Eindruck, dass die Menschenmenge in unserer Halle nicht weiter wächst. Die Nachricht, dass sämtliche Flüge gestrichen wurden, muss die Leute erreicht haben, bevor sie losgefahren sind, und sie haben keinen Fuß vor die Tür gesetzt. Die Glücklichen!

»Ich würde jetzt gern chinesische Nudeln essen«, sagt Mélie. Sie hat einen ausgeprägten Hang zu plötzlichen Äußerungen ohne jeden Zusammenhang.

»Gute Idee«, meint William zustimmend, es bleibt ihm auch gar nichts anderes übrig, denn Mélie sieht ihn durchdringend an.

Ich seufze erneut, und die beiden glauben, das bedeute Zustimmung. Nicht dass mich das stören würde, aber eigentlich tut es das doch. Ich kann mich gerade selbst nicht leiden. Seit heute Morgen bin ich genervt, weil wir das Hotel nicht rechtzeitig verlassen haben. Dann kam noch die Nachricht hinzu, dass die Flüge auf unbestimmte Zeit verschoben wurden. Ich bin wütend. Ich mag es, wenn die Dinge klar und kohärent sind, aber wenn ich William ansehe, weiß ich nicht, was mit mir los ist. Etwas anderes macht meinem Ärger Konkurrenz. Und das gefällt mir nicht. Ich hasse mich dafür, dass ich ihm immer wieder in die Augen schaue und mich frage, wie sie nur so dunkel sein können. Also wirklich, manchmal sieht man ja wenigstens noch die Pupille und kann sich eine Vorstellung von jemandes Gedanken und Launen machen. Aber in seinen Augen erkennt man gar nichts; es sind zwei schwarze Murmeln, die intensiv leuchten, einen ansehen und auseinanderzunehmen scheinen. Jedenfalls habe ich dieses unangenehme Gefühl. Was sieht er von seinem Platz aus? Ich weiß nicht, ob ich es gern wissen würde, oder ob ich darum bete, dass ihm seine Macht nicht bewusst ist. Ich muss zugeben, dass diese Begegnung fast einem kleinen Wunder gleicht. Normalerweise bin ich nämlich nicht sehr umgänglich und eindeutig sexistisch, was dazu führt, dass die meisten Männer im besten Fall Gleichgültigkeit in mir hervorrufen, im schlechtesten Fall tiefe Traurigkeit. Sie können nichts dafür. Es liegt an meiner Art, sie zu sehen. Meine Schwester sagt mir, die eigenen Fehler würden nicht dadurch gemildert, dass man sie anerkennt. Das ist falsch. Einmal hat ein Weiser oder ein umherirrender Mönch gesagt: »Zugegebene Fehler sind schon halb vergeben.« Wenn wir also gerade schon dabei sind, will ich ganz offen sein: Frauen mag ich kaum mehr.

Da ich aber an die Kraft weiblicher Solidarität glaube, gebe ich mir Mühe.

Und jetzt geschieht tatsächlich ein Wunder. Ich habe keine Lust, William seine schönen, seltsam schwarzen Augen auszukratzen, und ich verdrehe auch meine Augen nicht, und ich kommentiere seine Worte nicht mit einem spöttischen »Ach wirklich?«. Tief in meinem Innern gefällt mir die Vorstellung, hier mit ihm auf unbestimmte Zeit abgemalt zu sein. Und dieses Gefühl macht mich nervös.

Wir sitzen inzwischen an den riesigen rechteckigen Tischen des Restaurants Wagamama, und meine Schwester hat mich geschickt neben William platziert. Mélie ist mit meinem Gehirn vernetzt und weiß bestens Bescheid über die Fragen, die ich mir stelle. All das amüsiert sie zweifellos. Aber das liegt in ihrer Natur. Kleine Schwestern werden nur geboren, um die älteren Geschwister zu ärgern.

»Erzählen Sie mal«, sagt William und wendet sich mir zu, »an welchem Architekturprojekt arbeiten Sie denn gerade in London?«

Ich reiße die Augen auf, und diese Reaktion scheint ihn zu verwirren.

»Nun. Wir sind in einem Flughafen eingesperrt und essen Nudeln, von denen wir nicht wissen, ob bei ihrem Transport die Kühlkette eingehalten wurde. Deshalb mache ich Konversation mit Ihnen«, erklärt er freimütig. »Das ist meine englische Seite.«

Ich nicke. Ein Punkt für ihn.

»Ich arbeite an einem Luxushotelkomplex. In South Kensington wird dafür ein riesiges Herrenhaus umgebaut.«

Er schweigt eine Weile. Ich weiß genau, worauf er hinauswill. Seine spielerische Art und die Funken, die ich in seinem Blick sehe, gefallen mir. Ich spiele also mit.

»Bin ich jetzt dran?«

»Ja, denn Konversation bedeutet Austausch, sie ist eine Art Zusammenarbeit. Aber lassen Sie uns nichts überstürzen.«

»In Ordnung …«

Er irritiert mich so, dass ich gar nicht weiß, was ich sagen soll.

»Nur keinen Stress. Was immer Sie fragen, ich werde so tun, als interessierte es mich«, sagt er amüsiert.

»Ja, natürlich, so tun als ob. Das ist ein Trick von euch Engländern, oder?«

»Manchmal fangen die Dinge tatsächlich an, Spaß zu machen, wenn man sich verstellt.«

»Schockiert Sie das dann nicht?«

»Doch, dann trinkt man, um zu vergessen.«

»Ich habe es Ihnen doch schon gesagt: Analverkehr muss eine von beiden Partnern gleichermaßen akzeptierte Praktik sein, sonst erlebt man es als Aggression«, erklärt Mélie plötzlich im Ton eines Anrufbeantworters.

Ich verschlucke mich fast an meiner Suppe und sehe entgeistert zu meiner Schwester hinüber. Sie telefoniert. Ich habe gar nicht mitbekommen, dass ihr Handy geklingelt hat.

Als sie merkt, dass William und ich sie perplex anstarren, legt sie die Hand über das Mikro ihres Smartphones und flüstert: »Tut mir leid, ein Notfall.«

Ich kann meine Verlegenheit nicht verbergen und sage: »Wie, ein Notfall? Was soll das heißen, ein Notfall? Soweit ich weiß, bist du keine Neurochirurgin, sondern Sexualtherapeutin. Wie soll es einen Notfall geben bei … bei …«

»Bei Sex?«, schlägt William vor.

»Ja, genau.«

»Wenn du dich diesem Thema nicht ganz verschließen würdest, wäre dir klar, dass es Momente gibt, die durchaus Notfälle sein können«, antwortet Mélie in neutralem Ton.

»Aber ...« Ich breche ab und begnüge mich damit, sie möglichst vorwurfsvoll anzusehen. Normalerweise mache ich nicht viel Aufhebens um ihre seltsamen Gespräche, aber in diesem Moment fühle ich mich ziemlich unwohl.

»Meine Patientin erlebt gerade eine sehr schwierige Phase, Scarlett. Ich mache dir doch auch keine Vorwürfe, wenn dich deine Kunden mitten in der Nacht anrufen, weil ihnen die Zeitverschiebung völlig egal ist und sie irgendeinen Schalter nicht finden.«

»Sie rufen an, wenn es um Gebäudesicherung geht, wodurch über zweitausend Menschen geschützt werden!«

»Genau das meine ich ja: Jeder hat seine Art Notfälle«, sagt sie in einer Logik, die nur sie versteht. »Du musst nicht immer alles bewerten.«

Sie wendet sich ab und redet weiter mit ihrer Patientin. Eine Sekunde lang schweige ich, weil ich nicht weiß, was ich sagen soll und den Blick meines Sitznachbarn auf mir lasten fühle.

»Ich bewerte nicht.« Ich schnaufe angestrengt. Ich nehme mir dieses Geräusch selbst übel, aber ich kann nichts dagegen tun. »Das ist echt die Hölle ...«

»Analverkehr oder die Nudeln?«, fragt William und unterdrückt nur mühsam ein Grinsen.

»Ich freue mich, dass Sie das alles komisch finden.«

»Und ich freue mich, dass Sie sich freuen. Sie haben eine Nudel an der Wange.«

*Na, klasse!*

»Ist Ihnen das so unangenehm?«, fragt er.

»Was?«

»Sexangelegenheiten.«

»Vor Fremden? Natürlich!«

»Wir haben uns über die Verschönerung von Herrentoiletten unterhalten und gemeinsam ein Schiffsticket reserviert, also kann man, glaube ich, sagen, dass wir einander gar nicht mehr so fremd sind.«

»Na gut, dann reden wir doch jetzt mal über das *Kamasutra.*«

»Kommt drauf an, über welches Kapitel.«

Mir ist zum Lachen zumute, aber mein Stolz ist stärker.

»Ich weiß sehr wohl, was Sie machen, ich kenne Männer wie Sie.«

Jetzt habe ich mich mehrere Stunden lang zurückgehalten, bevor ich ihm meinen natürlichen Sexismus offenbart habe und meinen festen Glauben daran, dass die meisten Männer Geschöpfe sind, denen man am besten aus dem Weg geht.

»Aha«, antwortet er und scheint kein bisschen beleidigt, obwohl er durchaus ein Recht dazu hätte. »Und zu welcher Kategorie gehöre ich?«

»Zu den zynischen und zugleich brillanten Beobachtern.«

»Das gefällt mir, obwohl ich lieber als perverser Narzisst gelten würde, weil das gerade so in Mode ist.«

»Sie amüsieren sich über meine Verlegenheit und auch über die Eigenarten meiner Schwester.«

Ich merke, dass ich die Kontrolle über das verliere, was ich sage. Ich gebe ein paar Verletzungen preis und ärgere mich gleichzeitig, dass ich mich vor jemandem, den ich vielleicht nie im Leben wiedersehe, bloßstelle. Sein Gesicht sieht nun nicht mehr so freundlich aus, und ich glaube, einen Schatten darauf wahrzunehmen.

»Und wenn ich Sie tatsächlich amüsant fände, wäre das so schlimm? Die meisten Leute schätzen es, andere zum Lachen zu bringen.«

»Nicht wenn Amüsieren heißt, sich lustig zu machen.«

»Glauben Sie, dass ich das tue? Dass ich mich lustig mache?«

Er wirkt plötzlich furchtbar ernst, als hinge vom weiteren Verlauf unseres Gesprächs etwas Wesentliches ab – nur weiß ich nicht, was.

»Nein, ich bin es nur gewöhnt.«

Ich stammele das letzte Wort. Er strahlt irgendetwas aus, eine Mischung aus Charme und Distanz, das mich dazu bringt, offen zu ihm zu sein.

»Ich mag Leute, die mich überraschen und zum Lachen bringen«, vertraut er mir an und lässt seinen Blick über die Reisenden schweifen, die an uns vorbeigehen. »Meistens langweilen die Leute mich, und, glauben Sie mir, tödlich langweilig zu sein, ist alles andere als beneidenswert.«

»Na gut, dann nehme ich die Funken in Ihren Augen und Ihr verschmitztes Lächeln mal als Kompliment.«

»Tun Sie das, denn genau so war es gemeint.«

»Nein, Fellatio ist ein anderes Thema. Man darf nicht alles durcheinanderbringen«, erklärt Mélie.

»Das ist ganz eindeutig nicht dieselbe Baustelle«, stellt William mit dem Ernst eines parlamentarischen Redners fest.

Ich starre ihn an und breche in Lachen aus. Das ist mir seit Ewigkeiten nicht mehr passiert und vermutlich noch nie mit einem Mann, meinen Vater ausgenommen. Eine gewisse Leichtigkeit überkommt mich, und ich merke, dass ich freier atme.

»Was würde ich darum geben, die Gespräche dieses Paares zu hören, bevor sie zärtlich miteinander werden, und dann noch einmal hinterher die Nachbesprechung«, sage ich grinsend.

»Ich glaube, genau das ist das Problem. Sie reden zu ernsthaft darüber.«

»Wohingegen wir daraus ein Smalltalk-Thema machen …«

»Oh nein, das ist ein völlig abwegiges Gespräch, wir sind weit von Smalltalk entfernt«, korrigiert er mich lächelnd.

»Na gut, da wir jetzt ohnehin ein *völlig abwegiges Gespräch* führen, können wir ja ruhig weitermachen.«

»Ich bin bereit.«

»Glauben Sie nicht, dass Sex für ein Paar von Bedeutung ist?«

»Meiner Meinung nach ist das eher eine Art Accessoire. Wenn man über alles andere redet, kommen Sex-Probleme ganz natürlich auch zur Sprache. Wenn man aber nicht über alles andere redet und sich folglich gar nicht richtig kennt, wird Sex zu einer Herausforderung, und es gibt Streit. Ich neige eher dazu, auf diesem Gebiet den Trieben den Vorrang einzuräumen. Wenn man den anderen gut kennt, besteht kein Risiko, dass es zu Missverständnissen kommt, und beide können sich vertrauensvoll hingeben.«

Ich beobachte ihn. Ich glaube, er ist aufrichtig. Was er sagt, geht mir nahe, weil ich, ehrlich gesagt, an dem Punkt »Kommunikation innerhalb einer Liebesbeziehung« immer gescheitert bin. Nicht weil ich zu stur dafür wäre, sondern weil ich stets auf Partner gestoßen bin, die davon nicht das Geringste hielten.

»Ist Ihnen das in Ihrer Beziehung gelungen?« Das ist subtil, elegant, raffiniert. Ich mache das sehr gut. Er fängt an zu lachen. Er hat eine wunderbare Stimme. »War diese Frage etwa zu französisch?«

»Nein«, antwortet er, »ich habe keine Beziehung.«

»Ihr französisches Erbe verhilft Ihnen dazu, meine Neugier und mein mangelndes Taktgefühl bewundernswert zu steuern.«

»Ich bin Witwer.«

Ich bekomme vor Schreck einen Schluckauf.

»Alles in Ordnung, es ist schon sechs Jahre her«, sagt er freundlich, um mich zu beruhigen.

»Mein Gott, so früh Witwer zu werden …«

Ich kann kaum sprechen, so sehr nimmt mich das mit. Erneut muss ich an den Tod meines Vaters denken. Ich weiß, welchen Schmerz der Tod eines nahen Angehörigen verursacht.

»Und Sie?«, fragt er.

»Single. Genau wie meine Schwester, meine Mutter und der Hund der Familie.«

»Und das Kaninchen?«

»Auch Witwe.«

»Das ist schlimm.«

»Deshalb wollten wir es schon bei Parship anmelden.«

»Keine gute Idee«, meint er.

»Haben Sie es probiert?«

»Ja …« Er seufzt tief. »Es ist keine gute Idee, sich mit Leuten zu treffen, die eine bessere Hälfte suchen, und das nach Kriterien, die von Algorithmen errechnet worden sind.«

»Genau, deshalb habe ich auch gezögert.«

»Sie haben so etwas nicht nötig. Allein mit der Geschichte von den Babysitzen auf der Herrentoilette würden Sie alle rumkriegen.«

»Herren- *und* Damentoilette. Wir wollen doch ein Gerichtsverfahren wegen Diskriminierung vermeiden.«

Plötzlich verstehe ich, was er gerade gemeint hat. Ich spüre, wie ich rot werde, nein, ich weiß, dass ich rot werde.

»Sieh an«, sagt er plötzlich, »Ihre Schwester ist weg.«

»Äh, was?«

Ich sehe mich um. Tatsächlich, Mélies Platz ist leer. Ich habe nicht mal mitbekommen, wie sie aufgestanden ist. Seit wann ist sie nicht mehr da? Ich merke es nicht gleich, aber ich habe spontan meine Hand auf Williams Unterarm gelegt. Eine ganz natürliche, instinktive Geste. Ich ziehe die Hand so schnell zurück, dass es auffällt, doch er zeigt keinerlei Reaktion, als sei ihm diese Berührung längst vertraut.

Ich lasse meinen Blick noch mal über die Tische des Restaurants und durch die Halle schweifen, aber Mélie ist unauffindbar. Sie muss wohl auf der Toilette sein. Ich beschließe, mich zu beruhigen und mich nicht irritieren zu lassen.

»Erzählen Sie mir von dem Künstler, den Sie in Paris treffen wollen.«

Vielleicht zu schnell und wenig geschickt komme ich auf ein politisch korrektes Thema zu sprechen, das weder zu persönlich noch zu unpersönlich ist.

»Er malt Wellen mit einem Messer.«

Ich reiße die Augen auf und vielleicht auch den Mund. Sicher sehe ich aus wie ein Karpfen.

»Auf großformatiger Leinwand. Es ist wunderschön, wirklich«, fügt William hinzu.

»Entschuldigung, ich sage nur deshalb nichts, weil ich gerade versuche, mir vorzustellen, wie das aussieht. Und da ich nicht zwei Dinge zugleich tun kann …«

»Ich helfe Ihnen.«

Er nimmt sein Smartphone und tippt darauf herum, dann beugt er sich zu mir herüber und hält mir das Display hin. Ich kann nicht viel erkennen, dann berühre ich seine Hand und schiebe sie in den richtigen Winkel. Bewusst oder nicht lasse ich meine Hand auf seiner liegen und sehe mir zugleich die Bilder seines Künstlers an. Ich weiß, dass sein Gesicht ganz dicht bei meinem ist, und ich frage mich, ob ich noch ganz bei Trost bin.

*Das ist nicht gut, mein Kind.*

Wir reden noch eine ganze Weile. Über alles und nichts. Es fällt mir nicht schwer, denn William hat die Eigenschaft, einem zu vermitteln, dass er das, was man sagt, für wichtig hält. Und wenn es um ihn geht, versteht er es glänzend, mit seinem schwarzen Humor den Ball ins Aus zu schießen – typisch britisch und typisch *er*.

Mir ist es sehr recht, dass wir uns nicht gleich alles erzählen, nicht zu weit in das Leben des anderen vordringen und zurückhaltend und vorsichtig sind. Unser Gespräch ist wie von der Wirklichkeit abgeschirmt, ich fühle mich wie in einem Traum.

Plötzlich höre ich rechts neben mir ein Geräusch. Mélie ist aus ihrer dämonischen Dimension zurückgekehrt und bringt sich uns in Erinnerung.

»Wo warst du?«

»Tu nicht so, als ob du bemerkt hättest, dass ich weg war«, sagt sie freundlich.

»Ich habe es bemerkt.«

»Wann?«

»Vor einer Weile.«

»Einer ganz kleinen Weile«, korrigiert mich William.

»Danke für den Verrat.«

»Das ist wohl ein bisschen übertrieben«, meint er.

»Ich weiß nicht, ob es euch immer noch interessiert zu wissen, wie viel Zeit wir hier verbringen müssen«, klinkt Mélie sich wieder ein, »aber wie es aussieht, gibt es heute Abend keinen Flug mehr.«

Ich sage nichts. Wie spät kann es sein? Ich schaue auf die Uhr: 19:30 Uhr. Ich habe gar nicht gemerkt, wie die Zeit vergangen ist. Hundert Fragen gehen mir durch den Kopf.

»Nicht der Mühe wert, ja und natürlich«, sagt meine Schwester vollkommen unverständlicherweise.

Manchmal erschreckt sie mich. Nein, eigentlich erschreckt sie mich dauernd.

»Können Sie das übersetzen für jemanden, der nicht mit Ihren Gehirnwindungen verbunden ist?«, fragt William.

Da braucht er sich keine Sorgen zu machen, auch ich bin nur in den seltensten Fällen mit Mélies Gehirnwindungen verbunden. Vielleicht haben die Bewohner des Pluto einen besseren Zugang dazu …

»Wir müssen uns nicht die Mühe machen, uns in London eine Unterkunft zu suchen. Die Airline ist bereit, uns ein Businessclass-Zimmer im Flughafenhotel zur Verfügung zu stellen, und natürlich müssen wir Maman Bescheid sagen.«

»Wie sollen wir vorgehen?«, will ich wissen.

»Du nimmst das Handy und tippst auf ›Maman‹.«

»Ich meine wegen dem Hotel.«

»Da muss man zum Schalter von British Airways gehen«, sagt Mélie, »da warten schon ziemlich viele Leute, wir sollten uns dazugesellen.«

Einen Moment sitzen wir reglos da. Ich weiß nicht genau, was ich empfinde, aber es fühlt sich fast an wie eine Art Trennung. William lebt in London, also wird er nach Hause fahren. Ich frage weiter: »Wann glauben sie, dass wir fliegen können?«

»Morgen ganz früh«, sagt meine Schwester. »Wir sollen uns ab sechs Uhr bereithalten.«

»Aha.«

Ich brauche ein paar Sekunden, um aufzustehen, und als ich Williams Blick begegne, bin ich verlegen.

»Dann sehen wir uns wahrscheinlich morgen wieder, nehme ich an ...«

Im Grunde weiß ich, dass die Chance sehr gering ist. Vielleicht will er morgen gar nicht mehr unbedingt nach Frankreich fliegen, er ist ja hier zu Hause, und morgen ist immerhin Heiligabend. Ich habe nicht die Kraft, ihm auf Wiedersehen zu sagen, und erst recht nicht, mich nach seiner Telefonnummer zu erkundigen. Viele Jahre voller schwieriger zwischenmenschlicher Beziehungen hinterlassen Spuren. Ich will einfach so gehen, als würden wir uns nur für eine oder zwei Stunden trennen.

»Wenn Sie wollen, geben Sie mir Ihre Telefonnummer, dann können wir uns über die Abflüge unserer Fluggesellschaft auf dem Laufenden halten.«

Ich habe Mélies Superkräfte vergessen.

»Gute Idee«, sagt William obenhin, als sei das alles ganz unbedeutend.

Ist es ja eigentlich auch, nur lese ich dauernd zwischen den Zeilen oder höre irgendwelche Dinge heraus. Und zermürbe mich mit unzähligen Fragen.

Nachdem William uns seine Nummer gegeben hat, wünscht er uns einen schönen Abend. Dann verschwindet er in der dichten Menge der anderen Reisenden. Seine Gleichgültigkeit enttäuscht mich. Er ist einfach so gegangen und hat sich nicht mal umgedreht. Ich hätte mir gewünscht, ihm anzumerken, dass dies auch für ihn ein besonderer Moment war. Etwas so Besonderes, dass es sich lohnt, sich noch einmal umzudrehen.

Hätte ich es an seiner Stelle getan?

»Wir sehen ihn wieder«, behauptet meine Schwester.

»In deinen Visionen, meinst du?«

»Nein. Ich kann Dinge einschätzen und meine Schlüsse ziehen. Irgendwann erkläre ich dir, wie das geht. Aber heute nicht, du bist noch nicht so weit.«

Ich sehe sie erstaunt an, denn mir fällt etwas auf, das ich bisher noch gar nicht realisiert habe: Manchmal redet meine Schwester wie Yoda, der Jedi-Meister. Und wenn sie das macht, komme ich mir vor wie der dümmste Padawan aller Zeiten.

# KAPITEL 5

Für eine Luxushotelkette zu arbeiten, bringt einige Unannehmlichkeiten mit sich. Die erste und nicht eben geringste ist, dass man es nie einfach nur mit Leuten zu tun hat, sondern mit Leuten *und* ihrem Ego. Die beiden sind sich nicht immer einig, das macht die Dinge wesentlich schwieriger. Der Vorteil an dieser Arbeit ist immerhin, dass man viel reist, um Projektpartner zu treffen. So habe ich unseren Ausflug nach London mit einer wichtigen Besprechung zusammengelegt, und meine Chefs haben den Flug bezahlt. In ihrer Welt gibt es jedoch keine Economyclass. Sie haben nur gerüchtweise davon gehört. Wir fliegen ausschließlich Businessclass, und wer wie ich aus einfachen Verhältnissen kommt, glaubt sich dort in einem anderen Universum mit einem anderen Raum-Zeit-Gefühl. Alles ist so viel einfacher, wenn man Businessclass fliegt. Selbst schlechtes Wetter und lahmgelegte Flughäfen werden zu mondänen Ereignissen.

Um sicherzustellen, dass die wohlhabenden Kunden nicht durch ein solches Unwetter traumatisiert werden, hat die Airline im Sofitel von Heathrow für jeden Businessclass-Passagier ein Zimmer reserviert. Während drei Viertel der Passagiere sich darauf einstellen müssen, die Nacht auf harten Flughafensesseln zu verbringen, gehen Mélie und ich Richtung Terminal 5, erreichen die Lobby des Luxushotels und finden uns schließlich in einem prächtigen Zimmer mit allem Komfort wieder.

»Maman, bitte, beruhige dich«, sage ich und unterdrücke einen Seufzer, »niemand konnte diesen Schneesturm vorhersehen. Ich bin sicher, dass morgen alles wieder in Ordnung ist. Wir sind am späten Vormittag bei dir.«

In Wahrheit bete auch ich zu allen mir bekannten Göttern.

»Aber nein, das ist kein Zeichen dafür, dass ein Fluch auf unserer Familie lastet. Woher kommen bloß immer diese Ideen?«

Vermutlich aus Helenas Kaffeetasse. Helena stammt aus demselben Dorf wie meine Mutter. Die beiden sind sich vor fünf Jahren zufällig in Saint-Malo über den Weg gelaufen, und wegen ihrer gemeinsamen Wurzeln haben sie sich angefreundet. Diese Frau ist eine echte Karikatur, die alle Klischees einer italienischen Matrone – etwa die von überschwänglicher Zuneigung und tyrannischem Aberglauben – erfüllt. Helena hält viel von Spiritismus und ist nicht frei von Paranoia. Sie ist überzeugt, dass uns böse Geister umschwirren und uns übelwollen. Geister haben wohl nichts Besseres zu tun, als uns zu verfolgen. Im Jenseits finden sie vielleicht zu wenig Zerstreuung.

»Maman, Mélie und ich sind deswegen genauso traurig wie du. Entschuldigung, nicht traurig, verzweifelt! Wir sind verzweifelt! Nein, ich verwende nicht die falschen Worte. Was sollen wir denn tun? Am besten, wir nehmen es möglichst gelassen, und morgen treffen wir uns zu einem schönen Essen. Wir können stattdessen auch Beschwerdebriefe an die Airline schicken, wenn dir das lieber ist.«

Meine Schwester öffnet die Tür zu unserem Hotelzimmer und trägt meinen Koffer hinein. Ich lasse mich nicht täuschen, sie tut das nicht mir zu Gefallen, sondern weil sie froh ist, dass ich den x-ten Anruf bewältige.

»Maman … es … Maman! Ist dir klar, dass jemand am anderen Ende der Leitung ist? Nein, ich bin nicht aggressiv, wir kommen gerade in unserem Zimmer an. Also, bis später. Ich rufe dann noch mal an. Ja, das sage ich ihr. Was? Jetzt? Wenn ich dir sage, ich sage es ihr, dann kannst du es mir schon glauben …«

Ich hole tief Luft und halte den Hörer weit weg von meinem Ohr. Dann sage ich zu Mélie: »Maman sagt, du sollst die Betten aufschlagen und nachsehen, ob auch keine Nadeln drin sind.«

»Nadeln?«

»Ja, Nadeln.«

»Solche, die man zum Sockenstopfen benutzt?«

»Maman, was für Nadeln schweben dir vor, die da im Bett liegen sollen?«

Ich sehe meine Schwester an und erkläre dann: «Normale Nadeln.«

»Ich hatte keine Ahnung, dass es auch nicht normale Nadeln gibt.«

»Du bist mir eine große Hilfe.«

Mélie sucht die Matratzen ab und schüttelt dann den Kopf. »Nein.«

»Da sind keine Nadeln, Maman. Bist du jetzt beruhigt? Also, dann bis später. Warte mal. Wie geht es Cholera? Wie, ich tue nur so? Überhaupt nicht. Also, wie geht es ihr? Das ist ja schön zu hören. Okay, tschüs. Ja, Mélie umarmt dich auch. Ein Beweis, dass sie auch hier ist? Ich schicke dir ein Foto. Wo soll sie denn sonst sein? Auf dem Mars?«

Ich lege auf und fotografiere meine Schwester, die gerade wieder unsere Bettdecken glattstreicht. Das Zimmer ist ziemlich groß und hat ein riesiges Fenster, das allerdings um diese späte Stunde kaum von Nutzen ist. Es gibt zwei große Betten mit zahlreichen Kissen darauf, eine Sofaecke mit niedrigem Tisch, alles, um sich Tee oder Kaffee zu kochen, und ein geräumiges Badezimmer mit luxuriöser Dusche und cremefarbenen Wänden. Ich erinnere mich, was für ein Glück es ist, einen Job zu haben, der es ermöglicht, den Alltag und alle dazu gehörenden Zwischenfälle in so angenehmer Umgebung zu verbringen. Geld macht vielleicht nicht glücklich, aber wie eine bekannte Diva sagte, weint man lieber in einer Limousine als auf einem alten Fahrrad. Ich begutachte mich kurz in dem imposanten Wandspiegel und fahre mir mit der Hand übers Gesicht. Ich sehe müde aus und habe Ringe unter den Augen. Im Grunde brauche ich mich nicht zu beklagen, denn ich bin eher hübsch: Mein ovales Gesicht ist klassisch geschnitten, mein langes Haar ist venedigblond – dank Gunter, meinem wunderbaren schwulen schwedischen Friseur – und perfekt gewellt mit Hilfe von Terminator 3000, dem weltweit besten Lockenstab. Doch können diese kunstvollen Elemente den Ausdruck von Angst und Müdigkeit in meinem Gesicht kaum wettmachen. Ich tarne mich gern mit Sarkasmus und Wut, aber im Grunde mache ich mir große Sorgen um meine Mutter. Hinter ihren übertriebenen Ängsten und ihren abergläubischen Ritualen verbirgt sich nichts anderes als Einsamkeit. Und ein tiefer Schmerz.

Papa fehlt uns sehr. Er fehlt *mir* sehr. Er gehörte zu den Leuten, die alles zusammenhalten. Er war der Fels, an dem wir uns festhielten, da konnten noch so viele Wellen und Fluten über uns hereinbrechen, der Fels blieb stehen. An dem schrecklichen Morgen, an dem ein winziges Gefäß in seinem Gehirn platzte und ihn niederstreckte, verschwand dieser Fels. Gerade war er noch da, lächelnd, Sicherheit ausstrahlend, und eine Minute später lag er am Boden wie eine weggeworfene Puppe. Seitdem treiben wir im Wasser so gut wir können, halten uns aneinander fest, aber ich habe trotzdem das Gefühl, dass wir ertrinken könnten.

Mélie liegt auf ihrem Bett, alle viere von sich gestreckt. Ihr wunderbar glattes schwarzes Haar ist auf dem hellen Bettzeug ausgebreitet. Von oben sieht das aus, als hätte jemand ein Tintenfass auf ein weißes Blatt Papier gegossen. Wir sind uns so ähnlich wie Schneewittchen und Dornröschen. Auf Maskenbällen verkleiden wir uns immer so, der letzte ist nicht mal drei Monate her.

»Was sollte das mit den Nadeln?«, fragt sie und starrt zur Decke.

Ich lege mich neben sie, den Kopf dicht an ihrem.

»Helena.«

»Ach so. Diese Frau sollte mal bei einer Religion bleiben und sie nicht wechseln wie ihre Unterhemden. Erst ist es Woodoo, dann Okkultismus, danach kommen keltische Rituale. Ich glaube, es ist nicht gut, all diese Mächte miteinander zu vermischen. Die Empfindsamkeit der Götter darf man nicht auf die leichte Schulter nehmen.«

»Da hast du recht, man darf göttliche Handtücher und Waschlappen nicht verwechseln.«

Eine Weile schweigen wir, aber bald werden wir durch Geräusche aus dem Nachbarzimmer gestört. Wir sind hier zwar in einem Luxushotel, aber offenbar sind die Wände dünn. Das wird eine interessante Nacht werden.

»Was passiert bloß, wenn wir morgen immer noch nicht fliegen können?«, fragt meine Schwester mit leicht zitternder Stimme.

»Rechnen wir nicht gleich mit dem Schlimmsten. Die Airlines verlieren durch Flugverspätungen Millionen. Der menschliche Einfallsreichtum ist groß, wenn es darum geht, kein Geld zu verlieren.«

»Und wenn es noch mehr Schnee gibt?«

Ich zucke die Achseln und seufze.

»Keine Ahnung, Mélie. Ich weiß es nicht. Ich nehme an, man bräuchte viel Geduld und Fingerspitzengefühl, um es Maman zu erklären. Also würde diese Aufgabe dir zufallen.«

»Ich mache mir Sorgen um sie. Wirklich. Ich weiß nicht … Ich hatte den Eindruck, dass es ihr seit Oktober besser geht, und jetzt ist es, als wären wir um ein halbes Jahr zurückgeworfen.«

»Das ist normal, schließlich ist es das erste Weihnachten ohne Papa.«

Meine Schwester schluckt vernehmlich. Sie scheint buchstäblich ihre Emotionen herunterzuschlucken.

»Ich glaube, es wird nie mehr so sein wie früher«, murmelt sie.

»Das kann es nicht, Liebes, alles wird anders.«

»Aber anders bedeutet nicht, dass es immer schlechter wird, oder?«

Ich nehme sie in den Arm und halte sie so fest wie möglich. Eigentlich mag ich solche Berührungen nicht, aber bei Mélie fällt es mir leicht. Sie kann meine emotionale Zurückhaltung durchbrechen. Ich habe nie verstanden, woher die verkrampfte Reserviertheit kommt, die mich lähmt, wenn ich Menschen, die ich liebe, meine Zuneigung zeigen möchte. Je mehr ich jemanden liebe, desto verklemmter bin ich. Papas Tod hat daran nicht das Geringste geändert, im Gegenteil. Wie soll ich auch ein anderes Wesen umarmen, wenn ich ohne meinen Fels ständig beide Arme bewegen muss, um mich über Wasser zu halten?

»Wir werden es schon schaffen, mein Engel.«

Ich bluffe, denn ich weiß selbst nicht, wie. Ich tue so, als würde ich das Leben kennen. Aber das ist nichts weiter als ein Trick der älteren Schwester, die es gewöhnt ist, die jüngere zu beruhigen. Eigentlich bin ich genauso erschrocken wie sie. Ich weiß nicht, ob unsere Mutter je wieder lachen wird, ohne dabei ein schlechtes Gewissen zu haben, ob Mélies zwanghaftes Benehmen irgendwann nachlässt oder ob und wie ich Gefühle zulassen kann.

Aber in diesem Moment bluffe ich.

»Sollen wir es uns nicht etwas bequemer machen?«

Mélie findet meinen Vorschlag gut.

»Wir könnten uns in unsere riesigen nadelfreien Betten legen und mal sehen, was der riesige Fernseher zu bieten hat.«

»Ich mache Tee«, sagt meine Schwester.

»Du magst doch keinen Tee.«

»Ich mag noch weniger Sachen, die man nicht benutzt. Dieser Wasserkocher und all die Teesorten müssen doch zu irgendwas gut sein.«

Ich widerspreche nicht, um sie nicht zu verärgern. Schon als sie klein war, sollte man ihr beweisen, dass alle Dinge im Haus wenigstens einmal benutzt wurden. Ich glaube, sonst dachte sie, sie seien unglücklich und müssten eine Chance bekommen, den Menschen zu dienen. Mélie ist der Meinung, dass es eine nützliche und erfolgreiche Form der Unterwerfung gibt.

Vom Badezimmer aus höre ich das kochende Wasser sprudeln. Ich liebe Tee, trinke ihn täglich literweise, und das Geräusch von aufkochendem Wasser stimmt mich freudig. Papa liebte ihn auch, er sammelte alle möglichen Teesorten.

»Übrigens, William konnte nicht zurück nach London«, erklärt Mélie mir, während sie den Tee aufgießt.

Ich stecke den Kopf durch die Badezimmertür.

»Woher weißt du das?«

»Ich habe ihm eine Nachricht geschickt und gefragt, ob er gut angekommen ist.«

»Und?«

»Er ist nicht angekommen.«

»Und wieso?«

»Weil er nicht losgefahren ist.«

»Mélie, schüttel dich mal, du sprichst verworren.«

»London ist völlig blockiert. Wegen des ganzen Schnees, und die Leute mussten zwei Stunden auf den Shuttle warten. Und er hat befürchtet, dass es mit dem Bus genauso ist.«

»Und wo ist er jetzt?«

»Hier.«

# KAPITEL 6

Ich habe die Arme über der Brust gekreuzt, mein Hals ist starr und meine Augäpfel sind wie die eines Fischs im Aquarium. Seit gut zwei Stunden starre ich an die Decke und zähle Schäfchen. Eigentlich nur in der ersten Stunde, danach habe ich es mit Wölfen versucht, die hinter den Schafen herliefen, dann mit Schäfern, den Frauen der Schäfer, ihren Nebenfrauen und Kindern. Die gesamte Schöpfung ist vor meinen Augen vorbeigezogen, aber es hat nichts genützt. Ich kann nicht schlafen. Nebenan knattert jemand wie eine Motorsäge, anstatt einfach normal zu schnarchen. Neben mir schlummert Mélie wie ein Murmeltier. Sie schläft immer mühelos ein, und nichts kann sie wecken, im Gegensatz zu mir. Ich wache schon vom Flügelschlag einer Libelle auf. Wäre ich jetzt allein, würde ich den Fernseher anstellen. Zwar würde mir das nicht beim Einschlafen helfen, aber meine Gedanken würden aufhören, sich im Kreis zu drehen wie ein Hamster in seinem Rad.

Meine Pupillen sind wie Projektoren, die in Dauerschleife Filme abspielen, die mein Hirn sich ausdenkt. Leider sind es nicht immer Abenteuerfilme oder Komödien, meine Einbildungskraft bringt die schlimmsten Thriller hervor. Gegen jede Wahrscheinlichkeit behalten die Horrorszenarien die Oberhand, und sämtliche Ängste treten in den Hauptrollen auf. Ich stelle mir vor, dass ich meinen Job verliere und meine Mutter nicht mehr unterstützen kann. Ich sehe sie dann vor mir, gebeugt, klein, fast durchscheinend. Meine Schwester ruft mir etwas zu, aber ich verstehe es nicht. Und wo bin ich eigentlich in der ganzen Szene? Ich bin allein im kalten und grauen Wohnzimmer, ein Tablett in den Händen, auf dem eine Kanne mit kaltem Tee steht. Ich weiß nicht, was ich mit dem Tablett anfangen soll, weiß nicht einmal, für wen es bestimmt ist. Im Stockwerk über mir höre ich meine Mutter und Mélie schluchzen, ich stehe wie angewurzelt im Wohnzimmer, unfähig, ihnen zu helfen. Da kommt mir ein Satz in den Sinn, den Papa sagte, als er im Sterben lag: »Pass auf sie auf, ich verlasse mich auf dich.« In seiner Stimme und seinem Blick lag großes Vertrauen, und ich war stolz, dass er gerade mir die Hausschlüssel übergab. Ich war die Große, die Starke. Als er uns dann aber wirklich verließ, war ich ein Nichts.

Diese Visionen quälen mich, und ich richte mich im Bett auf. Da ist wohl nichts zu machen, das Sandmännchen kommt heute nicht. Ich schlüpfe aus dem Bett, ganz vorsichtig, um kein Geräusch zu machen – dabei ist das ganz überflüssig, denn ich könnte sogar auf einem verstimmten Klavier *Für Elise* spielen, ohne dass Mélie aufwachen würde. Schnell ziehe ich eine Hose und eine Seidentunika an, stecke mein Haar hoch, schlüpfe in meine Ballerinas und verlasse das Zimmer.

Auf dem Flur hört man diesen grässlichen Typen noch lauter schnarchen. Ich hoffe, dass im Sofitel wenigstens die Bar die ganze Nacht geöffnet ist. Ich habe mein Tablet und mein Portemonnaie mitgenommen, so kann ich etwas trinken und bis zum Morgen im Internet surfen.

Nach mehreren erfolglosen Versuchen, die Hotelbar zu finden, beschließe ich, an der Rezeption nachzufragen. Eine hübsche Hostess, so makellos gestylt, dass ich zuerst glaube, sie sei aus Plastik und komme gerade frisch aus der Fabrik, zeigt mir eine Lounge in der fünften Etage – der einzige Ort, an dem ich nicht gesucht habe. Als ich die Bar erreiche, die die Hostess konsequent als ›Lounge‹ bezeichnet hat, bin ich erleichtert. Sie sieht weder wie ein Restaurant noch wie ein Getränkekiosk aus. Gedämpftes Licht, dekorative Lampen in Blumenform über Sitzgruppen mit jeweils vier dunkelgrauen Sesseln und einem niedrigen beigefarbenen Tisch. Links eine Wand mit Wasserspiel. Helles Parkett, ähnlich wie das in den Schlafzimmern. Die Theke der Bar ist schlicht gehalten, sie verschmilzt perfekt mit dem Ambiente. Man hört keine Musik, stattdessen das Plätschern des Wassers. Ich wähle einen Sessel gegenüber dem Eingang, denn ich beobachte gern Leute, und von hier aus kann ich alle sehen, die hereinkommen oder hinausgehen.

Wenige Minuten, nachdem ich mich niedergelassen habe, kommt ein äußerst attraktiver junger Mann von ungefähr zwanzig Jahren – nachdem ich die Hostess gesehen habe, nehme ich an, dass das Sofitel bei der Auswahl der Mitarbeiter nach dem Äußeren geht – und nimmt meine Bestellung auf. Ich bestelle ein Glas Côte du Rhône und hoffe, dass ich nicht mehr als drei davon trinken muss, um endlich schlafen zu können. In dem Raum sind noch fünf weitere Gäste, die meisten von ihnen Männer um die fünfzig, aber auch eine Frau, die etwas älter ist als ich und mit ihrem Begleiter etwas zu feiern scheint. Sicher die Unterzeichnung eines wichtigen Vertrags.

Ich mache es mir bequem, streife die Schuhe ab und ziehe die Füße hoch. Die gedämpfte Atmosphäre und die späte Stunde laden dazu geradezu ein. Ich spüre, wie die Minuten vergehen. Mein Blick verliert sich im Nichts, ich habe noch nicht mal mein Tablet eingeschaltet. Ich beobachte die anderen Gäste und stelle mir ihr Leben vor. Mélie und ich spielen dieses Spiel oft. Diejenige, die die spannendste Geschichte erfindet, gewinnt. Meine sind meistens tragischer als ihre. Ich bin eher von Zola geprägt, meine Schwester von Pagnol.

Ich bestelle ein zweites Glas und gähne noch immer nicht. Das ist ein schlechtes Zeichen. Während der junge Kellner den Wein vor mir abstellt, beschließe ich, nun doch irgendetwas tödlich Langweiliges auf meinem Tablet zu lesen.

Plötzlich erregt etwas meine Aufmerksamkeit. Jemand hat die Lounge betreten. Ich schaue genau hin, und nach ein paar Sekunden erkenne ich William. Ich bekomme eine leichte Gänsehaut, dabei hat mir Mélie doch gesagt, dass er auch im Hotel übernachtet. Was für ein netter Zufall, denke ich, und gleichzeitig bin ich beunruhigt. Er trägt eine Markenjeans und ein passendes Sweatshirt. Ohne seinen eher förmlichen Anzug ist er gar nicht so leicht wiederzuerkennen. Aber als ich ihn jetzt zur Bar gehen sehe, erkenne ich den betont lässigen Gang. Das hat er wohl eingeübt. »Die Welt ist mein Königreich«, scheint er damit sagen zu wollen. Ich kenne das, denn auch ich habe über Jahre hinweg meine Körpersprache einstudiert. Wenn man den anderen zeigt, dass einen nichts erschüttern kann, probieren sie erst gar nicht, einen anzugreifen. Das funktioniert fast immer.

Er hat mich nicht gesehen. Ich fühle mich wie eine Löwin aus einer Tierreportage, die im hohen Gras liegt und gleichmütig das übrige Ökosystem beobachtet. Auch diese Haltung habe ich mühsam eingeübt. Aber dann werde ich enttarnt. Er dreht sich von der Bar weg, um einen freien Platz zu finden, und schon hat er mich entdeckt. Für den Bruchteil einer Sekunde zeigt seine britische Zurückhaltung einen Riss, und er wirkt erstaunt. Ich habe etwas Vorsprung, da ich ihn ja schon seit einer Weile beobachte. Ich hebe mein Glas und grüße ihn mit, wie ich finde, gelungenem Schwung. Erst einen Moment später wird mir klar, dass ich dabei bin, ihn an meinen Tisch einzuladen. Wieso habe ich nicht wenigstens eine Millisekunde über diese Geste nachgedacht?

»Laden Sie mich dazu ein, die Schlaflosigkeit mit Ihnen zu teilen?«, fragt er, als er vor meinem Tisch zu stehen kommt.

»Warum nicht? Sie werden versuchen, mich zu überzeugen, dass die parlamentarische Monarchie die beste Regierungsform der Welt ist, und ich versuche, Ihnen die Vorteile einer guten revolutionären Enthauptung nahezubringen.«

»Keine Chance«, sagt er und setzt sich auf den Nachbarsessel, um ebenfalls den Eingang überblicken zu können.

»Solange Sie es nicht versucht haben, wissen Sie ja gar nicht, ob es Ihnen gefällt.«

»Nein, ich wollte nur sagen, Sie haben die letzte in Europa aktive Guillotine aussortiert. Wenn Sie uns Ihre Spielsachen nicht ausleihen, bleiben Sie auf dem Pausenhof allein.«

Ich lächele ihm zu. Mein zweites Glas Wein zeigt Wirkung, und ich spüre, wie meine Muskeln sich entspannen und mein Herz sich wärmt.

»Machen Sie sich Sorgen wegen Ihrer Muter?«, mutmaßt er und nippt an seinem Getränk, offenbar ein Whisky.

»Ich vermute, das sieht man mir an.«

»Und um Ihre Schwester?«

»Auch.«

»Gibt es jemanden, um den Sie sich keine Sorgen machen?«

»Sie.«

*Und auch nicht um Papa, denn das ist nicht mehr notwendig.*

»Lassen Sie mir etwas Zeit, dann kann ich Sie sicher dazu bringen, sich auch um mich Sorgen zu machen.«

»Ganz schön eingebildet.«

»Ich spiele bloß gern«, sagt er und sieht mich an.

Seine dunklen Augen glitzern, ich weiß nicht, ob das durch den Alkohol kommt oder durch seine Schalkhaftigkeit. Vielleicht von beidem etwas.

»Erzählen Sie mir von sich«, sage ich plötzlich und bestelle noch einen Wein.

»Sie wollen also direkt zur Sache kommen?«

Ich tue so, als kränkte mich das, und imitiere den zickigen Ton einer Stewardess.

»Entschuldigung, aber nach dem Gespräch über Homosexualität gestern dachte ich, wir könnten auf einführende Worte verzichten. Aber wenn Sie wollen, können wir die Sache auch behutsamer angehen …«

»Nein, nein, machen Sie ruhig so brutal weiter.« Er grinst. »Womit wollen Sie anfangen?«

»Mit Geschwistern.«

»Ein Bruder, Thomas, ein Jahr jünger als ich.«

»Eltern?«

»Das hoffe ich, denn sonst muss ich noch die Umstände meiner Zeugung erforschen, und dann würde ich vielleicht eine furchtbare Verschwörung der Regierung entdecken.«

Ich kneife die Augen zusammen, ein Punkt für ihn. Dann fahre ich fort: »Stephen King hat schon alles erklärt, Sie sparen Zeit, wenn Sie ihn lesen.«

»Ich habe noch beide Eltern, sehr angenehme Menschen, allerdings ein bisschen konservativ, außerdem zwei Großmütter und eine Tante. Die Frauen in meiner Familie haben eine eiserne Gesundheit und die Gabe, ihre Männer zu ermüden. Daher die hohe Sterblichkeit derselben in meiner Sippe.«

»Glauben Sie mir, Sie haben keine Ahnung, was eine Frau ist, die andere beherrscht. Meine Mutter hat das sozusagen erfunden.«

»Ihre Schwester und Sie scheinen ihr jedoch sehr nahe zu stehen.«

»Auch wenn man jemandem nahesteht, muss man sich irgendwann von ihm abnabeln. Meine Mutter hat sich immer dagegen gewehrt, dass die Nabelschnur durchtrennt wird. Mit der Zeit ist sie vielleicht länger und dünner geworden, doch es gibt sie noch immer.«

»Die Medizin leistet Außerordentliches.«

»Und mit Hilfe der Mode kann man aus allem ein Accessoire machen, zum Glück.«

Er schweigt eine Weile und bestellt dann ebenfalls einen zweiten Drink. Normalerweise trinke ich kaum Alkohol, aber heute Nacht bringt mich irgendetwas dazu. Der Kellner tritt an unseren Tisch, und ich beobachte, wie William mit ihm spricht, wie er sich dabei bewegt, wie seine Stimme klingt. Es ist, als würde ich nach etwas suchen.

»Und Ihr Vater?«, fragt er mich plötzlich.

»Er ist … gestorben, vor ein paar Monaten.«

Seltsam, aber dieser Satz klingt für mich noch immer falsch. Ich muss nachdenken, bevor ich ihn ausspreche, wie bei einer schlecht gelernten Lektion.

»Das tut mir leid für Sie«, antwortet er leise. Ich versuche zu lächeln, um zu verbergen, dass es mir schwerfällt, über den Tod meines Vaters zu reden, so zwischen zwei Drinks.

»Wie ist der Wein?«, fragt er taktvoll.

»Ausgezeichnet, allerdings ist das schon mein drittes Glas. Ich bin mir nicht sicher, ob ich in meinem Urteil noch objektiv bin.«

Er streckt die Hand nach meinem Glas aus. Seine Augen funkeln, und für den Bruchteil einer Sekunde weiß ich nicht, was ich sagen soll. Ich reiche es ihm. Er nimmt es und berührt dabei meine Hand. Die Wärme des Alkohols strahlt in all meine Glieder aus. Ich habe den Eindruck, dass meine Organe sich plötzlich daran erinnern, dass ihre normale Temperatur nicht unter Null liegen darf.

»Nein, Sie sind noch nicht völlig betrunken, er ist wirklich sehr gut«, urteilt William.

Ich muss lachen.

»So einen surrealistischen Abend habe ich noch nie erlebt!«

»Weil ein Engländer einer Französin bestätigt, dass der Wein gut ist, oder weil Sie trotz aller gegenteiligen Bemühungen merken, dass Sie Gefallen daran finden?«

Ich lehne meinen Kopf gegen die weiche Sessellehne.

»Mache ich so einen Eindruck?«

»Sie scheinen verzweifelt nach einer Lampe zu suchen, um den Weg durch einen langen Tunnel zu finden.«

Ich verziehe das Gesicht. Wir haben mal gerade zehn Stunden zusammen verbracht, und schon trifft er den neuralgischen Punkt.

»Es ist im Moment alles etwas kompliziert.«

Ich sage das in eher unbeteiligtem Ton. Ich verberge meine Gefühle, als würde ich mich ihrer schämen, als könnte man sich dafür schämen, dass man traurig, wütend oder müde ist. Warum stört es mich so sehr, dass er weiß, was ich empfinde?

»Auch Schwarz ist eine schöne Farbe«, sagt er behutsam.

Ich sehe ihn an. Mit vor Staunen weit aufgerissenen Augen. Mélie hat mir schon oft erklärt, bei einer besonderen Begegnung, die man nicht vergisst, ganz gleich, wie lange sie dauert, begegne ein Unterbewusstsein dem anderen. Dieser Satz von ihm, über den er vielleicht gar nicht nachgedacht hat, ist wie ein ausgeworfener Anker, der sich irgendwo in mir festhakt. Und in diesem Augenblick entsteht eine Verbindung zwischen uns.

*Ich darf trauern.*

Ich glaube, das hat vorher niemand so formuliert. So einfach. Keiner hat mir erlaubt, zu trauern, und doch ist das alles, worauf ich gewartet habe: dass es mir jemand sagt. Ganz gleich wer, ein Fremder oder ein Mensch, der mir nahesteht. Ich musste diese Worte hören.

*Ich darf trauern. Auch Schwarz ist eine schöne Farbe.*

Er hat sich zu mir herübergebeugt. Er sieht gar nicht mehr schalkhaft aus, sondern schaut mich mit einer Mischung aus Sanftheit und Festigkeit an. In meinem Kopf dreht sich alles, und meine Wangen sind heiß. Ich bringe kein Wort mehr hervor und will es auch gar nicht. Ich mag diesen seltsamen Augenblick der Nähe und der Offenbarung, der plötzlich aus dem Nichts entstanden ist, ohne dass ich damit gerechnet oder es vorhergesehen hätte. Normalerweise bin ich sehr kontrolliert, aber jetzt entspanne ich mich. Ich lausche dem Plätschern des Wasserspiels, was für ein wohltuendes Geräusch. William streckt langsam die Hand nach meinem Gesicht aus und streichelt meine Stirn, die Schläfen, ein Ohr und die Nase. Die Zärtlichkeit seiner Geste verstärkt die Wirkung des Weins, und ich spüre, wie empfindsam meine Haut plötzlich ist. Er kommt noch näher, und ohne dass ich reagiere, berührt er meinen Mund mit seinen Lippen. Ein Schauer läuft mir über den Rücken, und ich spüre, wie Empfindungen an die Oberfläche drängen, als würden manche Nervenbahnen wieder zum Leben erweckt.

Nach einer Weile öffnen wir beide den Mund und werden mutiger. Ich lege die Hand auf seinen Hals und wandere mit den Fingern zu seinem Nacken, spiele mit seinem Haaransatz. Ich spüre Lust in mir aufsteigen und lasse die Finger durch sein Haar gleiten, während unser Kuss intensiver wird. Mit den Händen erkundet er meinen Rücken, seine Bewegungen sind sanft, aber deutlich zu spüren. Er weiß, was er tut. Ich schlage meine Beine übereinander, um näher an ihn heranzurücken. Er zieht mich zu sich hinüber. Ich spüre Feuer in meinen Adern, und auch sein Atem wird schneller und die Berührung seiner Hände fester.

Dann ziehe mich abrupt zurück und beende unsere Umarmung. Ich kann diesen Ansturm von Gefühlen nicht mehr beherrschen, mir ist schwindelig.

»Okay … ich … brauche ein Wasser.«

»Ein sehr guter Vorschlag«, sagt er, fährt sich mit der Hand durchs Haar und holt tief Luft.

Er trinkt in einem Zug sein Glas aus, ich stürze mich auf das Wasser, das der Kellner umgehend gebracht hat. Am liebsten würde ich es mir über den Kopf gießen. Was ist nur mit mir los? Ich habe nichts gegen einen angenehmen Flirt in dieser stressigen Zeit, aber das hier ist für meinen Geschmack zu heftig. Die Kombination von Alkohol und Traurigkeit führt dazu, dass ich mir wie ein kleines, naives Mädchen vorkomme, und das gefällt mir ganz und gar nicht. Dies alles zeigt mir, wie empfindlich ich noch bin und dass ich sehr vorsichtig sein muss.

Wir bleiben ein paar Minuten verlegen nebeneinander sitzen. Das ist schade. Unser vertrautes Gespräch ist zu Ende, keiner von uns findet dahin zurück.

»Ich …«

Jämmerlicher Versuch.

»Schon gut«, antwortet er schnell.

»Okay.«

»Dieser Springbrunnen ist wirklich laut«, sagt er unvermittelt. Und ein paar Sekunden später: »Ich kann mit unzähligen Sätzen dieser Art aufwarten, um Ihre Verlegenheit noch zu steigern.«

Ich hebe das Kinn, rolle die Augen und behaupte schließlich wie ein sechzehnjähriges Mädchen auf dem Schulhof: »Ich bin nicht verlegen.«

»Ach wirklich? Dann zeigen Sie doch mal, wie ungezwungen Sie sind.«

Ich verziehe unwillkürlich den Mund und puste mir heftig einige Haarsträhnen, die mir vor die Augen gefallen sind, aus dem

Gesicht. Ich erwäge einen Moment, ob ich seinem spöttischen Lächeln ein Ende bereiten soll, indem ich ihm das Gesicht zerkratze, aber dann packe ich ihn am Ausschnitt seines Sweatshirts, ziehe ihn zu mir herüber und presse meinen Mund auf seinen. Eine halbe Sekunde später höre ich sämtliche Alarmglocken in meinem Kopf läuten und stoße ihn von mir: »Was denken Sie sich eigentlich? Ich weiß nicht, was … Ich muss wirklich aufhören mit dem Wein. Genug jetzt, ich gehe schlafen.«

»Ich glaube, Sie sind sehr ungerecht dem Wein gegenüber, er kann eigentlich nichts dafür«, versetzt er.

»Oh doch, und freuen Sie sich nicht zu sehr.«

»Ich glaube, wenn ich mich freue, sehe ich anders aus.«

»Tatsächlich?«

»Tatsächlich. So wie jetzt sehe ich eher aus, wenn ich mich über jemanden lustig mache.«

»Gute Nacht.«

»Bis morgen, Scarlett.«

Ich antworte nicht und stürme aus der Bar. Mich irritieren weniger unsere Kindereien, die ich eigentlich ziemlich lustig finde, als die Tatsache, dass sie mir wichtiger sind, als sie sollten. An welchem Punkt ist dieses Spiel so verwirrend geworden? Diese Art zu scherzen sollte leicht, harmlos, oberflächlich sein. Lauter schöne Worte, bei denen es nicht drauf ankommt. Aber er hat mich irgendwie berührt, ein Gefühl geweckt, das ich tief in meinem Inneren verborgen glaubte, das aber in Wirklichkeit direkt unter meiner Haut sitzt. Und genau das stört mich.

Die Wahrheit ist, dass ich es aus einem mir unbekannten Grund nicht mag, wenn man mich berührt.

# KAPITEL 7

Heute ist der 24. Dezember. Es ist sechs Uhr morgens und schon der zweite Tag in der weißen Hölle. Mélie und ich ziehen uns an und schminken uns, wie zwei Zombies, die noch nicht begriffen haben, dass sie sich keine Gedanken mehr um ihre Kleidung und ihren Teint machen müssen. Seit wir wach sind, das heißt seit zwölf Minuten und achtzehn Sekunden, sieht meine Schwester mich seltsam an. Diese Technik hat sie seit unserer Kindheit perfektioniert: mich mit Blicken derart unter Druck zu setzen, bis ich es nicht mehr aushalte.

»Was ist los?«

»Du siehst komisch aus«, sagt sie argwöhnisch.

»Klar, ich habe fast nicht geschlafen und außerdem ein bisschen zu viel getrunken. Ich sehe nicht komisch aus, sondern allenfalls wie eine tote Ratte.«

Sie kneift die Augen zusammen und mustert mich lauernd.

»Was?!«, stoße ich hervor.

»Du siehst komisch aus«, wiederholt sie.

Ich seufze und verdrehe die Augen.

»Wir sollten uns beeilen, ich möchte den 7:45-Flug nicht verpassen.«

»Ich werde schon herausfinden, was los ist.«

Ich ziehe mich weiter an, eine Schicht über die andere, und rolle mit den Augen.

»Daran zweifle ich nicht. Bist du fertig?«

»Ich warte nur auf dich.«

Wir gehen durch den Flur und begegnen mehreren Leuten, die offenbar in derselben Lage sind wie wir. So entsteht eine Riesenschlange von Koffern vor den Aufzügen und vor der Rezeption. Es dauert ewig. Ich schaue auf die Uhr. Es kommt absolut nicht in Frage, noch einen weiteren Tag am Flughafen zu verbringen. Doch bald muss ich feststellen, dass meine Wünsche die Dinge nicht beschleunigen. Manche Gäste haben ihre Zimmerschlüssel verloren, andere finden den Ausweis nicht, überall sind aufgeregte Kinder und müde Eltern, und es scheint immer schwieriger, das Sofitel überhaupt zu verlassen. Ich überlege gerade, was wohl passieren würde, wenn ich mir die Schlüsselrückgabe nicht quittieren ließe, als meine Schwester ruft: »Ach, guten Morgen, William!«

Ich muss husten. Ich weiß nicht, warum, aber mein Körper scheint dies für eine passende Reaktion zu halten.

»Guten Morgen, Mélanie«, sagt er mit ruhiger Stimme.

Er trägt wieder den Maßanzug und den dazu passenden Mantel. Ich gebe mir Mühe, meine Gedanken zu bändigen, aber es gelingt mir nicht. Als ich seinem Blick begegne, fällt mir alles wieder ein, der gestrige Abend, der Wein, sein Geruch, sein Kuss, seine Lippen und wie sie sich bewegt haben …

»Hallo, Scarlett«, sagt er freundlich, »ich hoffe, Ihre Kopfschmerzen sind besser?«

Ich spüre, wie meine Schwester ihre Antennen ausfährt. Sie sind so lang, dass sie bis an die Decke der Hotelhalle reichen.

Ich weiß, dass sie den restlichen Tag lang unerträglich sein wird.

»Meinem Kopf geht es gut, danke der Nachfrage.«

»Ihr habt euch gesehen?«, fragt meine Schwester. »Ah, ich weiß, es war gestern Nacht, als du weggegangen bist, weil du angeblich nicht schlafen konntest. Das hätte ich mir ja denken können.«

»Mélie, möchtest du uns nicht einen Kaffee holen?«

*Nicht gerade raffiniert.*

»Nicht gerade raffiniert, dein Ablenkungsmanöver«, sagt sie. Sie dreht sich um, wirft mir einen triumphierenden Blick zu und steuert auf einen Kaffeeautomaten am Ende der Halle zu.

»Irre ich mich oder ist Ihnen peinlich, was gestern passiert ist?«, fragt William mit leicht frohlockendem Gesichtsausdruck.

»Peinlich? Inwiefern?«

»Verlegen wie eine Schülerin in der Mittelstufe.«

»Ganz und gar nicht.«

»Wie eine in der Oberstufe?«

»Noch weniger. Ich hoffe, das kratzt jetzt nicht an Ihrem Ego.«

Er grinst noch immer zufrieden. Ich warte auf den nächsten Pfeil, den er abschießt, und wappne mich. So gut ich kann zumindest, denn es ist erst 6:20 Uhr. Blitzschnell greift er nach meinem Halstuch, zieht mich zu sich heran und drückt seine Lippen auf meine. Ich erstarre. Das habe ich nicht kommen sehen. Dieser Kuss hat etwas Forderndes, fast Autoritäres. Er dauert nur ein paar Sekunden, doch es genügt, um mich durcheinanderzubringen.

Ich öffne die Augen und schaue ihn verwirrt an.

»Okay«, sagt er, »erstes Semester an der Uni, das ist mein letztes Wort.«

Mélie taucht wieder auf und reicht mir einen Cappuccino. Mit neugierigem Marderblick betrachtet sie William, der ihr ein breites Lächeln schenkt.

»Ich habe wohl etwas verpasst«, stellt sie fest.

»Nichts, was erwähnenswert wäre«, entgegne ich.

»Wenn etwas passiert, lasse ich Ihnen umgehend einen Bericht zukommen«, sagt William augenzwinkernd und meine Schwester grinst.

Wir verlassen endlich das Sofitel und bewegen uns mit Horden anderer Reisender zur Abflughalle der British Airways. Fieberhaft blicken wir auf die Anzeigetafeln und sind erleichtert, als wir sehen, dass dort tatsächlich ein Flug für 7:45 Uhr angekündigt ist.

»Ich rufe Maman an«, sagt Mélie.

»Warte mal, warum rufst du immer nur an, wenn es gute Nachrichten gibt?«

»Willst du sie anrufen?«

»Nein.«

Wir setzen uns auf Sessel gegenüber dem Monitor, bereit aufzuspringen, sobald sie den Schalter öffnen. William entfernt sich einige Meter, um jemanden anzurufen. Ich kann nicht anders, als ihn zu beobachten und zu versuchen mitzuhören, was er sagt. Ich würde gern wissen, wem er Bescheid gibt. Seinen Eltern? Seinem Bruder? Einem Freund? Einer Freundin?

*Ach nein, ist mir doch egal. Ja, genau, ist mir ganz gleich.*

Ich bemühe mich, nicht mehr hinzuschauen. Mélie legt auf. Sie war schon immer geschickter als ich darin, die Monologe unserer Mutter zu beenden. Ich bin fast sicher, dass sie nur zu diesem Zweck Psychologie studiert hat.

»Und?«

»Sie freut sich«, sagt meine Schwester, »und ist erleichtert. Sie geht jetzt wieder in die Küche. Ich habe ihr versichert, dass wir vor 12 zu Hause sind und ihr bei den kandierten Früchten helfen können.«

Sie schweigt plötzlich. Ihre schönen, hellen Augen werden feucht. Mit dem Ritual der kandierten Früchte hat Papa sonst immer den Kampf um die Weihnachtsvorbereitungen eröffnet. Alles musste nach einer bestimmten Ordnung gemacht werden: zuerst die Nüsse, dann die Datteln und schließlich die Pflaumen. Mit der Hierarchie der kandierten Früchte ist nicht zu spaßen. Sie gehören zur Familientradition, eine Mischung aus Rezepten des Südens und den wunderbaren Geschichten, die Papa uns früher erzählte, um uns vom Ofen und Mamans Röcken fernzuhalten. Aber dieses Jahr wird die Zubereitung dieser Süßigkeiten einen bitteren Beigeschmack haben. Mélie begreift in diesem Moment – und ich mit ihr –, dass alle wichtigen Ereignisse in Zukunft ohne Papa stattfinden.

»Keine Sorge, niemand wird uns daran hindern, diese verdammten kandierten Früchte zu machen, dafür sorgt schon Maman«, sage ich.

Ich beobachte ihr Gesicht und halte den Atem an, bis ein scheues Lächeln auf ihren Lippen erscheint.

*Du bist meine Sonne …*

William hat sein Telefonat offenbar beendet und setzt sich wieder zu uns, und obwohl ich mir auf die Zunge beiße, um zu schweigen, kann ich mich nicht zurückhalten.

»Alles in Ordnung?«

Eine diskrete und vorsichtige Art, ihn zu fragen, mit wem er gesprochen hat und worüber. Das geht mich alles absolut nichts an. Meine Neugier hält sich jedoch nicht lange mit solchen Überlegungen auf.

»Ja«, antwortet er liebenswürdig. Seine kryptische Antwort nervt mich ein wenig, aber ich lasse es mir nicht anmerken.

»Na, dann ist ja alles bestens.«

»Ja, genau.«

»Sie möchte gern wissen, mit wem Sie gerade telefoniert haben«, erklärt Mélie, die Verräterin.

»Das ist mir klar«, meint William.

»Zum Glück kann ich euch beide gar nicht hören.«

»Das war mein Bruder«, erklärt er schließlich, »ich wollte nur wissen, ob alles in Ordnung ist, und habe ihm gesagt, dass ich gleich starten kann.«

»Verstehen Sie sich gut mit Ihrem Bruder?«, fragt Mélie in ihrer natürlichen Sorglosigkeit.

»Ja, auf unsere ganz besondere Art verstehen wir uns gut.«

Ein seltsamer Ausdruck huscht über sein Gesicht, der schwer zu deuten ist. Ist es Bedauern, Traurigkeit oder Stolz? Ich ahne, dass seine Familiengeschichte ebenso komplex ist wie meine, nur dass sie wesentlich weniger lebhaft zu sein scheint. Eher britisch als französisch vermute ich mal.

»Oh mein Gott, Scarlett!«

Mélie sieht plötzlich ganz entsetzt aus, und ich verstehe auch gleich, warum. Die Leute um uns herum springen von den Sitzen und schimpfen aufgebracht. Nun ist passiert, was ich befürchtet hatte. Unser Flug ist annulliert, nicht verspätet, sondern annulliert, er findet nicht statt. Ich sage mit schwacher Stimme:

»Oh nein!«

»Maman …«, haucht Mélie.

»Warte, nein, das kann doch nicht sein. Lass uns noch mal genau schauen.«

Ich stammele. Diesmal finde ich das Abenteuer überhaupt nicht mehr amüsant. Ich sehe meine Mutter am Heiligabend vor mir, ohne ihre Töchter, ohne ihren Mann in dem leeren Haus, Unmengen von Essen auf einem Tisch, an dem niemand sitzen wird.

»Was machen wir bloß?«, fragt Mélie.

Als ob ich das wüsste!

»Nun«, sagt William ruhig, »ich gehe und erkundige mich. Irgendwo an diesem Flughafen muss es ja jemanden geben, der in der Lage ist zu erklären, was heute mit dem Flugverkehr los ist.«

Mélie und ich blicken ihm nach. Normalerweise wäre ich mitgegangen, aber ich bin zu müde. Dieses Weihnachten fällt ins Wasser, und ich fürchte mich schon vor dem Telefonat mit Maman. Wenn heute kein Flugzeug mehr startet, können wir morgen am frühen Nachmittag die Fähre nehmen, sind dann aber nicht vor dem Abend zu Hause. Also erst nach Weihnachten. Ich hole tief Luft und streichele meiner Schwester über die Wange. Ich lächele mein eisernes Lächeln, das bedeutet: Alles in Ordnung, ich habe die Dinge unter Kontrolle, und sie tut so, als würde sie mir glauben. Nicht nur wir werden von Angst heimgesucht. Ich höre, wie sich Paare gegenseitig beschuldigen, ausgerechnet jetzt Frankreich verlassen zu haben; sie tragen alte Konflikte aus. Andere schimpfen über die Airline und wollen sie verklagen. Jeder bringt seine Ohnmacht auf eigene Weise zum Ausdruck.

Ich weiß gar nicht, wie lange es her ist, dass William zum Info-Stand der Airline gegangen ist. Da mir nichts Besseres einfällt, als auf ihn zu warten, bleibe ich sitzen, meine Hände in denen von Mélie, und zu meiner Überraschung bete ich zu irgendwem, der mich erhören möge.

Da kommt William zurück, und an seinem Gesichtsausdruck erkenne ich, dass wir über seine Nachricht nicht besonders erfreut sein werden.

»Und …?«, fragt Mélie in flehendem Ton.

»Es tut mir leid, aber nach dem, was British Airways sagt, ist der gesamte Flugverkehr lahmgelegt, weil Eisregen auf den Schnee von heute Nacht gefallen ist«, erklärt William vorsichtig. »Es ist zu gefährlich, die Maschinen unter diesen Umständen starten zu lassen, und man hat mir zu verstehen gegeben, dass sich daran vor morgen wohl nichts ändern wird. Man hat mir geraten, nach Hause zu fahren.« Er zuckt bedauernd die Achseln.

Nach ein paar Sekunden des Schweigens sage ich leise: »Das glaube ich jetzt nicht …«

»Und jetzt?«

Mélie sieht mich als das an, was ich zu sein habe: die Ältere, die eine Lösung finden muss.

»Ich rufe Maman an«, sage ich.

Mütter haben einen sechsten Sinn, sie spüren, was ihre Kinder beschäftigt. Ein unsichtbarer Faden verbindet sie mit ihren Herzen. Kaum habe ich Hallo gesagt, da weiß sie schon, dass es ein Problem gibt. Ein riesiges Problem. So behutsam wie irgend möglich erkläre ich ihr, dass wir heute kaum von hier wegkommen werden und vielleicht morgen die Fähre nehmen müssen, um nicht einen dritten Tag am Flughafen zu verbringen. Am anderen Ende der Leitung passiert das Allerschlimmste. Nichts. Keine Schreie, keine Klagen, keine Anrufung okkulter Mächte: einfach nichts. Dann sagt sie, sie verstehe, sie werde beten, dass wir schnell nach Hause kommen, aber vor allem, dass wir einen angenehmen Ort finden, um Weihnachten zu feiern. Sie bricht mir buchstäblich das Herz damit. Ich weiß nicht, was ich sagen soll, um sie zu trösten, zugleich weiß ich genau, was ihr in diesem Moment durch den Kopf geht. Die Verbindung zwischen unseren Herzen funktioniert bestens. Doch ich kann sie nicht trösten, da ich selbst verzweifelt bin. Ich wäre jetzt gern zu Hause, um sie in den Arm zu nehmen. Sogar ihr Gezeter würde ich mir gern anhören!

»Meinst du, du kommst damit klar, Maman? Sag doch was … Ich weiß nicht, irgendwas … Bist du sicher? … Okay, Mélie und ich rufen dich bald wieder an.«

Bevor sie auflegt, sagt sie leise: »Passt auf euch auf.« Ich reibe nervös die Handflächen über meine Hose.

»Hat sie nicht geschrien?«, fragt Mélie.

»Nein.«

Ich seufze und sage: »Ich gehe jetzt mal eben zur Toilette, und wenn ich wiederkomme, suchen wir uns ein nettes, kleines Hotel, einverstanden?«

Ich stehe schnell auf und gehe zu den Toiletten. Ich habe das unangenehme Gefühl, meine Mutter im Stich gelassen und die Dinge nicht im Griff zu haben.

*Das ist doch kein Drama. An Silvester werden wir darüber lachen!*

Ich sage mir diesen Satz immer wieder, aber er zeigt keine Wirkung. Ich bin deprimiert. Um mich abzulenken, wasche ich mir die Hände. Ich sehe furchtbar aus. Ich habe sehr helle Haut, nicht so wie Mélie, aber doch so, dass schon bei den ersten Anzeichen von Stress oder Verärgerung blaue Venen an meine Schläfen auftauchen und meine Augenringe sich leicht violett färben. Das wird ein sehr trauriger Abend werden.

Die Tür geht auf, und ich achte nicht weiter darauf, bis ich bemerke, dass William mir gefolgt ist.

»Diesmal bin ich aber sicher in der richtigen Toilette.«

»Ganz sicher. Denn ich bin mir sicher, in der falschen zu sein«, entgegnet er und lehnt sich an die Wand neben der Tür.

Er sieht mich durchdringend an, als müsse er gründlich über mich nachdenken.

»Ihr solltet beide zu mir kommen.«

»Wie bitte?«

»Wie es aussieht, sind wir an Weihnachten alle drei nicht da, wo wir sein wollten. Es wäre doch dumm, wenn sich jetzt jeder allein mit der unerwarteten Situation herumschlagen würde. Ich füge hinzu, dass ich ein sehr komfortables Gästezimmer und sogar einen Kühlschrank habe.«

»Na ja, ich weiß nicht …«

»Wieder peinlich berührt?«

»Absolut nicht.«

»Wo ist dann das Problem? Tagsüber reden wir darüber, was wir für heute Abend zum Essen und Trinken einkaufen, und Mélie erzählt uns ein paar Anekdoten von ihren Patienten. Das wird wunderbar.«

Ich zögere. Ich weiß nicht, warum meine Alarmglocken angehen, aber ich kann sie kaum zum Schweigen bringen. Schließlich verschränke ich die Arme und sage in bestem Bürokratenton: »Ein Gästezimmer und ein Kühlschrank, okay. Gibt es Toiletten?«

»Ja.«

»Ein Badezimmer?«

»Weiß ich, ehrlich gesagt, nicht mehr, ich müsste mir den Grundriss noch mal angucken.«

»Einen Geschirrspüler?«

»Unnötig. Die Ratten machen alles sauber, wir leben schließlich in einer Großstadt.«

Ich hole tief Luft, denn ich spüre, dass mein Herz schneller schlägt.

»Na gut, aber ich möchte die Ratte, die meinen Teller säubert, selbst aussuchen.«

»Ich sage Ihnen eins, die Viecher sind alle in der Gewerkschaft.«

Er streckt mir die Hand entgegen. Ich bin überrascht. Jemandes Hand zu nehmen, ist etwas sehr Intimes. Eine liebevolle Geste. Er hat recht, ich stehe da wie ein dummes Schulmädchen. Ich lege meine Hand in seine, dann hält er sie mit beiden Händen fest. Ein Bienenschwarm summt in meinem Bauch. Er sieht mich unablässig mit seinen tintenschwarzen Augen an. Ich kann die Pupillen noch immer nicht ausmachen. Seine Augen sind wie ein Abgrund, unendlich tief und beeindruckend. Er hebt meine Hand an die Lippen, und ich spüre, wie sie meine Haut berühren. Mein Verstand hat nicht mehr viel zu sagen, ich habe große Lust, mich in seine

Arme zu schmiegen, seine Umarmung zu spüren, angenehm und betäubend.

»Bald wird alles wieder in Ordnung sein«, sagt er sanft und bestimmt.

Wenn ich genauer nachdenke und meinen Argwohn beiseitelasse, ist das wohl die romantischste Äußerung, die ich je von einem Mann gehört habe.

Und da wir uns in meinem Leben befinden, wird sie zwangsläufig in einer Toilette vorgebracht.

# KAPITEL 8

Nachdem wir die Entscheidung getroffen haben, bleiben wir nicht länger in Heathrow. Wir alle haben diesen Flughafen gründlich statt. Während wir in Richtung der Underground-Station gehen, spüre ich jedoch ein leichtes Zögern. Dieselbe Art Zögern, die ein erfolgloser Glücksspieler empfindet, der sein Laster aufgeben möchte, aber zu wissen glaubt, dass der Jackpot geknackt wird, sobald sich die Türen der Spielhalle hinter ihm schließen. Und wenn auf wundersame Weise doch ein Flug auf der Anzeigetafel erschiene? Ich sage den anderen nichts von diesem aberwitzigen Gedanken, den sich mein Gehirn zusammenfantasiert. Kein Flugzeug wird von Heathrow aus starten, und es ist sicher das Beste, diese Hölle zu verlassen.

Die Piccadilly-Line bringt uns zum Bahnhof St. Pancras. Ich frage mich, in welchem Viertel William wohnt und was das über ihn und seine Geschichte verrät. Wir steigen um und erreichen schließlich Kensington High Street. Der Kunsthandel scheint einträglich zu sein, denn dies ist eins der elegantesten Viertel Londons. Als wir die Underground-Station verlassen, sehe ich mich um. Die Kensington Street ist weiß und menschenleer. Die Straße wurde offenbar geräumt, zu beiden Seiten liegen Berge von Schnee, doch inzwischen hat eine neue Schneeschicht alles bedeckt. Die parkenden Autos sind unter einer dicken weißen Schneelast verschwunden. Einzelne Fahrzeuge rollen jetzt langsam an uns vorbei, alles scheint sich in Zeitlupe abzuspielen. Wir gehen eine Weile zu Fuß und erreichen dann den Holland Park. Ich war oft genug in London, um mich hier gut auszukennen. Der Holland Park liegt im Bezirk Chelsea und Kensington, einer der wohlhabenden Gegenden der Stadt. Dies zeigt sich auch an den vielen Bentleys und Porsches, die am Straßenrand parken.

Wir verlassen die Hauptstraße und biegen in die Holland Park Street ein. Hier stehen aneinandergereiht hübsche helle Häuser, die alle gleich aussehen. Die weißen und ockerfarbenen Fassaden strahlen mit dem Schnee um die Wette.

Schon als ich klein war, mochte ich Stadtlandschaften. Glücklicherweise sind meine Eltern gern gereist. So konnte ich schon früh die großen Städte Europas mit denen am anderen Ende der Welt vergleichen. Ich glaube, wegen meiner Faszination für Strukturen und die Verschachtelung der Straßen, Viertel, Häuser und Gebäude bin ich Architektin geworden. Auch ich wollte mit Fassaden und Formen aus Stahl, Ziegel und Glas spielen. Von allen Städten, die ich kennengelernt habe, sind mir Tokio und London am liebsten. Zwei urbane Giganten mit unzähligen Facetten, in denen man sich leicht verirren, aber auch wiederfinden kann.

Wir bleiben vor einem dreistöckigen weißen Haus mit hohen Fenstern und einem Erker stehen. Wir steigen die paar Stufen zu dem für Londoner Stadthäuser typischen Eingang hoch, passieren die zwei eleganten Säulen rechts und links des Treppenaufgangs und seufzen vor Wohlbehagen, weil uns jenseits der Tür wohlige Wärme entgegenschlägt. Nach unserem

Fußmarsch durch die Kälte habe ich fast kein Gefühl mehr in den Gliedern. Ich streife energisch meine Schuhe auf der Fußmatte ab, um den Schnee zu entfernen und meinen Kreislauf in Gang zu bringen.

»Es wird nicht einfach sein, sich noch mal aufzuraffen, um etwas zu essen zu besorgen«, rutscht es mir unwillkürlich heraus.

»Man findet immer einen Lieferdienst«, erklärt William, »oder einen skrupellosen Restaurantchef, der dringend Geld braucht.«

»Skrupellosigkeit lässt die Leute unglaubliche Dinge tun«, erwidert Mélie. »Da werden sie oft ganz kreativ. Ja, suchen wir uns einfach so jemanden.«

William lässt uns vorausgehen und gibt mir mit einem Augenzwinkern zu verstehen, dass meine Schwester die Idee des Jahrhunderts hatte. Ich lächle zurück. Wir treten in einen großen Raum, der das Wohnzimmer zu sein scheint. Ich sehe mir mit Kennerblick die Einrichtung und das Dekor an. Die Art, wie jemand sein Zuhause einrichtet, verrät viel über seine Persönlichkeit. Zuerst fällt mir auf, dass William helle Räume und sanftes Licht mag. Durch das große Fenster fällt Tageslicht auf das Parkett und die weißen Wände. Um einen niedrigen Tisch aus dunklem Holz stehen drei graue Sofas. Ein imposantes modernes Gemälde nimmt fast eine ganze Wand ein, es ist in warmen Farben gehalten, Schokoladenbraun, Beige und Rot. Ich kenne mich mit Gemälden gar nicht aus, aber dieses hier beeindruckt mich. In den Zimmerecken und im Flur stehen Skulpturen, diskret, aber doch unübersehbar. William liebt Kunst, aber er brüstet sich nicht damit. Er führt uns ins Gästezimmer, auch dort finden sich sanfte, miteinander harmonierende Farben, und es stehen nur wenige Möbel darin. Wenn ich aufgrund der Inneneinrichtung auf seine Psyche schließen müsste, würde ich sagen, diese Übersichtlichkeit und Helle soll eine düstere und chaotische Vergangenheit im Zaum halten. Aber die Psychologin der Familie bin ja nicht ich, sondern Mélie.

»Wie sieht's aus? Möchte jemand einen schönen heißen Tee?«, fragt William.

Ich hatte schon gedacht, er würde nie fragen.

»Das wäre wunderbar.«

Mélie reibt sich die Arme, um sich aufzuwärmen. »Am liebsten wäre mir der Tee intravenös«, sagte sie. Und dann: »Ich rufe mal eben Maman an.«

»Gute Idee.«

Ich verlasse das Gästezimmer aus Feigheit. Ich möchte nicht ihr Gesicht sehen, wenn sie mit Maman redet, das wird kein schönes Gespräch. Die arme Maman. Ich seufze und folge William in die Küche, die einen Stock tiefer liegt. Sie ist ziemlich klein, quadratisch und scheint in eine Art Wintergarten eingebaut zu sein. Sie wirkt ein bisschen wie ein Gewächshaus, was ich ganz bezaubernd finde. Dann fällt mir etwas auf.

»Hast du keine Lichterketten, keinen Weihnachtsbaum? Warum? Aus religiösen oder politischen Gründen?«

»Weder noch. Normalerweise feiere ich Weihnachten bei meinen Eltern mit der ganzen Familie. Zum Jahresende sieht's da aus wie die Weihnachtsfenster von Harrods, da braucht man keine Lichterketten mehr hinzuzufügen.«

Ich denke gerade, dass es für meinen Geschmack gar nicht genug Weihnachtsdekoration geben kann, da reicht er mir eine Tasse und berührt kurz meine Hand. Mir wird plötzlich ganz heiß – kein Tee könnte mich besser aufwärmen.

»William, es ist mir doch etwas unangenehm, dass wir Ihnen jetzt hier zur Last fallen«, sage ich schnell. »Ich meine, jetzt, wo Sie nicht wegfliegen, hätten Sie Weihnachten ja auch wie gewohnt bei Ihren Eltern feiern können. Stattdessen sind Sie jetzt hier mit zwei Fremden abgemalt.«

Er deutet einladend auf einen Stuhl, bevor er heißes Wasser in meine Tasse gießt und einen Teebeutel hineinhängt.

»Ich tue nie etwas, was ich nicht wirklich will«, erklärt er und zieht sich einen Stuhl zu mir heran. »Fühlen Sie sich jetzt besser?«

Ich bin sicher, dass ich rot werde, und versuche meine Verlegenheit mit einem Scherz zu überspielen.

»Also – ich fühle mich besser, aber den Gedanken, sich an Weihnachten Pizza liefern zu lassen, finde ich erschreckend. Ich glaube nicht, dass der Geist der Weihnacht damit einverstanden wäre.«

»Sie sind ja wirklich misstrauisch! Lieferservice kann doch auch bedeuten, dass es Sushi gibt.«

»Rohen Fisch an Weihnachten? Das wäre ja noch schlimmer!«

Er drückt sein Knie wie zufällig an meines. Ich mag diese leichte, diskrete, aber doch bedeutungsvolle Berührung. Er lässt seinen Blick über mein Gesicht, meinen Hals, mein Haar gleiten. Es ist, als würde er mich streicheln. Ich lächele einvernehmlich und warte ab. Ich könnte tun, was Frauen eben tun, um Männer für sich zu gewinnen, aber ich finde eine gewisse Zurückhaltung aufregender. Auch ich drücke mein Bein gegen seins. Wir schweigen und genießen diesen besonderen Augenblick unter den schneebedeckten Küchenfenstern. Langsam legt er seine Hand auf meinen Oberschenkel, sanft und eher freundschaftlich zuerst, dann spüre ich den Druck seiner Finger auf dem Stoff, als schriebe er eine Botschaft. Ich könnte mich vorbeugen, mich zu ihm hinneigen, könnte meine Hand auf seine legen. Aber es ist mir lieber zuzuschauen, wie er mir näher kommt, und ich glaube, in seinen Augen zu sehen, dass ihm das gefällt.

Da taucht meine Schwester auf.

»Oh sorry, tut mir leid, ich wollte euch nicht stören«, erklärt sie aufrichtig bestürzt.

»Nein, nein, du störst uns nicht«, entgegne ich.

»Man sollte seine sexuellen und emotionalen Wünsche nicht unterdrücken, das ist wider die Natur«, fängt sie an zu dozieren. »Und du weißt doch sicher, was passiert, wenn man wider die Natur handelt.«

»Mélie, bitte …«

»Also, *ich* weiß es jedenfalls nicht«, sagt William.

»Das ist so: Es gibt Löcher im Unbewussten, und je mehr es davon gibt, desto weniger kann es seine Arbeit machen. Scarlett, willst du nicht endlich damit aufhören, dein Unbewusstes zu durchlöchern?«

Ich schnaufe empört.

»Ja«, sagt William, »Löcher im Unbewussten, das ist eine ernste Sache, da muss man drauf achten.«

»Ich verstehe euch wirklich nicht«, erwidere ich.

Zum Glück für mich, für mein Unbewusstes, mein Bewusstsein, mein Ich, mein Es, mein Über-Ich wird diese brillante Diskussion durch plötzlichen Lärm im Obergeschoss unterbrochen. William ist überrascht und steht auf, um nachzusehen. Er ist noch nicht bis zum Flur vorgedrungen, da erscheint plötzlich ein Mann im Türrahmen. Er sieht William ziemlich ähnlich, auch wenn er kein so markantes Gesicht hat und sich über seiner Stirn schon Geheimratsecken zeigen.

»Großartig, du bist ja schon wieder zurück«, sagt der Mann erleichtert, bevor sein Blick auf meine Schwester und mich fällt. »Oh, aber du hast mehr Gepäck mitgebracht, als du bei deiner Abreise dabeihattest.«

»Das sind Scarlett und Mélanie aus Frankreich«, antwortet William, und zu uns gewandt sagt er: »Das ist mein Bruder Thomas.«

Thomas hebt eine Augenbraue und zögert eine Sekunde, bevor er reagiert.

»Scarlett und Mélanie wie in *Vom Winde verweht*? Habe ich die Szene, in der ein Kleid aus einem Vorhang geschneidert wird, schon verpasst?« Er schickt ein gekünsteltes Lachen hinterher und scheint sich unglaublich über seine findige Bemerkung zu amüsieren. Sein Französisch ist fast so perfekt wie das seines Bruders.

Der ist ganz eindeutig schwul.

»Ich bin ehrlich gesagt von der Farbe der Vorhänge nicht ganz überzeugt«, erkläre ich ruhig. »Und die Frage nach *Vom Winde verweht* ist mir schon etwa eine Million Mal gestellt worden.«

»Darf ich erfahren, was du so früh am Morgen hier bei mir willst?«, fragt William.

»An deiner Schulter weinen«, entgegnet Thomas in dramatischem Ton, »oder besser gesagt, an eurer Schulter.«

»Liebeskummer um diese Jahreszeit ist besonders schlimm und schwer zu überwinden«, bemerkt Mélie mit aufrichtiger Anteilnahme.

»Mein Gott, sieht man mir das etwa an?!«, ruft Thomas und lässt sich auf einen Stuhl fallen.

»Ich sehe Ihr Herz in Ihren Augen«, erklärt Mélie feierlich.

Nach dieser merkwürdigen Äußerung herrscht Schweigen.

»Ich liebe deine Freundinnen!«, ruft Thomas mit übertriebener Begeisterung. »Es ist wegen Moshe, meinem Freund. Wir haben uns gestern Abend furchtbar gestritten und heute Morgen wieder. So sauer habe ich ihn noch nie erlebt. Er ist türenknallend gegangen. Das ist zum ersten Mal passiert. Engländer schlagen keine Türen zu, versteht ihr?«

*Ja, so was ist eher typisch für uns.*

»Was, glauben Sie, war der Auslöser für diese Affekthandlung?«, fragt meine Schwester, deren Stimme mit einem Mal sanft und hypnotisch klingt; so redet sie, wenn sie jemandem die intimsten Gedanken entlocken will.

Ich begegne Williams skeptischem Blick, er tritt drei Schritte zurück, als könnten die Bekenntnisse seines Bruders ihm ins Gesicht springen.

»Wahrscheinlich mein Mangel an Zuwendung«, antwortet Thomas und taucht seine Nase fast in meine Tasse. »Tee? William, ich durchlebe eine furchtbare Krise, und du servierst Tee?«

»Du hast nichts als Krisen, wie soll ich erkennen, ob es eine Tee- oder eine Kaffeekrise ist?« William zuckt gleichmütig die Achseln.

»Dieser Mann ist innerlich tot«, erklärt Thomas theatralisch.

»Meine Schwester auch«, stimmt Mélie ein.

»Oh, ich bin hier gern der Kollateralschaden«, sage ich und tue so, als würde ich William helfen, Kaffee zu kochen.

»Und woraus schließt Ihr Freund, dass Ihre Zuneigung zu gering ist?«, fragt Mélie weiter.

»Ich nehme an, es belastet ihn, dass unsere Beziehung noch nicht offiziell ist, obwohl wir schon ein Jahr zusammen sind.«

»Über ihn zu sprechen, fällt Ihnen aber offensichtlich nicht weiter schwer.«

»Unbekannten gegenüber ist es so, aber die Familie … Das ist etwas anderes.«

»Sie meinen Ihren Freund im Speziellen oder Ihre Homosexualität im Allgemeinen?« Mélie lässt nicht locker.

»Über beides nicht«, sagt Thomas. »Wissen Sie, ich habe eine sehr dominante Mutter. Gegen sie ist Caligula ein Waisenknabe. Ich habe schon früh gelernt, sie zu belügen. Es war eine Überlebensfrage.«

»Sind Sie sicher, dass Sie nicht Ihre eigene Angst, kein perfekter Sohn zu sein, auf Ihre Mutter und deren angebliche Bedrohlichkeit projizieren?«

William und ich hören uns den Dialog an wie zwei Zuschauer, die ein Tennismatch verfolgen. Ich bin erleichtert, dass sein Bruder Mélies spezielle Art so einfach akzeptiert. Er scheint sogar echt daran interessiert, sich ihr anzuvertrauen. Ich gebe zu, dass ich den Beruf meiner Schwester nie so richtig ernst genommen habe, aber vielleicht ist sie ja wirklich gut darin, und vielleicht ist ihre Arbeit sogar wichtiger als meine.

»Als ich neun Jahre alt war«, fährt Thomas fort, »hatte ich einen Freund, und wir waren unzertrennlich. Von einem Tag auf den anderen hat meine Mutter mir verboten, ihn wiederzusehen, unter dem Vorwand, er sei Linkshänder. Die seien statistisch gesehen sozial unangepasst und wenig erfolgreich.«

»Aber das stimmt doch gar nicht«, mische ich mich ein.

»Natürlich stimmt es nicht. Das einzige Verbrechen dieses Jungen war, dass er in der Nähe von Liverpool wohnte. Er war ihr nicht vornehm genug.«

»Ganz schön dünkelhaft«, stellt meine Schwester fest.

»Meine Mutter hält sich für etwas Besseres. Und dies war nur der Anfang ihrer Auslese der Freunde, die ich haben durfte.«

Thomas macht eine Pause und trinkt einen großen Schluck Kaffee, bevor er fortfährt: »Ihr zu erzählen, dass einer ihrer Prachtsöhne schwul ist und dazu auch noch mit einem Juden zusammenlebt, wäre in etwa so, als wenn man in Russland Putin anspucken würde.«

»Hat Ihr Freund denn eine gute Beziehung zu seiner Familie?«

»Die sind ein Clan. Sie sind immer zusammen, eng wie Sardinen in einer Büchse.«

»Deshalb ist es so schwer für ihn, dass Sie nicht über Ihre Beziehung sprechen. Sie fordern von ihm, eine Sprache zu sprechen, die er nicht beherrscht.«

»Die Lösung wäre vielleicht, ihm unsere Mutter vorzustellen. Er würde sofort verstehen, woher das Problem kommt«, wirft William ein, »aber allein bei der Vorstellung kriege ich eine Gänsehaut.«

Thomas seufzt tief. »Bitte lasst mich Heiligabend mit euch feiern!«

»Und welche Ausrede hast du für Mutter?«, fragt William mit einem sardonischen Lächeln.

»Eine, die genau so mies ist wie deine.«

»Meine ist nicht mies.«

»Doch, du hast behauptet, dass du noch einen Tag länger am Flughafen festhängst. Und warum wolltest du überhaupt weg? Nur um in Paris irgendeinen Künstler zu treffen, den sie nicht kennt und der, unter uns gesagt, in vierzehn Tagen noch immer dort sein wird.«

»Na schön, ich habe gelogen, aber meine Entschuldigung ist nicht mies.«

»Also, wie sieht das Programm aus?«, fragt Thomas, ohne darauf einzugehen. »Was gibt es Schönes zu essen?«

»Pizza?«, schlägt William vor und sieht mich schelmisch an.

»Oder Sushi, wenn wir wirklich ein Risiko eingehen wollen«, sage ich lächelnd.

Thomas sieht uns an, als kämen wir von einem anderen Stern.

»Entschuldigung, aber habt ihr euer Gehirn am Zoll abgegeben?«

*Durch den sind wir leider erst gar nicht gekommen …*

»Beruhige dich, Thomas, du musst nicht gleich hyperventilieren.«

»Doch, muss ich! Hier im Viertel gibt es schließlich mehrere kleine Feinkostgeschäfte, die auch an den Feiertagen geöffnet haben. Also redet hier nicht von Pizza und Shushi. Ich mache jetzt eine Liste, und dann kauft ihr beide etwas Ordentliches ein.«

Ich fühle mich durch das ›ihr‹ mit angesprochen und wechsle einen überraschten Blick mit William, der sich wieder neben mich gesetzt hat.

»Warum wir beide?«, fragt William, der ebenso verblüfft ist wie ich.

»Weil ich ein privates Gespräch mit dieser jungen Dame führen möchte«, antwortet Thomas und zeigt auf meine Schwester, »und weil ihr mit eurer Negativität da nur stört.«

»Ich habe nicht das Gefühl, dass ich besonders negativ bin, und Sie?«, fragt William und sieht mich an.

»Ich würde sagen: neutral mit positiver Tendenz.«

William schenkt mir ein breites Lächeln, das seine strengen Züge erhellt, und ich freue mich, dass ich der Grund dafür bin. In weniger als zehn Minuten erstellt Thomas eine ellenlange Liste von Sachen, die wir besorgen sollen, und ich muss anerkennen, dass seine gastronomischen Ideen recht beeindruckend sind. Ich fühle mich ein bisschen schuldig, dass ich die Zeit hier genieße. Mélie und ich haben das Glück, Weihnachten nicht allein verbringen zu müssen, aber meine Mutter hat es nicht. Während William bei den Feinkostläden im Viertel anruft, damit wir nicht umsonst losgehen, nehme ich Mélie beiseite und frage sie, in welchem Zustand unsere Mutter am Telefon war. Meine Schwester äußert sich sehr diplomatisch. Maman sei nicht mehr so außer sich wie vorher, und zudem beruhige sie der Gedanke, dass wir Heiligabend in der Obhut eines englischen Gentlemans verbringen könnten. Das sei immerhin besser als ein Flughafen. Mir kommt das alles ziemlich seltsam vor, wo bleiben die dramatischen Szenen à la Shakespeare, wo die lautstarken Klagen, da fehlt doch noch was …

Nachdem Thomas mit einem der Lebensmittelgeschäfte gesprochen und festgestellt hat, dass es dort fast alles gibt, was auf seiner Liste steht, machen William und ich uns auf den

Weg. In Schnee und Kälte stapfen wir durch Chelsea, um Toast, Lachs, Hummer und jede Menge anderer Köstlichkeiten zu kaufen. Es ist sehr glatt, und trotz der rutschfesten Sohlen meiner Stiefel falle ich beinahe hin. William packt mich am Arm und hakt mich unter, damit ich nicht ausrutsche.

Wir gehen die Straße entlang und ich frage mich, wie wir wohl so wirken, Arm in Arm. Die Straße sieht mit ihren festlich geschmückten Fassaden wunderschön aus, die Äste der Bäume sind weiß gepudert. Dies könnte ein Filmszenario sein, und ein paar Minuten lang lasse ich meinen Gedanken freien Lauf und überlege, wie mein Leben aussehen würde, wenn ich einen Mann, Kinder, ein Haus, einen Hund und alles andere hätte, was ins Bild passt. Zieht diese Vorstellung mich an oder schreckt sie mich ab? Muss ich darüber lachen oder rührt sie mich? Ich finde keine Antwort darauf, was mich beklommen macht, deshalb denke ich schnell an etwas anderes.

»Ihr Bruder hat eine starke Persönlichkeit.«

»Ja, wobei ›starke Persönlichkeit‹ vor allem bedeutet, dass der Umgang mit ihm alles andere als einfach ist.«

»Sie scheinen mir ganz anders zu sein, aber Sie haben den gleichen Blick wie er.«

»Ich bin mir nicht sicher, ob ich mich über den Vergleich freuen soll.«

»Ich meine ja auch nur diesen Funken.«

Er verlangsamt seinen Schritt und sieht mich an.

»Welchen Funken?«

»Der in Ihren Augen tanzt.«

Ein Schatten scheint über sein Gesicht zu gleiten. Ich kann ihn nicht deuten, aber mir wird unwohl dabei. Ich habe eine empfindliche Saite angerührt, und eine innere Stimme sagt mir, dass es nicht die richtige war. Vielleicht weil sie verstimmt ist? Ich spüre seine Anspannung, und es tut mir leid, dass ich ihn verletzt oder irritiert habe, auch wenn ich nicht weiß, wodurch.

Als wir das Geschäft erreichen, ist dieser Moment unverständlicher Verlegenheit zum Glück vorüber. Wir verbringen eine ganze Weile damit, die Liste zu entziffern und die Sachen zu finden. William besteht darauf, alles allein zu bezahlen. So bin ich ihm nun etwas schuldig, aber um ganz ehrlich zu sein, weiß ich diese großzügige Geste trotz meiner feministischen Seele zu schätzen.

Nach einer Viertelstunde haben wir alles oder fast alles eingekauft und könnten mit unseren Vorräten eine längere Belagerungszeit durchstehen. Wir verlassen den Laden und machen uns auf den Rückweg. Es gelingt mir nicht, das Gefühl loszuwerden, dass etwas nicht stimmt, und das macht mir mehr aus, als ich gedacht hätte. Das Letzte, was ich mir wünsche, ist, dass William ein falsches Bild von mir hat. Ich weiß, dass das kindisch ist – und so etwas sieht mir gar nicht ähnlich –, aber seine Achtung und Zuneigung sind mir wichtig. Auf die Gefahr hin, dass es zu einem diplomatischen Zwischenfall kommt, und trotz meines mangelnden Feingefühls beschließe ich, Licht in die Sache zu bringen.

»William, ich habe eine etwas schwierige Frage, aber da ich nicht darauf verzichten kann, sie Ihnen zu stellen, überlege ich gerade, wie ich sie am besten formulieren kann.«

»Und ich soll Ihnen dabei helfen, oder?«

»Ja, das wäre mir sehr lieb.«

»Auch wenn es dann nicht so lustig ist?«

»Ja.«

»Also, ich bin ganz Ohr.«

»Soll das Ihre Hilfe sein?«

»Ich bin Brite! Wenn Sie wirklich Hilfe brauchen, fragen Sie einen Deutschen.«

Ich gebe einen tiefen Seufzer von mir.

»Ich hatte den Eindruck, dass ich Sie vorhin, als ich von dem Funken in Ihren Augen gesprochen habe, irgendwie beleidigt habe, und das ist das Letzte, was ich möchte. Ich will nichts sagen, was Sie verärgern könnte, weil es wirklich sehr kalt ist hier draußen.«

Er sieht mich irritiert an. Ob ich mir das alles nur eingebildet habe? Damit hätte die Kommunikation zwischen William und mir dann wohl ihren Tiefpunkt erreicht.

*Warum musst du überall immer Probleme sehen?*

Die Sekunden ziehen sich in die Länge, und ich wünsche mir, eine kleine Maus zu sein, am liebsten eine weiße, damit man mich hier im Schnee gar nicht mehr sehen kann. Ich versuche, das kleinste Zucken seiner Mundwinkel, eine Bewegung seiner Augenbrauen zu entdecken, aber er zeigt keine Regung. Ist er erstaunt, berührt, belustigt? Verflixt, diese Engländer müssten mit Gebrauchsanweisung geliefert werden.

»Es berührt mich sehr, dass Sie sich Sorgen darum machen, mir missfallen zu können«, sagt er schließlich mit einem Lächeln.

»Ich habe nicht ›missfallen‹ gesagt, sondern ›verärgern‹.«

»Mir ist ›missfallen‹ lieber, bleiben wir einfach dabei.«

»Müssen wir bei dieser Entscheidung abstimmen?«

»Nein.«

»Na gut.«

Ich höre, wie er tief Luft holt.

»Das war etwas, das meine Frau oft zu mir sagte.«

Mir stockt das Blut in den Adern, und ich weiß nicht, was ich antworten soll.

»Ich habe lange nichts mehr von dem Funken in meinen Augen gehört. Seit sie weg ist.«

»Das tut mir sehr leid.«

*Da habe ich wirklich einen ganz starken Satz gesagt.*

»Es muss Ihnen nicht leidtun, denn es ist eher eine schöne Erinnerung.«

Für einen Moment strahlt wieder dieses unglaubliche Licht in seinen Augen. Schweigend stapfen wir weiter durch den Schnee.

Wir sind erleichtert, als wir wieder das Haus erreichen, und beschließen, heute nicht mehr vor die Tür zu gehen. Wir haben zu essen und zu trinken für mindestens zwei Tage, also muss keiner mehr raus in diese sibirische Kälte.

Bereits im Flur hören wir lebhafte Stimmen. Mir scheint, dass da weder meine Schwester noch Thomas redet. William ist genauso irritiert wie ich. Plötzlich erscheint auf dem Treppenabsatz eine elegante Dame Mitte fünfzig. Sie hat die Arme über der Brust verschränkt wie ein Strafrichter, und in vornehmem Englisch sagt sie: »Da kann ich ja froh sein, dass ich deinen Bruder angerufen habe, um mich davon zu überzeugen, dass du wieder zu Hause bist.«

»Mummy?!«

*Mummy?* Wie in *Unsere kleine Farm?*

# KAPITEL 9

Auf der Zehn-Punkte-Skala, an der ich die peinlichsten Momente meines Lebens messe, verdient dieser eindeutig eine Neun. Im Wohnzimmer sitzt Williams gesamte Familie und starrt mich an, und zwar ebenso erstaunt wie ich sie. Ich bin sicher, dass wir alle aussehen wie Welpen beim Kegeln. In einer vollkommenen Welt oder einer leichten, humorvollen Sitcom hätten wir die Situation komisch gefunden, hätten uns sofort gut verstanden und schließlich um einen Tisch gesessen und aus vollem Herzen gelacht. Aber wir sind nicht in einer Sitcom, wir sind in meinem Leben, und in meinem Leben brechen Feindseligkeiten plötzlich und ohne Vorwarnung aus.

»Ich bin ziemlich überrascht, hier deinen Bruder vorzufinden und dich und … deine Freundinnen«, sagt Williams Mutter in beleidigtem Ton. »Mir scheint, ihr habt in euren Einkaufstaschen alles, was man braucht, um hier tagelang zu feiern.«

*Diese Frau war sicher sehr schön, als sie jung war*, sage ich mir. Ich weiß jetzt, woher William seine natürliche Vornehmheit und seine Haltung hat. Aber irgendetwas Unangenehmes hat sie auch an sich, etwas irritiert mich, und ich fühle mich, als ob jemand ein Stück Kreide an einer Wandtafel kreischen ließe.

»Man muss sich schließlich den Umständen anpassen«, sagt William, der in die Defensive geraten ist.

»Das sehe ich«, entgegnet seine Mutter. »Vielleicht könntest du uns wenigstens vorstellen?«

»Scarlett, Mélanie«, sagt Thomas schnell, um die zunehmende Spannung zwischen seiner Mutter und seinem Bruder zu durchbrechen, »und dies sind einige ziemlich repräsentative Exemplare des Hill-Clans: unsere Großmutter Lizzie, unsere Tante Kathy, mein Vater Georges und Lena, unsere Mutter. Darf ich vorstellen – das hier sind Scarlett und Mélanie.«

Plötzlich fühle ich mich, als stünde ich nackt auf einer Bühne vor einem wenig empfänglichen Publikum. Die Zuschauer starren uns an, meine Schwester und mich, und ich verstehe, dass sie sich fragen, woher wir eigentlich kommen.

»Freut mich«, sagt die Großmutter, die mich an eine Erdbeere erinnert: klein, rundlich, mit leicht rötlichem Teint. Sie sieht ganz reizend aus. »Sie sind sicher Freundinnen von den Jungen.«

»Genau«, sagt Thomas schnell, um dann das Thema zu wechseln. »Eigentlich wollten die beiden an Weihnachten nach Hause fliegen, nach Frankreich, aber wegen des Schneesturms sind sie hier hängen geblieben.«

»Kennt ihr euch schon lange?«, fragt die Mutter, die ich mir gut als spanische Inquisitorin vorstellen kann.

»Na ja … schon eine Weile …«

Ich merke, wie sich Thomas verheddert. Keine Ahnung, warum er diese Geschichte erzählt. Die Umstände unserer Begegnung sind ja eher lustig. Vielleicht will er erklären, weshalb sein Bruder und er nicht sofort zum Feiern nach Hause gekommen sind. Zwei Freundinnen zu beherbergen, die in Not sind, und ihnen Gesellschaft zu leisten, das ist verständlich, aber bei zwei ganz Unbekannten ist das schon schwerer zu rechtfertigen. Irgendetwas lastet auf dieser Familie. Ich bin sicher, dass ich mir die herablassende und rachsüchtige Art der Mutter nicht einbilde, ebenso wenig den abwesenden Blick des Vaters und die von Tränen verquollenen Augen der Tante. Hier spielt sich irgendein Drama ab.

»Scarlett ist meine Freundin«, erklärt Thomas mit plötzlicher Entschlossenheit.

»Äh … wie?«, frage ich.

»Thomas, was …«

William bringt seinen Satz nicht zu Ende. Er wirkt überrumpelt und wirft seinem Bruder böse Blicke zu. Der aber verzieht keine Miene.

»Seht ihr, genau das wollte ich vermeiden«, sagt Thomas mit einem übertriebenen Lächeln, »eine feierliche Ankündigung, die für uns super peinlich ist. Deshalb wollte ich nichts sagen.«

*Wie bitte?*

»Scarlett und ihre Schwester sind für ein paar Tage nach London gekommen«, fährt er fort, »wir wollten ihnen die Stadt zeigen. Leider konnten sie wegen des schlechten Wetters nicht nach Hause fliegen. Du musst schon verstehen, Mummy, dass es nicht nett gewesen wäre, sie allein am Flughafen zu lassen, und wir hätten sie ja auch nicht einfach zu unserem Weihnachtsessen mitbringen können.«

Ein paar Sekunden herrscht Stille. Ich weiß nicht, ob ich lächeln, flüchten, mich verbeugen oder applaudieren soll. Schließlich steht die Großmutter auf, kommt auf mich zu und umarmt mich herzlich.

»Entschuldigen Sie bitte den Empfang in dieser Familie, es sind lauter Verrückte«, sagt sie, und ihre Stimme klingt, als wäre sie zu lange im Kühlschrank aufbewahrt worden. »Ich freue mich sehr, Sie kennenzulernen. Thomas macht immer so ein Geheimnis aus seinem Privatleben.«

*Ach tatsächlich?*

»Allerdings«, erklärt Lena mit eisigem Lächeln, »er ist sehr diskret. Nun, dann ist es ja sozusagen eine Fügung, dass wir hierherkommen mussten, um zusammen Weihnachten zu feiern. Jetzt können wir uns richtig kennenlernen.«

Ich bin überzeugt, dass die Henker der Inquisition zu den Gefangenen in der Folterkammer genau diesen Satz gesagt haben: »Jetzt können wir uns richtig kennenlernen.«

»Was meinst du mit ›hierherkommen mussten‹«, fragt William und sieht seine Mutter scharf an. »Wieso seid ihr überhaupt hier?«

»Wasserschaden«, antwortet sie und ordnet ihre blonde Dauerwelle. »Der ganze Keller ist überschwemmt.«

»Wasser bis zur Wade!«, ruft die Großmutter, die das amüsant zu finden scheint.

»Es war schwer, einen Klempner zu finden«, sagt Lena. »Die meisten Sachen, die im Keller waren, sind hinüber, ein paar Dinge konnten die Arbeiter noch retten. Es sieht aus wie ein Schlachtfeld. Ich wollte Weihnachten nicht auf einer Baustelle verbringen, da habe ich allen Bescheid gesagt, dass wir uns bei dir treffen.«

»Aha«, sagt William verblüfft.

»Lasst das Fest beginnen«, sagt Großmutter Lizzie, »wir haben zu essen, aber wir brauchen unbedingt noch Alkohol.«

»Mutter, ich bitte dich«, weist Lena sie zurecht.

»Nichts da ›ich bitte dich‹, wir werden feiern und versuchen, etwas Freude auf die Gesichter zu zaubern. Sieh dir deine Schwester Kathy an, sie steht kurz vor dem Selbstmord. Okay, Kathy, dein Mann hat es mit der Sekretärin getrieben, aber du bist nicht die Erste, der das passiert, und auch nicht die Letzte. Es ist zwar schmerzlich, aber im Grunde unglaublich banal.«

Wieder breitet sich Schweigen im Raum aus. Kathy wird weiß wie die Wand und beginnt zu schluchzen.

»Sieh an, dein Mann und die Sekretärin!«, ruft Thomas. »Ich habe diesem Kerl von Anfang an misstraut. Man sieht ihm schon an der Nasenspitze an, dass er hinterhältig ist. Er hat eine ganz miese Nase, der Typ.«

»Sie ist griechisch«, korrigiert ihn seine Mutter, »er hat eine griechische Nase, und ich bin mir nicht sicher, ob Griechen hinterhältig sind.«

»Können wir nicht von etwas anderem reden?«, fragt die Tante verzweifelt.

»Möchte jemand eine Tasse Tee?«, erkundigt sich Lizzie daraufhin.

Alle nicken bemüht. Ich weiß nicht, was die Briten in ihren Tee tun, aber es scheint ein Heilmittel gegen jedes Übel zu sein.

»Ich mache einen«, sagt William.

Seine Stimme ist kühl. Er verlässt das Wohnzimmer, und mir ist, als würde sogar die Luft um ihn herum gefrieren. Ich bleibe noch einen Moment lang neben Thomas stehen, aber ich habe nur einen Gedanken, nämlich zu seinem Bruder zu gehen.

»Ich helfe ihm.«

Ich lächele meinem neuen schwulen Boyfriend zu, der mir einen schmatzenden Kuss auf die Stirn gibt, dann verschwinde ich so schnell wie möglich. Ich gehe die Treppe zur Küche hinunter und frage mich, wie alles so aus dem Ruder laufen konnte und ob es in diesem Stil weitergehen wird.

Als ich in die Küche komme, schaut William gerade in einen Schrank. Dann schließt er ihn ein wenig zu laut. Die Atmosphäre ist angespannt.

Ich gehe einen Schritt auf ihn zu, dann noch zwei, und schließlich räuspere ich mich.

»Was wollen Sie?«, fragt er unwirsch.

»Ich wollte Ihnen nur helfen.«

»Ich arbeite hier nicht mit Salzsäure, es handelt sich lediglich um Darjeeling. Mit ein bisschen Olong vielleicht.«

»Ich wollte mich nur nützlich machen.«

»Das tun Sie doch bereits.«

Ich erstarre.

»Warum habe ich den Eindruck, ich würde hier mit tausend Pfeilen beschossen?«

»Das ist ein Irrtum.«

»Ich bitte Sie, wir Franzosen haben doch die Boshaftigkeit für uns gepachtet, Sie hingegen sind ganz und gar nicht dafür gemacht.«

»Der Tee ist bald fertig.«

Als würde ich mich mit einem so plumpen Ausweichmanöver zufriedengeben!

»Ist es wegen Ihres Bruders?«

William holt tief Luft, er ist ganz offensichtlich wütend.

»Thomas war schon immer so«, sagt er schließlich bitter.

»Wie?«

»Er verdreht die Wahrheit so, wie es ihm passt, und die Konsequenzen seiner Lügen sind ihm egal. Und wenn die Sache dann den Bach runtergeht, heult er wie ein Kind.«

»Er spielt doch nur eine harmlose Komödie, um sein Geheimnis nicht preisgeben zu müssen. Vor seiner Familie zu verbergen, wer man wirklich ist, ist sicher nicht leicht.«

Ich versuche, verständnisvoll zu sein. Nichts wäre schlimmer für mich, als wenn ein Fremder meine Familie verurteilte. William richtet sich auf, als habe man ihm mit einer Nadel in den Rücken gestochen.

»Seine Umgebung zu manipulieren, das nennen Sie ›eine harmlose Komödie‹?«

Jetzt straffe auch ich die Schultern.

»Ich habe nicht gesagt, dass ich seine Haltung okay finde. Ich versuche, ihn zu verstehen, das ist alles! Ich habe keinerlei Lust, die Alibi-Freundin zu spielen, und noch weniger, Leute zu belügen, die ich gar nicht kenne.«

»Aber Sie scheinen es ja nicht weiter schlimm zu finden.«

Ich breite die Arme in einer hilflosen Geste aus.

»Was soll ich denn tun? Soll ich Ihrer Familie sagen: ›Tut mir leid. Ich weiß nicht, wovon er redet, ich bin nämlich gar nicht seine Freundin, das ist alles frei erfunden‹? Damit würde ich bestimmt mächtig Eindruck machen.«

William stellt scheppernd ein großes Tablett mit zahlreichen Tassen auf den Tisch und wirft mir einen aufgebrachten Blick zu. Eine Weile verharren wir in Schweigen und sehen uns durchdringend an. Mein Atem geht schneller.

Widerstreitende Gefühle plagen mich, und ich weiß nicht, welches die Oberhand gewinnen wird. Ich bin außer mir und will, sobald ich meine Gedanken geordnet habe, alles klarstellen.

Da bricht William das Schweigen.

»Es tut mir … sehr leid.«

Ich bin überrascht und weiß nicht, was ich antworten soll. Bei uns entschuldigen sich die Leute nur selten. Sie vergessen schwierige Augenblicke einfach schnell wieder und vertrauen darauf, dass auch die anderen ein selektives Gedächtnis haben.

»Sie sind in familiäre Spannungen hineingeraten, die Sie nicht verstehen können, und natürlich bleibt Ihnen nichts anderes übrig, als mitzuspielen«, fährt er mit leiserer Stimme fort. »Ich danke Ihnen, dass Sie meinen Bruder nicht bloßgestellt haben. Auch wenn mir das alles nicht besonders gefällt.«

Ich zucke die Achseln, um cool zu wirken. Das gelingt mir nicht, denn Schulterzucken hat noch nie diesen Effekt gehabt.

»Ich verstehe, diese Lügerei ist wirklich unerfreulich.«

»Es ist nicht deshalb«, sagt er in einem Ton, der mir etwas mysteriös erscheint.

»Aha.«

Plötzlich verändert sich sein Blick. Jetzt sehe ich dort keine wütenden Blitze mehr, sondern jene Funken, die mich so faszinieren. Ich spüre, wie eine heiße Welle in mir aufsteigt.

»Der Gedanke, dass mein Bruder so tut, als wären Sie beide ein Liebespaar, stört mich mehr, als mir lieb ist.«

»Aha.«

Ich stelle fest, dass meine innere Hitze in ihrer Intensität der Blödigkeit meiner Äußerungen entspricht. »Ich kann Ihnen versichern, dass es mir nicht den geringsten Spaß macht, so zu tun, als wäre ich in einen Schwulen verliebt, der sich am Abend vor Weihnachten mit seinem jüdischen Freund verkracht hat«, erkläre ich schnippisch.

Ich hole Luft für eine weitere spitze Bemerkung. Da nimmt William mein Gesicht in beide Hände. Seine Lippen berühren meine, und er küsst mich zärtlich. Ich gebe mich dem Schwindelgefühl hin, das mich immer übermannt, wenn wir uns nahekommen. Ich dränge mich an ihn, der Stoff seines Anzugs reibt sich an meinem Pullover, es fühlt sich schön an. Seine Zunge erkundet meinen Mund, und seine Umarmung wird fester. Ich lege meine Hände um seinen Nacken.

»Also wirklich! Ich teile, wenn es eine Krise gibt, ja gerne meine Zahnbürste mit meinem Bruder, aber nicht meine neue Freundin.«

Ich fahre erschrocken zusammen, William ebenfalls. Wir stieben auseinander, als hätte uns jemand mit kaltem Wasser übergossen. Thomas steht neben uns, amüsiert und verlegen zugleich.

»Entschuldigung«, sagt er, »aber oben fragen sie sich schon, ob ihr vielleicht außer Landes geflohen seid.«

»Ach, tatsächlich? Sind dir keine Geschichten mehr eingefallen?«, entgegnet William, bevor er die bauchige Teekanne auf das Tablett stellt.

»Es tut mir leid, dass ich vorhin diese Nummer abgezogen habe«, sagt Thomas zerknirscht, »ich bin auf einmal in Panik geraten.«

»Wenn man in Panik gerät, dann stottert man oder wirft sein Glas um oder steckt aus Versehen die Katze in den Wäschetrockner, aber man behauptet nicht, dass ein Gast die eigene Freundin ist«, fährt William ihn an.

»Ich weiß, ich weiß«, verteidigt Thomas sich und gibt seinem Bruder ein Zeichen, leiser zu sprechen. »Aber Mummy sieht mich immer komischer an. Schon letzten Monat auf Dads Geburtstag hat sie mich beobachtet wie ein Spekulant ein günstiges Angebot. Sie fragte mich nach den Frauen in meiner Umgebung aus. Nichts, was sie sagt, ist harmlos. Sie testet mich dauernd, und vorhin dachte ich plötzlich, das wäre eine gute Gelegenheit … Scarlett ist ja nur heute da und kommt von einem anderen Kontinent, das gibt mir ein bisschen Spielraum. Es tut mir leid.«

»Sag das nicht mir, sag es Scarlett«, antwortet William im vorwurfsvollen Ton des älteren Bruders.

»Scarlett, ich bitte Sie aufrichtig um Verzeihung«, sagt Thomas gehorsam.

»Entschuldigung angenommen«, entgegne ich lächelnd. »Es freut mich, wenn ich Ihnen helfen kann.«

»Wunderbar«, sagt Thomas, »ich möchte, dass wir als ein romantisches Paar rüberkommen, das sich sehr nahe steht, aber zugleich die Individualität des Einzelnen respektiert. Offenes Sexualleben, und doch konventionell. Sie müssen mich bewundern und zugleich zurückhaltend sein, ich habe Sie durch Einschüchterung erobert. Mich hat Ihr französisches Temperament angemacht, denn Sie sind eine Tigerin, und ich …«

»Thomas!«, unterbricht William ihn und verdreht die Augen.

»Geben Sie Ihr Bestes, das wird Eindruck machen. Und sehen Sie bloß nicht dem wilden Tier ins Auge. Niemals.«

»Welchem wilden Tier?«

»Unserer Mutter«, erklärt Thomas. »Man könnte denken, sie ist der Typ Lauren Bacall, aber in Wirklichkeit ist sie eher Freddy aus *Nightmare on Elm Street*, und zwar mit ausgefahrenen Krallen.«

Ein Geräusch auf dem Flur unterbricht unser Gespräch. Mélie kommt herein, gefolgt von Kathy, der Tante, deren Gesichtszüge so verzerrt sind, als hätte eine Bulldogge sie angefallen.

Sie ist klein, dunkelhaarig, etwas ungeschickt und zu stark geschminkt, genau das Gegenteil ihrer eleganten Schwester. Sicher hatte sie eine schwierige Jugend.

»Los, ein großes Glas Wasser, und dann sagen Sie das Alphabet rückwärts auf«, höre ich Mélie sagen.

Thomas, William und ich drängen uns gegen den Tisch, um sie vorbeizulassen.

»Danke, meine Liebe«, erklärt die Tante mit belegter Stimme. »Mit einem Wort haben Sie mir die Angst genommen. Ich wäre da oben noch erstickt. Alle haben mich so angestarrt …«

»Ist schon jemandem aufgefallen, dass die Küche der kleinste Raum im Haus ist?«, meint William ironisch.

»William, mein Schatz«, sagt Kathy, »ich dachte, wir könnten jetzt vielleicht essen, dann wären alle gut beschäftigt.«

»Thomas?«, ruft William. »Schließ den Schrank ab. Ich möchte vermeiden, dass die dramatische Stimmung noch durch Alkohol verschlimmert wird.«

»Du hast recht, wenn wir den Chardonnay öffnen, wird eine Feuersbrunst ausbrechen.« Thomas grinst. Dann wendet er sich zu mir. »Scarlett, Liebling, kommst du mit mir nach oben?«

*Der sogenannte Liebling wäre jetzt am liebsten auf dem Mars.*

Ich folge ihm brav, werfe vorher William einen raschen Blick zu. Sein Gesichtsausdruck scheint mir wohlwollend, jedenfalls wünsche ich mir das. Wir gehen wieder ins Wohnzimmer. Thomas öffnet einen Schrank, in dem sich ein Service befindet. Große weiße, aseptisch aussehende Teller wie in den In-Restaurants. Er reicht mir einen Stapel und weist auf den Tisch. Mir ist es recht, dass er mich damit beauftragt. So muss ich wenigstens keine Konversation machen.

Während ich den Tisch decke, beobachte ich die Leute um mich herum. Der Vater, dessen Stimme ich bisher noch nicht gehört habe, hat sich in einen Sessel am Fenster zurückgezogen und liest Zeitung. Er scheint so in die Lektüre vertieft, dass ihn nichts aus der Ruhe bringen kann. Genauso gut könnte er sich in einem Elfenbeinturm einmauern. Die Großmutter betrachtet mich mit erstauntem, aber freundlichem Lächeln. Ich finde sie eher sympathisch. Sie hat eine nette Ausstrahlung. Ich lächele zurück, und sie scheint sich darüber zu freuen.

»Wie haben Sie sich denn kennengelernt, Sie und mein Enkel? Oder ist die Frage zu indiskret?«, sagt eine kühle Stimme.

Ich fange an zu zittern. Das wilde Tier steht genau hinter mir, das hatte ich zuerst gar nicht bemerkt. Schließlich habe ich keine Augen im Rücken. Allerdings hätte ich es an dem eiskalten Atem in meinem Nacken merken können. *Mummy* geht um mich herum und fängt an, Servietten zu falten. Ihre Ruhe und Konzentration machen mich wahnsinnig. Ich fühle mich wie im Büro eines Schuldirektors.

Ich gerate in Panik. Leider kann ich Thomas kein Zeichen geben, dass ich in der Bredouille bin, weil wir uns nicht über ein solches Signal verständigt haben. So muss ich mir rasch eine Geschichte ausdenken und sie meinem Pseudo-Verlobten erzählen, bevor seine Mutter zwei verschiedene Versionen vergleichen kann.

»Na ja«, erkläre ich hüstelnd, »ich bin Architektin, und als ich mit der Renovierung eines Hotels in Camden beschäftigt war, habe ich nach einem besonderen Dekor für die Eingangshalle gesucht. Dabei bin ich auf Williams Galerie gestoßen. Stundenlang haben wir über die Ausstattung diskutiert, und eines Tages war eben auch Thomas in der Galerie.«

Ich gehe aufs Ganze.

»Am Ende haben sie mich beide ganz exzellent beraten, und die Werke, die ich in der Eingangshalle aufgehängt habe, waren ein großer Erfolg. Und um das zu feiern, hat mich Thomas zum Essen eingeladen. Tja, so war das«, resümiere ich.

*Großartig. Ich hätte Anwältin werden sollen.*

»Das ist wirklich charmant«, schnurrt das wilde Tier. »Thomas und William bewirken tatsächlich Wunder mit ihrer Galerie.«

Die beiden Brüder arbeiten also zusammen. Gut zu wissen. Ich bin so dicht an einer Katastrophe vorbeigerutscht, dass ich fast glaube, mein Haar riecht angesengt. Ich nicke so energisch, wie meine Lüge es zulässt.

»Ich wusste gar nicht, dass die beiden für ein Hotel gearbeitet haben. Nun ja, bei Gelegenheit werde ich mir das alles mal ansehen«, erklärt sie etwas blasiert.

*Mist!*

»Sicher, Thomas zeigt es Ihnen bestimmt gern.«

*Nach mir die Sintflut. Sollen die doch sehen, wie sie klarkommen.*

»Und Sie sind also Architektin?«, fährt sie fort. Diese Frau lässt einfach nicht locker.

»Ja, genau.«

»Und Ihre Schwester?«

»Psychotherapeutin.«

Sie lässt ein paar Sekunden verstreichen, dann nickt sie mitfühlend. Ich beschließe, zum Gegenangriff überzugehen.

»Thomas hat mir erzählt, dass Weihnachten jedes Jahr bei Ihnen gefeiert wird, aber er hat mir noch nicht verraten, wo Sie wohnen.«

»In Primrose Hill.«

*Na großartig. Das liegt gleich neben Camden. Gut gemacht, Mädchen.*

»Das ist eine sehr schöne Gegend.«

»Kennen Sie es?«

»Ja, ich mag London sehr, und wann immer ich kann, bleibe ich ein paar Tage länger hier, als ich es eigentlich für die Arbeit muss. – Ich glaube, so sieht es gut aus.«

Ich werfe einen prüfenden Blick auf den gedeckten Tisch.

»Ja, so geht es«, sagt meine provisorische Schwiegermutter.

»Na, dann gehe ich jetzt mal in die Küche und frage, ob sie mich vielleicht brauchen.«

Das ist vielleicht etwas abrupt, aber ich habe keine Lust mehr, dieser Frau etwas vorzuspielen. Ich helfe Williams Bruder gern aus der Patsche, aber es gibt für alles Grenzen. Und wenn man schon lügt, sollte man nicht zu viel sagen. So verlasse ich das Schlachtfeld und gehe zu den anderen in die Küche.

Ich eile auf William zu.

»SOS. Ich brauche sofort die Handynummer Ihres Bruders.«

»Nicht so stürmisch, meine Liebe, sonst bildet er sich noch was darauf ein.«

»Nein, ich muss Thomas eine SMS schicken, um ihm zu sagen, was für eine Geschichte ich der guten Mummy über unser Kennenlernen aufgetischt habe, bevor sie sich auch bei ihm erkundigt.«

»Ganz schön clever!«

Als ich die Nummer eingespeichert habe, schicke ich Thomas eine Zusammenfassung meiner Story. Wenige Sekunden später erhalte ich seine Antwort:

*Wären Sie ein Mann, würde ich Sie auf der Stelle heiraten.*

»Und? Gehen Sie jetzt wieder nach oben?«, fragt William.

»Nein, ich gönne mir eine kleine Pause, soll Ihr Bruder sich doch der Sache annehmen. Es gibt hier sicher etwas für mich zu tun.«

»Ja, die Salzfässer schütteln«, wirft Mélie ein, die am Tisch sitzt.

Ich sehe William fragend an. Er weiß ebenso wenig wie ich, was meine Schwester meint.

»Warum?«

»Weil es Unglück bringt, wenn Salz Klumpen macht«, erklärt sie mit Nachdruck.

Ich seufze, bevor ich mich ihr gegenüber an den Tisch setze und einen Salzstreuer in die Hand nehme.

»Na gut. Ich bin lieber hier unten. Aber ich würde gern etwas klarstellen, was mich seit kurzem umtreibt.«

»Nämlich?«, fragt William.

»Die Sache mit der Katze im Wäschetrockner.«

# KAPITEL 10

Ich weiß nicht, ob der Himmel ein Einsehen hatte und eine kosmische Ruhepause vorgesehen hatte, jedenfalls verlief das Essen relativ normal. Nun ist es kurz vor drei, und während einige sich noch einen Mokka genehmigen, räumen andere den Tisch ab. Dieser Moment, der so gesellig ist wie angesichts der Umstände irgend möglich, bestärkt meinen ersten Eindruck von Williams Familie.

Der Vater ist ein echtes Mysterium. Ich glaube, dieser Mann ist eines Tages aufgewacht und hat beschlossen, nicht mehr zu reden. Das würde sein Schweigen erklären, das, wenn es keine körperlichen Ursachen hat, sicherlich ein Akt des Widerstands gegen seine Familie ist. Dabei macht er eigentlich keinen wortkargen Eindruck, er hat beim Essen und Trinken genießerisch gelächelt. Niemand weiß so genau, worüber er sich freut, aber offenbar ist er zufrieden damit, hier zu sein. Vielleicht läuft irgendwo in seinem Kopf ein komischer Film ab. Rein äußerlich passen er und seine Frau jedenfalls nicht zusammen. Er trägt keinen besonders feinen Anzug. An mehreren Stellen ist der Stoff zerknittert und sein Hemdkragen ist verbogen. Dieser Mann achtet anscheinend kaum auf sein Äußeres, ganz im Gegensatz zu Lena. Er hat einen Bauch und war wohl nie besonders attraktiv. Ich frage mich, was eine Frau wie sie an ihm findet. Ich kann mir vorstellen, dass es mit Geld zu tun hat, das sagt mir eine kleine böse Stimme, aber da ich nicht immer ihren Theorien folge, schiebe ich diese Idee beiseite und konzentriere mich auf ein anderes Beobachtungsobjekt.

Ich habe Mitgefühl für Kathy, die Tante, die so viel Pech in der Liebe hat. Ich hatte nicht viele Beziehungen, aber einmal wurde ich betrogen, daher weiß ich, wie sehr das schmerzt. Dieses Gefühl zerstört die Liebe und alles darum herum. Es greift das Vertrauen in den anderen und zu sich selbst an. Man kann sich nur schwer davon erholen, ohne seelische Narben davonzutragen. Kathys Familie scheint das alles egal zu sein, als wäre es irgendwie unpassend, ihr auch nur ein bisschen Anteilnahme zu zeigen. Meine Schwester hat sich neben sie gesetzt, das gefällt mir. Mélie kann so leicht nichts aus der Ruhe bringen. Ich bin sicher, dass sie die angespannte Atmosphäre und die unfreundlichen Bemerkungen von Lena einfach an sich abperlen lässt. Mélie hat eine ganz spezielle Art, jemandem zu zeigen, wie unmöglich und unpassend er sich verhält. Die Leute glauben immer, ich sei die Stärkere von uns beiden. Da täuschen sie sich. Ich tue nur so. Ich beiße die Zähne zusammen und balle die Fäuste, spreche lauter, runzele die Stirn. Das ist nichts als Bluff, wie bei einem Vogel, der sich aufplustert, um größer zu erscheinen. Eigentlich ist Mélie die Stärkere, vor allem wegen ihrer unglaublichen Menschenkenntnis. Sie hat die Begabung, allen in die Seele zu schauen, so als trüge man sie gut sichtbar am Körper, wie ein Kleid oder einen Mantel.

Während des Essens habe ich auch William beobachtet, und eins steht fest: Er ist nicht er selbst. Das klingt ein bisschen naiv oder sogar dumm. Ich kenne ihn ja erst seit achtundvierzig Stunden und weiß so gut wie nichts über sein Leben, aber ich glaube, er hat mir eine echte Seite von sich gezeigt. Während des Essens hingegen kam mir sein Gesichtsausdruck falsch vor, härter irgendwie. Ich saß ihm gegenüber, sodass ich zusehen konnte, wie das Licht in seinen Augen erlosch und kalt wurde wie Stein. Von Zeit zu Zeit warf er mir diskrete Blicke zu, beherrschte sich aber schnell wieder. Ich muss ja als Freundin seines Bruders gelten. Wenn man schon lügt, dann wenigstens richtig. Wir waren uns ja einig, dass es zu etwas gut ist.

Ich habe mich so klein gemacht wie nur möglich. Ich wollte mich nicht schon wieder von Lena ausfragen lassen, am Ende hätte ich es wahrscheinlich nicht mehr geschafft, mich zurückzuhalten, und hätte zu viel geredet. Ich kann nicht anders, als mir vorzustellen, dass diese Frau etwas Tragisches erlebt haben muss, um derart giftig zu sein. Man kann doch gar nicht so verbittert sein, wenn man so aussieht wie sie, eine gute soziale Stellung und eine Familie hat. In dieser schönen Seide muss ein Riss sein.

Während ich mir Tee eingieße, gibt mir Lizzie, Williams Großmutter, ein Zeichen. Sie sitzt auf dem Sofa und fordert mich auf, neben ihr Platz zu nehmen. William, Thomas und meine Schwester räumen unten die Küche auf. Lena ist vom Radar verschwunden, vielleicht macht sie sich im Badezimmer frisch. Jedenfalls ist sie nicht da. Kathy telefoniert seit zwanzig Minuten im Flur, der Vater hat sich im Sessel am Fenster wieder seiner Zeitung zugewandt. Ich beschließe, Lizzies Aufforderung zu folgen, denn ich spüre eine Verbindung zwischen ihr und mir. Vielleicht spricht da die Sehnsucht nach einer

Großmutter aus mir, denn meine beiden Großmütter sind vor ein paar Jahren gestorben.

»Kommen Sie zu mir«, ermutigt sie mich mit einem jovialen Lächeln, »ich hoffe, unsere Gesellschaft ist nicht zu schrecklich für Sie.«

»Keine Sorge, ich kann was aushalten. Ich bedauere nur, Sie unter solchen Umständen kennengelernt zu haben. Ich habe das Gefühl, dass ich, ohne es zu wollen, Ihr Familienleben störe.«

»Sie sollen das Familienleben stören? Diese Familie braucht niemanden, der ihr das Leben schwermacht, das tut sie schon ganz von selbst. Das können Sie mir glauben, meine Liebe. Ganz im Gegenteil – dass Sie und Ihre Schwester da sind, bewahrt uns davor, dass es zur großen Abrechnung kommt. Sie sind wie ein frischer Windstoß.«

Ich lächele. Sie scheint es ehrlich zu meinen.

»Umso besser. Wir sind William und Thomas nämlich unendlich dankbar, dass sie uns eingeladen haben. Das Flughafenhotel wäre ziemlich trostlos gewesen.«

»Das wäre ja noch schöner. Was wäre Thomas denn für ein Mensch, wenn er seine Freundin in einer so unpersönlichen und kalten Umgebung alleingelassen hätte – und das an Weihnachten!«

»Das stimmt natürlich, das wäre wirklich nicht nett von ihm.«

*Stimmt ja, Thomas ist mein Freund, ich hatte es schon wieder vergessen.*

»Das Leben ist manchmal seltsam«, sagt sie plötzlich.

*Das habe ich auch schon gemerkt.*

»Wie meinen Sie das?«

»Wenn ich Ihnen auf der Straße begegnet wäre und mir überlegt hätte, mit welcher Art Mann Sie wohl zusammen wären, dann hätte ich eher auf William getippt.«

»Wirklich?«

*Ganz schön klarsichtig, die alte Dame.*

»Vielleicht nicht genau William, aber einer wie er.«

»Ich weiß nicht, ob ich Sie richtig verstehe.«

»William ist Witwer, ich weiß nicht, ob Sie das wussten.«

»Doch, doch, Thomas hat es mir gesagt.«

»Er liebte seine Frau leidenschaftlich, und als sie starb, dachte ich, wir würden ihn auch verlieren. Deshalb kann ich mir kaum vorstellen, dass er sich auf eine neue Liebesgeschichte einlässt.«

Ich werde ganz starr. Am liebsten würde ich laut rufen, dass man sich von Trauer erholen kann, dass man wieder glücklich werden kann, dass man die Trauer betrachten kann wie eine alte Freundin und sie einen nicht daran hindern muss, wieder mit freudigen Augen auf die Welt zu blicken und von der Zukunft zu träumen. Ich weiß nicht, ob ich dabei an meine eigene Trauer denke oder an die Beziehung, die ich eventuell gern mit William hätte. Jedenfalls brodelt es in mir. Das soll man seinen Liebsten also wünschen? Dass sie sich auf ewig einsperren, dass sie ihre Gefühle für immer einfrieren? Dass ihnen nichts anderes übrigbleibt, als auf das Leben zu verzichten? Ganz sicher nicht!

»Das Leben ist eine lange Zeit«, entgegne ich vage und nehme mich zusammen, so gut es geht. »Meine Großmutter sagte immer, man begegnet sich im Leben mehrmals wieder. Wer weiß, was morgen oder übermorgen ist? Man kann seinen

Nächsten jedenfalls nur wünschen, dass sie den Weg zum Glück finden.«

Lizzie sieht mich seltsam an, aber ich spüre, dass ich ihr Interesse geweckt habe. Ob sie mich testen will? Wer weiß?

»Oh ja, da bin ich ganz einverstanden. Ich sollte es Ihnen nicht sagen, aber William habe ich immer ein bisschen lieber gemocht, vielleicht, weil er mir ähnlicher ist. Wir sind beide ein wenig rebellisch. Es fällt uns nicht leicht, immer alles so zu machen wie jedermann.«

»Das heißt?«

»Als ich jung war, da war ich Künstlerin. Ich habe in Clubs gesungen und saß für Maler Modell.«

Sofort taucht die Szene bildlich vor meinem inneren Auge auf, inklusive einer nackten Großmutter Lizzie, und ich verfluche meine Imaginationskraft. Sie hat meine Reaktion bemerkt und lacht wie ein Teenager.

»Doch, doch, meine Liebe, ich war ein hübsches junges Mädchen, und von Moral habe ich nicht so sehr viel gehalten.«

Jetzt muss ich auch lachen. Sie bringt die Dinge wirklich gut auf den Punkt.

»Eines Tages habe ich mir dann Kinder gewünscht«, fährt sie fort, »und ich habe einen netten Mann kennengelernt, der mich so mochte, wie ich war. Er war gut erzogen und hat nicht so genau nachgefragt.«

»Wie viele Kinder haben Sie?«

»Drei. Lena, Kathy und Edward. Edward lebt in den USA. Aber William sehe ich als meinen wahren Erben an, und in ihm erkenne ich mich am meisten wieder.«

»Hat er auch Künstlern Modell gesessen?«

*Was habe ich nur für eine Phantasie!*

»Das hätte ich gut gefunden. Nein, er hat sich bloß geweigert, die Firma zu übernehmen, und sich einen Beruf in der Kunstwelt gesucht. Er hat sogar noch seinen Bruder mitgezogen. Damit wurde er zum schwarzen Schaf der Familie.«

»Jetzt verstehe ich die Spannungen, die hier zwischen allen zu herrschen scheinen.«

»Nun, Lena könnte auch noch mit einem Toten in Streit geraten. Das ist einfach ihre Art.«

»War sie schon immer so?«

Ich versuche, mich vorsichtig auszudrücken, weiß aber nicht, ob mir das gelingt. Glücklicherweise scheint Lizzie bereit, sich mir anzuvertrauen. Es stört sie keineswegs, dass ich ihr so offen persönliche Fragen stelle.

»Sie hat, als sie jung war, ein Kind verloren. Es war eine Tragödie.«

Ich weiß nicht, was mich am meisten verblüfft. Dass ich von einem so traurigen Ereignis erfahre oder dass diese Frau mir auf so direkte, beiläufige Weise davon erzählt.

»Oh, das tut mir sehr leid. Ich kann mir gar nicht vorstellen, wie schlimm es sein muss, ein Kind zu verlieren.«

Ich weiß nicht, warum, aber das, was ich da erfahren habe, berührt mich mehr, als mir lieb ist. Ich habe noch nicht oft über Kinder und das Muttersein nachgedacht. In der Natur ist alles wohl geordnet. Da ich noch nie einen Mann kennengelernt habe, der mir als Vater geeignet erschien, hat sich auch meine biologische Uhr noch nicht gemeldet. Ich muss zugeben, dass meine Ansprüche recht hoch sind. Mein Vater hat seine Aufgabe immer großartig erfüllt.

Lizzie deutet plötzlich auf meine Schwester, die im Flur steht und mir Zeichen gibt.

»Entschuldigen Sie bitte«, sage ich höflich und stehe auf.

Als ich diese seltsame Frau verlasse, habe ich gemischte Gefühle. Ich weiß nicht, warum sie mir so private Dinge erzählt hat. Ist sie von Natur aus geschwätzig oder hat sie etwas Bestimmtes im Sinn? Ich beschließe, nicht weiter über diese Frage nachzudenken, eine Antwort wäre mir im Moment sowieso kaum von Nutzen. Ich gehe zu Mélie.

»Sollen wir Maman anrufen?«, fragt sie.

»Gute Idee.«

Wir gehen ins Gästezimmer, schließen die Tür und setzen uns mit Mélies Handy aufs Bett. Ich bin überrascht, dass Maman so guter Laune ist, als sie abnimmt. Offensichtlich hatte Mélie recht, es macht ihr gar nicht so viel aus, dass wir nicht da sind. Sie weint nicht mal. Das beruhigt mich, aber ich bin auch leicht irritiert. Sie ist irgendwie zu ruhig, zu gelassen. Nicht hysterisch, nicht wütend genug. Unsere Mutter ist nicht unsere Mutter, wenn sie sich nicht ereifert und aufregt. Ich behalte meine Zweifel jedoch für mich und tue so, als wäre alles ganz normal. Sie fragt uns, wo wir gerade sind und was wir machen. Wir erzählen keine Details, denn ich bin sicher, dass die Wände hier Ohren haben. Aber wir sagen ihr genug, um ihre Neugier zu befriedigen. Sie erzählt, sie wolle sich ein kleines Festmahl kochen und dann früh zu Bett gehen. Es sei wirklich alles in Ordnung, schließlich sei sie kein Kind mehr. Wir würden Weihnachten feiern, wenn wir wieder da wären, ganz egal wann, das Wichtigste sei doch, dass es uns gut gehe und wir keine Dummheiten machten. Mélie und ich haben trotzdem ein schlechtes Gewissen, dabei können wir ja gar nichts dafür, dass wir hier eingeschneit sind.

Eine halbe Stunde später legen wir auf, und ein paar Sekunden lang schweigen wir.

»Denkst du auch, was ich denke?«, frage ich schließlich.

»Absolut«, antwortet Mélie. »Diese Frau sollte begreifen, dass sie sich die Rolle der betrogenen Frau unbewusst gewünscht hat.«

»Wie? Was? Das doch nicht!«

»Ach, du meinst die Salzstreuer? Ich finde es ja auch merkwürdig, so viele zu haben, sie zu füllen und dann darauf zu warten, dass das Salz klumpig wird.«

»Mélie, Mélie! Ich meinte etwas ganz anderes, nämlich wie Maman reagiert hat.«

»Ich weiß nicht, was du meinst.«

»Findest du nicht, dass ihr Verhalten ein bisschen zu ausgeglichen ist?«

»Das ist normal.«

»Ach, wirklich?«

»Ja, letzten Monat hat der Arzt ihr Beruhigungsmittel verschrieben. Sie hat sicher welche genommen.«

Ich sehe sie erstaunt an.

»Beruhigungsmittel? Wieso weiß ich nichts davon?«

»Deshalb.«

»Was heißt hier ›deshalb‹?«

»Wegen genau dieser Reaktion. Maman hatte Angst, du würdest dich furchtbar aufregen und dir das Schlimmste vorstellen.«

»Überhaupt nicht! Allerdings sind Beruhigungsmittel nicht gerade harmlos. Man kann von dem Zeug abhängig werden. Und chemische Zwangsjacken lösen die Probleme nicht. Dadurch wird der Schmerz nur maskiert, erstickt, aber nicht verarbeitet.«

»Da siehst du mal, wie du dich aufregst.«

»Nein, ich …«

»Das sind völlig unbedenkliche Mittel, die nur für eine bestimmte Zeit verschrieben werden. Maman weiß genau, dass sie sie nicht zu oft nehmen darf. Aber sie helfen ihr.«

Ich seufze tief. Ich halte nicht gern Predigten. Mélie kennt sich auf diesem Gebiet viel besser aus, und wenn sie meint, dass es unbedenklich ist, gibt es für mich kaum Grund zu widersprechen.

Ich versuche, mich zu entspannen, und wechsele das Thema.

»Wie war es in der Küche?«

»Wir haben aufgeräumt und ein paar kleine Sachen für heute Abend vorbereitet. William hat ja eine riesige Spülmaschine, fast ein bisschen zu groß für die kleine Küche.«

»Das meine ich nicht. Wie war es mit Thomas und William und wie …?«

Ich beende den Satz nicht, weil ich gar nicht weiß, was ich eigentlich wissen will.

»Sie haben über dich geredet.«

Ich bin überrascht.

»Tatsächlich? Und wie kam das?«

»Thomas ist rausgegangen und hat geraucht, und als er wieder reinkam, haben William und er ein bisschen in der Diele geredet.«

»Und du hast sie belauscht?«

»Sie haben laute Stimmen, die man auch durch die Wand hören kann.«

»Natürlich.«

»Was läuft eigentlich zwischen William und dir?«

»Wie meinst du das?«

»Was genau zwischen euch läuft eben«, wiederholt meine Schwester.

»Na ja … ich … im Grunde …«

»Scarlett, kannst du mal den Mund aufzumachen? Leg einfach los. Die Menschheit beherrscht die Sprache schon seit einiger Zeit.«

»Ich lach mich tot.«

Ich stehe auf und gehe im Zimmer umher. In meinem Kopf überschlagen sich die Gedanken. Es ist ja nicht so, dass ich nichts zu sagen hätte, aber ich will so viel sagen und muss erst Ordnung hineinbringen. Ich überlege immer fieberhafter. Das Für, das Wider, das Sichtbare, das Unsichtbare, das Geschehene, das Geheime.

Schließlich beuge mich zu meiner Schwester herunter und flüstere: »Ich weiß es nicht.«

*Kurz und bündig.*

»Das ist ein guter Anfang, immerhin gibst du zu, dass da eventuell etwas ist.«

»Ich will ja nicht leugnen, dass er mir gefällt. Körperlich, meine ich. Aber es ist … Mélie, ich glaube, er übt deshalb so eine Anziehungskraft auf mich aus, weil wir in einer besonderen Lage sind. Wir erleben eine Art Abenteuer, und er ist ein bisschen die Kirsche auf dem Kuchen. Der verführerische

Engländer, der mich zum Lachen bringt und verwirrt und der in einem wunderschönen Haus in Chelsea wohnt … Das ist doch ein romantisches Klischee. Sonst nichts. Morgen fahren wir nach Frankreich zurück, und dann ist alles vergessen. Man kann auf einem Klischee nichts Wirkliches aufbauen.«

Mélie schweigt, als würde sie gerade alles analysieren, was ich ihr gesagt habe.

»Ich glaube, da ist noch etwas anderes«, verkündet sie dann.

Ihr Ton beunruhigt mich.

»Was haben sie geredet, Mélie?«

»Thomas macht sich Sorgen um William. Ich hatte den Eindruck, dass er lange Zeit depressiv war, wahrscheinlich nach dem Tod seiner Frau. Sein Bruder hat ihn offenbar gewarnt vor …«

»Vor?«

»Dir.«

»Mir?«

*Das ist ja wohl ein Witz.*

»Ich tue ihm einen Gefallen, und er haut mich in die Pfanne? Er könnte ruhig etwas dankbarer sein.«

»Täusch dich nicht. Ich glaube, du gefällst Thomas sehr, als Mensch natürlich, nicht wegen deiner Vagina. Er meint, du wärst die Art Frau, die tiefe Gefühle hervorruft, und davor warnt er seinen Bruder. Er fürchtet, dass William sich noch nicht genug von seinem persönlichen Drama gelöst hat, um sich darüber klar zu sein, was er für dich empfindet.«

*Ich muss aussehen wie ein Karpfen.*

»Ich verstehe nicht, was du damit sagen willst.«

»Thomas findet, dass du eine tolle Frau bist, hat aber Angst, dass William unüberlegt handelt und ihr beide unglücklich werdet. Ich glaube, er hat nicht ganz unrecht. Ich erkenne bei William deutliche Anzeichen dafür. Eure Begegnung hat etwas Magisches. Ich weiß, dass du nicht an solche Dinge glaubst, aber ich sehe eine besondere Verbindung zwischen euch. Es könnte allerdings sein, dass dies für euch nicht der geeignete Moment ist und auch nicht die passende Umgebung.«

Ich lasse mich aufs Bett fallen. Noch nie hat Mélie so mit mir geredet. Normalerweise spornt sie mich immer an, mich auf jemanden, sprich einen Mann, einzulassen. Sie sagt mir, ich solle es versuchen, spielen, ausprobieren, und wenn es nicht funktioniert, kein Drama draus machen. Sie wirft mir meine Zurückhaltung vor, wiederholt dauernd, dass das Risiko zur Liebe dazugehört, genauso wie Loslassen, Spontaneität und unüberlegtes Handeln. Deshalb wird mir jetzt bei ihrer Warnung ganz anders.

*Warum reden wir eigentlich über das alles?*

Es geht hier doch nicht um eine Staatsaffäre! Ich flirte ein bisschen mit einem Fremden, den ich am Flughafen kennengelernt habe, das ist nicht gerade die Geschichte von Romeo und Julia. Ich kann das alles wieder vergessen, nach Hause fahren und mich anderen Dingen zuwenden.

»Mélie, dramatisiere die Sache nicht so! Ich weiß, dass wir in London sind, aber deshalb ist das noch lange kein Shakespeare'sches Drama. Ich habe gar nicht vor, weiterzugehen. Ich flirte ein bisschen, das ist alles. Williams Depression ist mir ganz egal, ebenso wie seine Trauer und was hier sonst noch so los ist. Bist du jetzt beruhigt?«

»Nein.«

*Manchmal nervt sie ganz schön.*

Ich will mich gerade weiter verteidigen, da klopft Thomas an die Tür und ruft uns. Wir bitten ihn herein.

»Tut mir leid, dass ich störe«, sagt er und sieht mich an. »Mein Vater hat gesagt, Sie hätten sich eben länger mit Lizzie unterhalten.«

*Ach, dieser Mann redet also doch?*

»Ja, wieso?«

»Hat Sie Ihnen zufällig gesagt, wo sie hingehen wollte?«

»Nein, ich wusste gar nicht, dass sie vorhatte, aus dem Haus zu gehen.«

»Sie ist nämlich verschwunden.«

»Was?«

William taucht stirnrunzelnd hinter seinem Bruder auf.

»Und?«, fragt er aufgeregt.

»Sie wissen auch nicht, wo Lizzie hingegangen sein könnte«, antwortet Thomas.

»Das ist jetzt nicht wahr«, knurrt William, »wo kann sie denn nur sein?«

»Glauben Sie, dass sie nach draußen gegangen ist?«, frage ich.

»Wir können sie nirgendwo finden«, sagt William. Er wirkt angespannt. »Das Haus ist zwar groß, aber nicht groß genug, um darin verloren zu gehen.«

»Unsere Großmutter ist ein bisschen … Sie ist … wie soll ich sagen …«, beginnt Thomas vorsichtig.

»Das Wort, das du suchst, heißt verrückt«, sagt William seufzend. »Lizzie hat eine Hüfte aus Pappmaché, und draußen ist es sehr glatt. Genug geredet, ich gehe los und suche sie.«

Ich stehe schnell auf und halte ihn zurück.

»Moment mal. Sie hat doch gesagt, es sei nicht genug Alkohol für heute Abend im Haus.«

»Das passt, sie trinkt sich gern einen an«, antwortet Thomas.

»Heute Mittag gab es keinen Wein. Vielleicht glaubt sie, wir hätten keinen, bräuchten aber welchen für die Feier.«

Meine Theorie scheint ihnen einzuleuchten. Wenn ich eine Familie hätte wie sie, würde ich auch etwas zu trinken kaufen.

»Dann ist sie sicher losgegangen, um Wein zu besorgen«, sagt William. »Es gibt mindestens drei Läden in der Nähe, wo wir sie finden können.«

»Dann brechen wir am besten gleich auf!«, sage ich und nehme meinen Schal, weil ich keine Lust darauf habe, mit dem Rest der Familie allein zurückzubleiben.

# KAPITEL 11

Wir beschließen, jeweils zu zweit zu gehen. Mélie und Thomas in die eine Richtung, William und ich in die andere.

William fordert mich auf, mich bei ihm einzuhaken wie am Morgen, und ich freue mich, dass diese Geste mir schon fast vertraut ist. Wir gehen die breite Straße entlang, sie scheint in Kälte erstarrt zu sein, und der Himmel ist frei von Wolken. Er ist von so gleichmäßigem Blau, dass er fast künstlich wirkt. Der Schnee schimmert in der Sonne, schöner könnte es kein Künstler malen. Ich weiß, dass jetzt keine Zeit für Romantik ist, weil Williams Großmutter vielleicht etwas zugestoßen ist, aber ich genieße es, mit ihm allein zu sein, den Kopf an seine Schulter gelehnt.

Wir erreichen den ersten Laden und fragen den Kassierer, ob er eine alte Dame gesehen hat, die ein wenig an eine Erdbeere erinnert. Dann beschreibt William sie genauer, doch ich finde immer noch, dass Erdbeere am besten passt. Keine Spur von Lizzie, und der Mann wiederholt, wegen des schlechten Wetters seien heute nur sehr wenige Kunden da gewesen.

Wir verlassen das Geschäft, und William wendet sich nach links. Ich muss an das Gespräch mit meiner Schwester denken. Ein Teil von mir versucht, an ihm die Zeichen zu entdecken, von denen sie gesprochen hat, eine anderer Teil meint, dass mich das gar nichts angeht und dass ich den Moment so nehmen soll, wie er ist: als schönen, aber flüchtigen Augenblick.

Im zweiten Laden haben wir ebenso wenig Erfolg, keine Spur von einer alten Dame auf der sonnenbeschienenen Straße. Ich spüre, wie Williams Anspannung zunimmt.

»Ich bin sicher, dass sie nicht sehr weit gekommen ist.«

*Vor allem mit einer kranken Hüfte.*

»Normalerweise habe ich immer ein Auge auf sie«, sagt er schuldbewusst.

Ich zögere, und dann sage ich es doch.

»Als wir uns unterhalten haben, da meinte sie zu mir, dass sie Sie ein bisschen lieber mag, weil sie findet, Sie seien einander sehr ähnlich.«

»Hat sie Ihnen erzählt, dass sie Aktmodell war?«

»Ja, genau wie Sie.«

»Ach ja?«

»Nein, ich mache Spaß, aber sie hat mir gesagt, es hätte sie gefreut, wenn Sie es auch getan hätten.«

»Das beruhigt mich, denn von dieser Seite meines Lebens habe ich ihr nie etwas verraten.«

Ich sehe ihn an und bemerke den halb belustigten, halb ernsten Gesichtsausdruck, und so zögere ich zu glauben, dass er die Wahrheit sagt. Ich habe es immerhin geschafft, ihn für einen Moment abzulenken.

Plötzlich höre ich sein Telefon vibrieren, und eine Sekunde später meldet sich auch meines. Wir lesen folgende Nachricht des anderen Suchtrupps:

*Verlorenes Paket gefunden. Es geht ihr gut, die Nase ist feucht, das Fell glänzt. Wir treffen uns in der Hölle wieder und bereiten die Feier vor.*

»Jetzt müssen wir ihr noch eine Glocke um den Hals binden, und dann wird es ein gelungener Abend«, meint William erleichtert.

Ich lächele ihm zu und sage sonst nichts. Ich bin froh, dass die Tour der Ausreißerin nicht zum Drama geworden ist, und glücklich, in diesem Augenblick hier zu sein, unter dem ruhigen Himmel, der mich an das Happy End eines alten Schwarz-Weiß-Films denken lässt. Mein Gesichtsausdruck scheint William zu irritieren, denn er sieht mich aufmerksam an. Ich verliere mich in seinem Blick. Was ich empfinde, wenn ich die Farbe seiner Augen betrachte, scheint mir reichlich naiv, doch ich kann es nicht ändern: Ich bin ebenso fasziniert wie neugierig und habe den Eindruck, ich entdecke etwas zum ersten Mal. Früher dachte ich immer, nur helle Augen hätten eine poetische Beschreibung verdient, aber das war, bevor ich ein so schönes Paar schwarze gesehen habe.

»Und wenn wir uns eine kleine Pause gönnen, bevor wir uns wieder zum Teufel an den Tisch setzen?«, schlägt er vor.

Ich versuche, mich zusammenzunehmen, um nicht vor Freude loszutanzen, besonders, weil ich auf dem glatten Boden leicht ausrutschen und hinfallen könnte, und das wäre sicher kontraproduktiv. Stattdessen sage ich leicht ironisch: »Ein ausgezeichneter Aufruf zur Rebellion.«

Er bestimmt den Weg. Erst nach ein paar Minuten merke ich, dass wir Richtung Holland Park unterwegs sind. Dort angekommen, führt William mich zum Japanischen Garten. Der Holland Park ist im Sommer ein sehr farbenfroher Ort. Das schöne Holland House mit seiner Galerie im romanischen Stil liegt inmitten prachtvoller Blumenbeete. Über einen Pfad gelangt man zu einem Bassin mit einem Springbrunnen, umgeben von in Form geschnittenen Sträuchern, die ordentlich in Reih und Glied stehen. Auf einem mit Steinen bedeckten Weg kann man das Bassin überqueren; er ist gesäumt von stämmigen, Schatten spendenden Bäumen und verleiht diesem Ort die Ruhe einer Landschaft aus dem Land der aufgehenden Sonne. Sobald es aber Winter wird, verändert sich die Szenerie. Alles ist von einer dicken Schneeschicht bedeckt. Das Wasser ist dunkel, und man sieht das Gras nicht mehr, weil ein eisiger weißer Mantel darübergebreitet ist. Die Ruhe, die an warmen Tagen so erholsam ist, hat, wenn alles friert, etwas Beunruhigendes. Der Garten ist wie erstarrt, als wäre er in eine Art Koma gefallen. In der Ferne hört man allerdings das Lachen von Kindern, die sich mit Schneebällen bewerfen oder Skulpturen aus Schnee bauen, die bald wieder schmelzen werden. Ihre Daunenjacken leuchten in allen Farben, sodass sie von weitem an Flecken bunter Tinte auf weißem Papier erinnern.

»Ich mag diesen Park sehr«, sagt William versonnen. »Ich habe hier schon als Kind gespielt.«

»Haben Sie immer in diesem Viertel gewohnt? Ihre Mutter hat mir erzählt, dass sie in Primrose Hill lebt.«

»Das Haus, in dem ich wohne, gehört meinem Onkel, der gerade in den USA ist. Bis ich zwölf war, war ich oft bei ihm.«

Er bleibt am Wasser stehen, und sein Blick verliert sich in der dunklen Tiefe. Ich gehe ein paar Schritte weiter und schaue mich um. Ich sehe, dass wieder Wolken aufziehen und das Licht abnimmt. Zu dieser Jahreszeit sind die Tage so kurz! Ich betrachte die Bäume. Das einzige Material, das ich so gern habe wie Stahl, ist Holz. Ich strecke die Hand nach einem Ast aus; der Schnee darauf glitzert.

»Was ist Ihr Lieblingsort, Scarlett?«

»Ehrlich gesagt bin ich kein Freund der Natur. Sie und ich kommen nicht so gut miteinander aus. Ich glaube, ich bin eine hoffnungslose Stadtpflanze. Ich mag Stadtlandschaften; schwindelerregende Hochhäuser geben mir Sicherheit und ein Gefühl der Stabilität. Ich bin begeistert von Gebäuden und habe deshalb auch diesen Beruf gewählt. Aber – bevor Sie mich für eine Anbeterin von Stahl und anderen modernen Gefahren hallten –, es gibt einen Ort bei mir zu Hause, den ich wunderbar finde, die Pointe du Grouin bei Saint-Malo.«

»Was ist das?«

»Eine Landzunge an einer zerklüfteten Küste, wo immer heftiger Wind weht und das Meer kalt ist. Und es gibt dort eine Besonderheit. An einer bestimmten Stelle kann man je nach Wetter am Horizont den Mont-Saint-Michel sehen. Der Himmel und das Licht wechseln so oft, dass man den Mont manchmal eine Sekunde lang erkennen kann, doch gleich danach verschwindet er wieder, weil eine einzige Wolke aufgezogen ist. Das hat etwas Magisches.«

William lässt seinen Blick auf mir ruhen. Es ist, als verbände uns ein unsichtbares Band.

»Dieses Wunder würde ich gern mal sehen«, sagt er mit einer leicht rauen Stimme.

Ein kleines Licht scheint in meinem Innern anzugehen. Es signalisiert mir, dass wir etwas zusammen erleben könnten. Ich weiß, das allein hat noch nicht viel zu sagen, aber es fühlt sich an wie ein Versprechen. Ich drehe mich um, um William zu folgen, da bleibt mein Schal, den ich viermal um den Hals geschlungen habe, an einem Ast hängen. Das sieht bestimmt nicht gerade elegant aus. Ich versuche, mich möglichst diskret aus dieser Falle zu befreien.

»Ich bin sicher, dass es Ihnen dort sehr gefallen würde …«

Ich spüre, wie sich nach meinem Schal nun auch meine Haare in den Zweigen verheddern, und obwohl ich mir Mühe gebe, gelingt es mir nicht, dieses Wirrwarr zu lösen.

»Die Bretagne ist auch nicht weit von Paris entfernt, und so kann man leicht …«

»Ist nun der Moment gekommen, in dem ich Ihnen Hilfe anbieten darf? Oder finden Sie, es ist noch zu früh, und ich bin zu machohaft?«

»Zu früh und vielleicht auch ein bisschen machohaft.«

»Deshalb habe ich gezögert.«

»Wie ich schon sagte …«

Plötzlich stoße ich einen Schrei aus, ähnlich dem einer Maus, die von einer Katze verfolgt wird. Eine Unmenge Schnee ist auf mich gefallen und zwischen den Schal und meinen Hals gerutscht. Er fühlt sich an wie tausend stechende Nadeln.

*Verdammt, ist das kalt!*

Ich schüttele mich, aber mir rutscht nur noch mehr Schnee in den Kragen. William tritt näher, und mit nervenaufreibender Ruhe wischt er den Schnee fort. Ich sehe sicher aus wie eine Katze, der man einen Eimer Wasser über den Kopf gekippt hat. Eine Katze mit langem, nassem Haar. Wenn ich daran denke, wie hoch meine letzte Friseurrechnung war!

»Doch nicht zu früh, oder?«, sagt er lachend.

»Die Natur mag mich nicht, ich habe es Ihnen ja schon gesagt.«

»Oder sie liebt Sie zu sehr.«

Ich sehe ihn an und lächele. Ich fürchte, es ist ein eher dummes Lächeln. Sein Gesicht ist sehr nah. Seine Finger berühren meine Haut. Ich weiß nicht, ob es Zufall ist oder Absicht. Er streicht mit der Hand über meinen Hals, um noch ein bisschen Schnee wegzuwischen. Mir ist kalt und warm zugleich. Er öffnet meinen Mantel und beginnt, den restlichen Schnee von meinem Pullover zu klopfen. Ich könnte helfen, aber ich bewege mich nicht. Ich genieße diese Passivität. Ich zittere vor Kälte und Aufregung. Wie weit geht dieser Mann in seiner Galanterie? Seine Hände berühren mich weiterhin. Sie fühlen sich so leicht an, dass man meinen könnte, sie hätten sich verirrt.

»Sehr gewissenhaft«, sage ich spöttisch.

»Allerdings.«

Er legt mir den Schal wieder um, knöpft meinen Mantel zu, und bevor er einen Schritt zurücktritt, streift er mit der Hand meine Brust. Sein Gesicht zeigt keine Regung. Ich frage mich belustigt, ob er das extra gemacht hat, um meine Reaktion zu testen, oder ob er sich vertan hat und hofft, dass ich es nicht bemerkt habe. Aber mein ganzer Körper hat es bemerkt und reagiert heftig darauf.

»Perfekt«, sagt er.

»Ohne Zweifel.«

Ich neige den Kopf zur Seite und werfe ihm einen verführerischen Blick zu. Alle Frauen können sich geben wie Katzen, das liegt einfach in unseren Genen. Man kneift ein wenig die Augen zusammen, öffnet leicht die Lippen und schaut seinen Gegenüber unter den Wimpern hervor mit einem Samtblick an. Ich mache einen Schritt auf William zu und lege meine Wange an seine Brust. Er umarmt mich. Seine Hände streicheln meinen Rücken, eine sinnliche Geste. Wir sagen beide nichts. Ich könnte die Augen schließen und sie erst wieder aufmachen, wenn es dunkel ist. Er drückt seine Lippen auf mein Haar und zieht mich noch fester an sich. Ich weiß nicht, wie lange wir so dastehen. Es kommt mir zugleich lang und furchtbar kurz vor.

Plötzlich beginnt es erneut in unseren Manteltaschen zu vibrieren. Der zärtliche Augenblick ist zu Ende. Wir treten auseinander und sehen beide auf unsere Handys. Dabei wissen wir genau, wer uns zur Ordnung ruft.

*Ich teile Ihnen mit, dass Sie immer noch nicht die Erlaubnis haben, das Land zu verlassen.*

»Die Apostel erwarten uns zum Abendmahl«, seufzt William.

»Dann lassen Sie uns aufbrechen. Aber da so viel Schnee liegt, schlage ich vor, wir gehen vorsichtig und langsam.«

»Ja, zumal ich jetzt weiß, dass Schnee in Ihrem natürlichen Lebensraum nicht vorkommt.«

»Mein Volk lebt am Meer. Wenn es schneit, glauben wir, das Jüngste Gericht sei angebrochen.«

Arm in Arm schlendern wir den Weg zurück. Es ist kaum noch hell draußen. Die Wolkenränder sind in rotes Licht getaucht und kündigen das Ende des Tages an. Ich lasse ein letztes Mal meinen Blick über den Park schweifen, bevor wir ihn verlassen. Ich finde ihn wunderschön.

»Haben Sie etwas von Ihrer Mutter gehört?«, fragt William, mit echtem Interesse, wie mir scheint.

»Ja, offenbar geht es ihr gut. Sie wartet geduldig auf unsere Rückkehr.«

»Sie scheinen darüber über die Maßen begeistert zu sein.«

*Ins Schwarze getroffen.*

»Ich finde es seltsam.«

»Was, ihre Geduld?«

»Nein, dass sie so ruhig bleibt.«

»Ich verstehe.«

»Das glaube ich nicht.«

»Na ja, ich denke doch, aber meine Erziehung erlaubt es eben nicht, einem Verhalten, das ich merkwürdig finde, weiter auf den Grund zu gehen.«

»Sie können mir glauben, dass bei meiner Mutter nichts normal ist. Ich meine ihre Reaktionen. Sie ist impulsiv, oft hysterisch, immer dramatisch. Es ist wirklich wie im Kino. Ich finde es deshalb seltsam, dass sie sich bei unseren Anrufen nicht furchtbar aufgeregt hat. Meine Schwester behauptet, sie hat Beruhigungsmittel genommen.«

»Aha«, sagt William, »und Sie finden das nicht gut.«

»Ich habe Angst vor dieser Chemie. Eine meiner Tanten war von Tabletten abhängig, ich habe sie zwar nicht oft gesehen, aber sie war dauernd müde und wie betäubt.«

»Was sagt Ihre Schwester dazu?«

»Ich soll mich nicht aufregen, das Ganze sei zeitlich begrenzt und dadurch gehe es ihr besser.«

»Ich denke, Mélie hat ein gutes Gespür für das Verhalten von Menschen.«

»Ich weiß, deshalb habe ich auch nicht weiter insistiert. Ich glaube, ich bin zu schnell besorgt.«

»Sie tun, was Sie können, und allein das zählt.«

»Wie können Sie da so sicher sein?«

»Wenn man sich mehr um andere sorgt als um sich selbst, tut man sein Bestes. Und genau das machen Sie.«

Ich nicke ein wenig verlegen. Er grinst.

»Es ist nicht so einfach, Komplimente anzunehmen, was?«

»Ich werde mir Mühe geben.«

Wir erreichen das Ende der Straße, die zu seinem Haus führt. Es bleibt nur noch wenig Zeit, unsere Zweisamkeit zu genießen.

»Ihr Vater ist, glaube ich, sehr diskret und zurückhaltend.«

Ich hätte gleich auf das Thema Mutter-Sohn-Konflikt kommen können, halte mich aber lieber erstmal zurück.

»Ja, das kann man wohl sagen.«

Ich bin erstaunt über seine Freimütigkeit.

»Wenn man mit meiner Mutter zusammenlebt, wird man entweder rebellisch oder man flüchtet. Das Problem ist, dass man keine Beziehung zu ihr aufbauen kann. Sie ist präsent, ohne wirklich da zu sein.«

»Die beiden wirken auf den ersten Blick so grundverschieden.«

»Wie Feuer und Wasser. Ich glaube, mein Vater liebt sie leidenschaftlich, und deshalb hat er beschlossen, seine Persönlichkeit auf dem Altar dieser Liebe zu opfern.«

Ich sehe ihn verstohlen an und versuche seine Bemerkung zu deuten. Hält er das Verhalten seines Vaters für Schwäche oder hat er Verständnis für eine so große Liebe? Jetzt werde ich es jedenfalls nicht erfahren, denn wir betreten schon die Eingangshalle. Kaum haben wir die Mäntel ausgezogen, da erscheinen Thomas und Mélie oben auf der Treppe.

»Sie hat ihren Alkohol gefunden«, verkündet Thomas feierlich.

»Sie ist fröhlich«, sagt Mélie.

»Wie fröhlich?«, fragt William und fährt sich mit der Hand in den Nacken.

»Sehr fröhlich.«

Er sieht auf die Uhr.

»Gerade erst sechs. Das wird sicher ein spannender Abend.«

Als wir ins Wohnzimmer kommen, stelle ich zu meiner großen Überraschung fest, dass es weihnachtlich geschmückt ist. Lena schaut uns argwöhnisch an, aber als geübte hinterhältige Schlange behält sie zunächst jeden Kommentar für sich. Vorsichtshalber entferne ich mich von William und gehe zu Thomas hinüber.

»Ich habe mir erlaubt, in eurer Abwesenheit aus dem Keller etwas Weihnachtsschmuck zu holen, damit es hier etwas gemütlicher wird«, sagt Lena.

*Die Lichterketten machen sie auch nicht sympathischer.*

Wir stehen ein wenig verlegen mitten im Zimmer herum, bis Kathy uns etwas zu trinken anbietet.

»Ich kann euch einen Kakao oder einen Tee machen. Ihr müsst ja halb erfroren sein.«

»Ja, allerdings. Ich habe mich an einem Ast verhakt, und da ist der ganze Schnee auf mich draufgefallen.«

»Soso, ein Ast also. Und wo soll das gewesen sein?«, will Lena wissen.

»Mummy, wie hast du dir den Abend vorgestellt?«, unterbricht William sie da. »Ich habe gesehen, dass du etwas zu essen von zu Hause mitgebracht hast.«

»Ja, ich hatte bei Robert, du weißt ja, ihm gehört dieser Feinkostladen, ein paar Snacks bestellt. Bis morgen halten sie sich bestimmt nicht. Wir könnten sie also ebenso gut jetzt auspacken.«

»Sehr gute Idee«, meint Thomas, »ich liebe seine Snacks.«

William, Lena und Kathy verschwinden in der Küche. Ich gehe in unser Zimmer, um mich wieder in einen einigermaßen vorzeigbaren Zustand zu bringen. Ein Blick in den Spiegel bestätigt, dass meine Frisur hinüber ist. In einem solchen Fall helfen nur Haarklammern. Nachdem ich es gebürstet habe, stecke ich mein Haar hoch. Das macht immer Eindruck, denn ich habe einen langen Hals und sehe dann ein bisschen wie Grace Kelly aus. Es reicht ja, wenn ich nur so aussehe. Ich weiß, was mir steht, und in meiner beruflichen Umgebung, die weitgehend von Männern dominiert wird, spiele ich meine Reize auch aus. Ich lege etwas Puder, Rouge und einen leuchtend roten Lippenstift auf, ziehe Ohrringe an und schlüpfe dann in einen schwarzen Rollkragenpullover und eine dazu passende Hose. Ich betrachte mich ein letztes Mal im Spiegel – alles perfekt, die Augen glänzen, die Haut ist glatt wie Porzellan. Heute Abend werden alle Angriffe an mir abperlen.

Noch ein wenig Parfüm, und einen Moment später betrete ich in Kampfmontur das Wohnzimmer.

»Oh, meine Liebe, Schwarz steht Ihnen ja wundervoll!«, ruft die Großmutter begeistert. Der Wein lässt ihre Augen glitzern.

»Danke.«

Dann kommen auch schon Thomas, Mélie, Lena und William und tragen alle möglichen Platten mit Essen herein. Als William an mir vorbeigeht, schaut er mir einen Moment lang in die Augen.

Weihnachtlich geschmückt und im gemütlichen Licht der Lampen und Lichter sieht das Wohnzimmer viel behaglicher aus als am Tag. Ich hoffe, dass sich auch die Stimmung ein bisschen entspannt. Immerhin ist Weihnachten.

Aber der Geist der Weihnacht ist nun mal in erster Linie ein Marketing-Konzept.

# KAPITEL 12

Als Lena die Schüssel mit dem Püree auf den Tisch stellt, merke ich, wie sehr mir meine Mutter fehlt. Solange da nur die Lichterketten waren, konnte ich sie vergessen. Aber jetzt erinnert mich jeder Teller, jedes Gericht daran, dass ich zum ersten Mal Weihnachten ohne meine Mutter feiere. Und ohne meinen Vater.

Ich lasse mir nichts anmerken, schließlich bin ich bei Fremden, die so freundlich waren, mich an der Familienfeier teilhaben zu lassen. Aber ich bin traurig. Ich sehe Mélie an, die neben William und mir gegenübersitzt, und frage mich, ob sie dasselbe empfindet. Ich kann an ihrem Blick nichts ablesen. Mélie hat eine ganz eigene Art nachzudenken, und oft kommt es mir so vor, als würde sie in einer anderen Welt leben. Ich kann zwar manchmal bei ihr Traurigkeit, Freude, Angst oder Zuneigung erkennen, aber ich weiß nie, warum sie das in der jeweiligen Situation empfindet. Ganz davon abgesehen, dass ihr manche Emotionen völlig fremd sind. Ich habe sie zum Beispiel nie wütend gesehen, soweit ich mich erinnern kann. Ich bin überzeugt, dass sie genau in diesem Moment mindestens so traurig ist wie ich, aber ich weiß nicht, ob es deshalb ist, weil gerade dieses Weihnachtsfest für uns eine besondere Bedeutung hat, oder weil sie jetzt einfach lieber zu Hause wäre. Unsere Blicke treffen sich, und sie lächelt mir zu, um mich zu trösten, denn sie kennt meine Seele, als wäre es ihre eigene.

Der Familienvater sitzt am Kopfende des Tisches. Das hat offenbar wenig zu bedeuten, denn er sagt kein Wort, und nach ein paar Minuten haben ihn schon alle vergessen. Lena gibt sich als Hausherrin in einem Haus, das nicht das ihre ist. Sie strahlt, wirbelt herum, gurrt mehr, als dass sie redet. Sie lobt alle, die an den Vorbereitungen mitgewirkt und ihr bei ihrer Frisur und dem Schmuck geholfen haben. Aber unter dem Vorwand, anderen zu danken, setzt sie nur sich selbst in Szene. Von ihr geht so viel Glanz aus, dass man trotz allem von ihr geliebt werden möchte, um ein kleines bisschen davon abzukriegen. Sie erinnert mich an die Königinnen in der Schule, jene Scheusale mit großen, unschuldigen Augen und stets perfekt sitzenden Frisuren. Alle hielten sie für Tyranninnen, lechzten aber gleichzeitig nach ihrer Anerkennung. Sicher war Lena früher auch schon so.

Mich ignoriert sie und dies so systematisch, dass ich verstehe, warum. Die Konventionen, an die sich zumindest der größte Teil der Menschheit halten würde, würden verlangen, dass sie uns, meine Schwester und mich, ein wenig ins Gespräch miteinbezieht, immerhin bin ich ja angeblich die Freundin eines ihrer Söhne. Eine so kultivierte Frau wie Lena weiß, wie man sich verhalten sollte. Damit, dass sie gerade nicht tut, was angebracht wäre, bringt sie Folgendes zum Ausdruck: Ich mag dich nicht, weil du dir einen meiner Söhne geangelt hast und weil dieser undankbare Sohn sich eine Frau ausgesucht hat, die ich nicht vorher begutachtet habe.

Kathy spricht kaum mehr als ich. Sie nickt ab und zu, wenn ihre Schwester redet, so hat sie es vermutlich ihr Leben lang getan. Nur mit Mühe hält sie die Tränen zurück, die immer wieder aufsteigen. Auch für sie ist dies wohl ein ganz besonderes Weihnachten.

Nur Thomas und Lizzie scheinen sich über die Feier zu freuen. Thomas erzählt viel, Lizzie genießt den Wein, eine unerschöpfliche Quelle der Freude für sie. Williams Gesicht drückt keinerlei Regung aus. Er scheint sich alles, was um ihn herum geschieht, wie eine Szene im Fernsehen anzuschauen. Ab und zu sieht er mich an, und dann glaube ich, den Anflug eines Lächelns wahrzunehmen, das zu bedeuten scheint: Ich bin froh, dass du da bist. Seine Blicke haben etwas Raubtierhaftes. Ich komme mir vor wie seine Beute. Eine innere Stimme rät mir, mich zu hüten und mir nicht die Finger zu verbrennen.

»Eine Frage beschäftigt mich, Mélanie. Ich weiß inzwischen, dass Ihre Schwester Architektin ist, aber was machen Sie eigentlich?«, höre ich plötzlich die alte Dame sagen.

Ich fahre erschrocken hoch. Ich habe mich so sehr mit dem beschäftigt, was William nicht sagt, dass ich der Unterhaltung am Tisch nicht mehr gefolgt bin. Wann ist das Gespräch auf meine Schwester gekommen, und warum interessiert sich Lizzie plötzlich für ihren Beruf? Ich halte den Atem an. Wir hätten vorher ausmachen sollen, worüber wir nicht reden, weil meine Schwester so etwas wie einen sozialen Filter nicht kennt.

»Ich arbeite im sexuellen Bereich«, sagt Mélie mit ihrer besten Anrufbeantworterstimme.

Schweigen legt sich über die Tischgesellschaft.

»Wie?« Lena wird rot, man weiß nicht, ob vor Verlegenheit oder Wut. »Ihre Schwester hat mir doch erzählt, dass Sie …«

»Oh, sind Sie Prostituierte?«, kräht Lizzie aufgeregt.

»Nein, ich bin Sexologin«, sagt meine Schwester sachlich.

»Aber sind Sie denn nicht Therapeutin?«, hakt Lena nach und sieht mich an wie eine empörte Lehrerin.

»Ja, durchaus, aber spezialisiert auf sexuelle Probleme.«

*Wie kommen wir da wohl wieder raus?*

»Ich wusste gar nicht, dass es so eine Spezialisierung gibt«, sagt die Königin indigniert und mit Betonung auf dem Wort Spezialisierung.

»Viele wissen das nicht, das macht meinen Beruf gerade so interessant«, entgegnet Mélie, und ihr ist wohl nicht klar, was für ein Geschoss sie damit ins feindliche Lager geworfen hat.

»Das muss ja ein äußerst spannender Beruf sein«, fährt Lizzie fort, die vor Begeisterung förmlich zu beben scheint.

»Und sicher nicht das geeignete Thema bei Tisch«, wirft Lena ein.

»Bei dir ist nie etwas geeignet, meine Liebe«, entgegnet Lizzie und verschluckt sich am Wein.

»Ich bringe dir etwas Wasser«, sagt William und steht auf.

Wieder herrscht ein paar Sekunden Schweigen, dann sagt Thomas: »Wie wäre es mit dem Hauptgang? Das Geflügel ist schon eine Weile im Ofen, und es wird Zeit, es freizulassen.«

»Gute Idee«, sage ich erleichtert.

Als ich aufstehe, um ihn zu begleiten, zische ich meiner Schwester zu: »Komm mit!«

»Warum?«, fragt sie.

»Darum«, antworte ich.

Als wir alle in der Küche sind, sagt William: »Einen Augenblick habe ich gedacht, jetzt geht wirklich alles schief.«

»Was ist eigentlich mit Großmutter los?«, fragt Thomas.

Wenigstens er hat kapiert, dass es ein Problem gibt, und das beruhigt mich irgendwie.

»Sie ist ja immer ein bisschen exzentrisch«, erklärt er uns, »und sie provoziert gern, aber so habe ich sie noch nie erlebt. So viel kann sie doch eigentlich noch nicht getrunken haben.«

Er sieht er seinen Bruder durchdringend an.

»Warum fragst du mich?«, sagt William.

»Wen soll ich denn sonst fragen? Scarlett und Mélanie können mir sicher nicht sagen, was in einer alten Dame vorgeht, die sie erst seit wenigen Stunden kennen.«

»Diese Frau ist für mich genau so ein Mysterium wie für dich.«

»Komm schon, du warst immer ihr Lieblingskind.«

»Weiß ich deshalb, was in ihr vorgeht?«

»Das sollte man meinen, oder?«

»Ach ja?«

»Hört auf zu streiten. Ich weiß, was mit ihr los ist«, verkündet Mélie, während sie den Ofen aufmacht.

*Leider kann man ihr nicht den Stecker rausziehen.*

»Sie ist unglücklich«, erklärt meine Schwester, und die beiden Brüder sehen sie überrascht an.

»Unglücklich?«, wiederholt Thomas skeptisch. »Ihr Leben ist ein Traum! Sie kann tun und lassen, was sie will, sie hat viel Geld, und als ihr Mann noch lebte, hat er ihr jeden Wunsch von den Augen abgelesen. Nun ist sie Witwe und gut versorgt. Sie ist bei weitem die glücklichste Frau von allen.«

Ich bemerke, dass William seinem Bruder kaum zuhört. Stattdessen schaut er Mélie konzentriert an.

»Wie kommen Sie darauf?«, fragt er.

»Kürzlich muss in ihrem Leben etwas passiert sein. Ein traumatisches Erlebnis, das sie zutiefst verletzt hat. Ich weiß nicht, was es ist, aber das spielt auch keine Rolle.«

»Warum?«, fragt Thomas erstaunt.

»Nun, ich bin mir sicher, dass sie es uns noch heute Abend erzählen wird. Man muss ihrem Unterbewusstsein nur die Zeit lassen, in ihr Bewusstsein vorzudringen. Deshalb braucht sie ja auch unbedingt etwas zu trinken.«

*Das ist stark, etwas verrückt, aber stark.*

»Oh Gott, dann verstecken wir besser die Flaschen«, ruft Thomas, bevor er wieder hinauf ins Esszimmer eilt.

»Kann ich auch wieder nach oben gehen?«, fragt meine Schwester.

»Ja, natürlich.«

Nachdem Mélie weg ist, lehne ich mich gegen die Anrichte und denke einen Moment darüber nach, was sie gerade gesagt hat.

»Irrt sie sich auch manchmal?«, fragt William.

»Warten Sie, ich muss nachdenken … nein. Aber ich bin natürlich nicht pausenlos mit ihr zusammen, vielleicht irrt sie sich immer dann, wenn ich nicht dabei bin.«

Er scheint sich über meine Worte nicht zu wundern. Vielmehr sehe ich wieder, wie ein seltsames Lächeln sein Gesicht erhellt.

»Das alles scheint Sie ja nicht sonderlich zu beunruhigen. Dabei haben Sie sich noch heute Nachmittag echte Sorgen um Ihre Großmutter gemacht.«

»Na ja, die Wahrscheinlichkeit, dass sie sich den Oberschenkelhals bricht, während sie im Sessel sitzt, ist vermutlich eher gering. Aber ich kenne mich mit der Statistik nicht besonders gut aus.«

»Und wie steht es mit der Möglichkeit einer Familientragödie?«

Er stellt sich vor mich hin und stützt sich mit beiden Händen rechts und links von mir auf die Arbeitsplatte. Er ist einen guten Kopf größer als ich, sodass er nun auf mich herunterschaut. Jetzt weiß ich auch sein Lächeln zu deuten: Es ist das des Jägers. Alle Männer werden mit der Fähigkeit zu diesem ganz besonderen Gesichtsausdruck geboren, bei dem die Pupillen sich verengen und die Kiefermuskeln sich anspannen. Ich bin gefangen zwischen ihm und der anthrazitfarbenen Arbeitsplatte. Mir wird heiß, und mein Herz schlägt wie wild. Ich habe plötzlich recht unziemliche Bilder vor Augen.

Er kommt mit seinem Gesicht noch näher, sein Mund berührt fast meine Wange, und mein Körper beginnt zu zittern. »Jemand könnte uns überraschen«, protestiere ich leise.

»Keine Sorge, ich habe ein feines Gehör.«

»Sie sind sehr mutig, Mr. Hill.«

»Miss Archer, ich werde Sie davon überzeugen, dass Sie viel mutiger sind als ich.«

Er drängt sein Becken gegen meins und schiebt langsam ein Bein zwischen meine Schenkel. Ich will ihn küssen, aber er weicht mir aus. Mir ist jetzt so heiß, dass ich mich fiebrig fühle. Ich halte mich am Schiefer der Arbeitsplatte fest und dränge mich dicht an seinen Körper. Meine Brust berührt sein

Hemd, ich schließe die Augen und gebe mich dem angenehmen Schwindelgefühl hin.

Plötzlich richtet er sich auf, tritt einen Schritt zur Seite und lässt Leitungswasser in eine Karaffe laufen. Eine Sekunde später höre ich Schritte auf der Treppe. Als Kathy in der Küche erscheint, steht William auf der anderen Seite des Tisches und sieht so unschuldig aus wie ein Lamm. Ich versuche, mein glühendes Gesicht abzukühlen, indem ich den Kühlschrank öffne.

»William, hast du eine große Kelle?«, fragt Kathy.

»Ja, ich habe eine sehr große«, antwortet er und zeigt auf eine Schublade.

Als sie an mir vorbeikommt, sieht sie mich an und fragt: »Alles in Ordnung?«

*Fragen Sie den schrecklichen Kerl, der Ihr Neffe ist!*

»Ja«, erkläre ich lächelnd, »mir ist nur ein wenig warm. Es ist doch warm hier, oder?«

»Das finde ich nicht«, entgegnet die Tante, »aber ich werde die Heizung im Wohnzimmer ein bisschen herunterdrehen.«

Mit diesen Worten verlässt sie die Küche, die Kelle in der Hand. William folgt ihr, flüstert mir aber noch zu:

»Verlassen Sie sich lieber nicht darauf, dass Ihnen dann weniger heiß sein wird.«

*Britische Hinterhältigkeit.*

Ich bleibe noch ein paar Sekunden allein in der Küche und halte mir eine kühle Flasche Mineralwasser an die Wangen. Dann gehe auch ich wieder zu den anderen Gästen ins Esszimmer. Ich vermeide es, zu Lizzie hinüberzusehen. Genau wie meine Schwester habe ich das Gefühl, dass sich hinter ihrer übersteigerten Euphorie ein Abgrund verbirgt. Und ein weiteres Detail erregt meine Aufmerksamkeit. Lena scheint etwas weniger strahlend. Ich glaube, sie spürt ebenfalls, dass es ein Problem mit der Großmutter gibt, und als Mitglied der besseren Gesellschaft muss sie die Vorstellung peinigen, dass die Familienwäsche heute Abend vor Fremden gewaschen werden könnte.

Thomas versucht, Konversation zu machen und Lizzie zu beschäftigen. Lena durchschaut das Manöver und schließt sich ihrem Sohn an. Sie reden über die banalsten Dinge. Leider hält der Frieden nicht lange an.

»Ich bin neugierig, Mélanie … Was ist der ungewöhnlichste Fall, den Sie je behandelt haben?«

*Da geht es wieder los!*

»Bitte, Mutter, lass es«, sagt Lena leise, aber laut genug, dass ich es hören kann.

»Es kommt drauf an. Welches Gebiet finden Sie denn ungewöhnlich? Nekrophilie, Zoophilie oder ein hypertrophes SM-Syndrom?«, antwortet meine Schwester so ernst, dass ich Sarkasmus dahinter vermute.

Ich kann nicht anders als, zu grinsen, und stelle überrascht fest, dass William genauso reagiert. Die Strategie meiner Schwester funktioniert, denn sogar die alkoholisierte Großmutter weiß einen Augenblick lang nicht, was sie dazu sagen soll.

Nach einer Weile erklärt Lizzie jedoch: »Wissen Sie, das alles schockiert mich nicht besonders. Als ich jung war, habe ich eine recht chaotische Zeit erlebt und hatte vor nichts Angst.«

»Möchte jemand einen Schenkel?«, fragt Thomas unvermittelt.

Alle Blicke richten sich auf ihn.

»Ich meine Putenschenkel. Ich tranchiere sie jetzt. Es gibt auch Füllung, aber wie sie ist, weiß ich nicht. Ich glaube, sie wurde mit Alkohol verfeinert, stimmt's, William?«

»Ich habe keine Ahnung.« William grinst.

»Du hättest den Verkäufer danach fragen können.«

Durch das Tranchieren der Pute sind alle abgelenkt. Noch dazu gibt Thomas einen Monolog über das Kochen zum Besten, und auch das trägt zur Beruhigung der Gemüter bei. Der Familienvater hat sich derweil nicht von der Stelle gerührt; er wirkt unbewegt wie ein Bildschirmhintergrund. Thomas tut mir allmählich leid, deshalb fange ich an, von verschiedenen Bauvorhaben in London zu erzählen.

Entgegen aller Erwartungen finde ich in Lena eine neue Verbündete. Wenn jemand Unbeteiligtes das Gespräch mitanhören würde, könnte er uns für die besten Freundinnen halten. Wahrscheinlich haben wir das Schlimmste hinter uns. Mit Hilfe von Heuchelei und den Regeln der Höflichkeit wird es für mich fast zu einem angenehmen Moment.

Unsere Bemühungen halten bis zum Nachtisch vor. Ich stehe auf, um beim Abräumen zu helfen, und registriere, dass Lizzie zunehmend rot anläuft. Wie viel hat sie inzwischen wohl getrunken? Ich sage mir, dass sie mit ein bisschen Glück einfach einschlafen wird. Oder aber sie fällt vom Stuhl. Außer Lizzie und Williams Vater, der mit seinem Sitz verwachsen scheint, laufen alle zwischen Küche und Esszimmer hin und her, wechseln Teller und Besteck und bereiten den Nachtisch vor. Wir gehen aneinander vorbei, ohne viel zu reden. Ich bemerke, wie sich Kathy in ein Zimmer am Ende des Flurs verzieht, ihr Telefon in der Hand.

*Arme Frau.*

In der Küche loben wir die Qualität des Essens und das kulinarische Geschick der Londoner Feinkosthändler. Ich behalte für mich, dass sie nicht die geringste Ahnung haben, was ein wirkliches Weihnachtsessen à la Gargantua ist, da sie nie die dreißig Gänge meiner Mutter über sich ergehen lassen mussten. Ich bleibe nicht länger hier, denn die Küche ist klein, und man tritt einander leicht auf die Füße.

Ich will die Treppe nach oben nehmen, um mich wieder zu Lizzie zu gesellen, aber jemand hält mich am Arm fest und zieht mich durch eine Tür. Ehe ich mich's versehe, finde ich mich in einem Schlafzimmer wieder, mit dem Rücken zur Tür, die sich schnell und diskret hinter mir schließt. Noch bevor ich eine provozierende Bemerkung zu diesem amüsanten Manöver anbringen kann, legt William die Hand an meinen Hals und küsst mich heftiger als je zuvor. Zunächst überrascht mich sein Ungestüm, gegen das ich wehrlos bin. Er presst mich gegen das Holz und lässt sich in seinem Elan nicht aufhalten. Auch mich überkommt große Lust, wie ich sie von mir nicht kenne, und ich umfasse seine Taille. Ich kralle mich in den Stoff seines Hemdes, fahre mit den Fingern hoch bis zu seinem Nacken, stelle mich auf die Zehenspitzen und dränge mich dicht an ihn. William lässt seine Hände an meinem Rücken hinabgleiten und umfasst meinen Hintern. Ich stöhne leise, während wir draußen Stimmen hören. Wir halten inne, aus Angst, zu laut zu sein, und um zu erfahren, worüber geredet wird. Wir atmen in schnellem Rhythmus. Ich stelle fest, dass seine sonst so stoische Art durch die Lust außer Kontrolle geraten ist, und freue mich darüber.

Die Stimmen vor der Tür verkünden, dass es Nachtisch gibt.

»Wie schade«, murmelt William mit ironischem Unterton, »ich hatte mich so darauf gefreut, Ihnen die Haarnadeln aus dieser perfekten Frisur zu ziehen.«

»Ich hatte gehofft, dass Sie mir etwas anderes ausziehen«, flüstere ich.

Er küsst mich auf die Schläfe.

»Ich glaube, ich habe nicht gesagt, wann genau ich es tun wollte.«

Dann öffnet er die Tür und geht aus dem Zimmer. Ich warte ein paar Sekunden, um meine Kleider in Ordnung zu bringen und zu vermeiden, dass uns jemand aus demselben Zimmer kommen sieht.

Als wir wieder alle am Tisch sitzen, gibt mir William ein Zeichen, dass mein Haar nicht in Ordnung ist. Ich taste danach und merke, dass sich mehrere Strähnen gelöst haben. Ich stecke sie nacheinander wieder fest, während er pantomimisch dagegen protestiert. Diesen Spaß werde ich ihm heimzahlen.

»Kathy?«, ruft Lena und streckt den Hals Richtung Flur. »Was macht sie denn bloß? Ich rufe sie schon zum dritten Mal!«

»Sie telefoniert noch mit ihrem Idiot von Ehemann«, antwortet Lizzie.

Ich spüre, dass Lena die Geduld verliert.

»Mutter, bitte, das ist nicht leicht für sie. Sei mal ein bisschen verständnisvoller.«

»Bist du es vielleicht?«

»Wie bitte?«

»Sei du mal verständnisvoller gegenüber deiner Schwester.«

»Aber das bin ich doch.«

»Du hast sie immer dumm und zu weich gefunden.«

»Und du hast zu viel getrunken, Mutter.«

»Da stimme ich dir gern zu, mein Mädchen.«

Ich spüre, wie Thomas' Nervosität steigt. Er steht auf, setzt sich wieder, dann erhebt er sich erneut, nimmt das Kuchenmesser und schneidet die Stücke. Schließlich kommt Kathy zurück. Alle bemerken ihre verschmierten Augen. Sie stammelt eine Entschuldigung. Kaum hat sie sich gesetzt, da schnäuzt sie schon wieder in ihr Taschentuch. Sie ist kurz vor dem Zusammenbruch.

»Bitte achtet nicht weiter auf mich«, sagt sie kläglich. »Morgen geht es sicher schon besser.«

Lizzie gibt einen tiefen Seufzer von sich.

»Natürlich geht es morgen nicht besser«, ruft sie, »bei dir wird nie irgendwas besser!«

»W...as?«, stottert Kathy.

»Das ist doch alles nur Getue. Genau wie damals, als du klein warst, da hast du dir immer Krankheiten ausgedacht, um die Aufmerksamkeit auf dich zu ziehen. Du hast schnell begriffen, dass du nie so glänzen würdest wie deine Schwester, und da dich keiner bewundert hat, hast du dir gedacht, du könntest wenigstens Mitleid erregen.«

»Mutter!«, ruft Lena dazwischen, doch Lizzie ist nicht zu bremsen: »Ihr seid beide so heuchlerisch, und das geht mir gewaltig auf die Nerven! Mir tut es leid, dass das gerade an Heiligabend passiert ... Wobei, wenn ich so darüber nachdenke, tut es mir eigentlich ganz und gar nicht leid. Ich habe es satt, mir euer Getue anzusehen und immer so zu tun, als würde ich es nicht durchschauen. Kathy, meine Liebe, dein Mann hat dich nie wirklich geliebt und du ihn auch nicht, wenn du ehrlich bist. Aber du beklagst dich eben gerne, sogar über die Luft, die du atmest. Dein Mann war von Anfang an ein Genießer und ein Spieler. Du hast keine Minute an diese Ehe geglaubt, und jetzt, wo er dich betrügt, spielst du uns hier das Opfer vor.«

»Aber, aber …«, stammelt die Tante und hört vor Verblüffung auf, zu schniefen.

»Es gibt kein Aber. Du spielst uns hier etwas vor, damit wir dich alle bedauern. Weil du nicht mehr so tun kannst, als wärst du die perfekte, ergebene Ehefrau, tischst du uns jetzt die betrogene Liebende auf. Soll ich dir mal was sagen? Wenn dein Mann dich nicht betrogen hätte, wäre er wirklich ein Idiot gewesen.«

»Mutter, es reicht jetzt«, ruft Lena. Ihr Zorn steht dem einer römischen Matrone in nichts nach.

»Oh, und du versuch erst gar nicht, mich für dumm zu verkaufen! Ich bin noch nicht dement. Du bist doch gar nicht schockiert über das, was ich über deine Schwester sage. Du hast nämlich noch eine viel schlechtere Meinung von ihr. Schockiert bist du nur, weil deine perfekte bürgerliche Fassade ins Wanken gerät, vor deinen Söhnen und zwei Fremden. Das ist das Einzige, was dich interessiert – die Fassade. Aber nun bekommt sie Risse.«

»Meine Güte, Mutter! Was ist nur los mit dir?«

Lizzies Gesicht ist jetzt von tiefen Falten durchzogen, und ich glaube zu verstehen, was meine Schwester vorhin gemeint hat. Diese Frau ist zutiefst traurig, sie verzieht den Mund, und Tränen fließen ihr über die Wangen.

»Mary ist letzte Woche gestorben, das ist los. Und ich war zu dumm und zu feige, zu ihrer Beerdigung zu gehen.«

Alle sehen sie verständnislos an, außer ihrem Schwiegersohn.

»Mary?«, wiederholt Lena schließlich nach kurzem Schweigen.

»Mary O'Reilly«, sagt Lizzie pathetisch.

»Mary O'Reilly? Papas Privatsekretärin«?, fragt Lena, ohne ihre Überraschung zu verbergen. »Ich wusste gar nicht, dass du ihr so nahegestanden hast.«

»Ihr nahegestanden?«, ruft Lizzie, und schließlich bricht es aus ihr heraus: »Wir haben uns zwanzig Jahre lang geliebt! Sie war die große, die einzige Liebe meines Lebens!«

In diesem Moment bekommt das Wort Apokalypse für mich eine neue Bedeutung.

# KAPITEL 13

Noch nie habe ich erlebt, dass ein Essen so schnell und auf so seltsame Weise zu Ende geht. Nach Lizzies Ausbruch ist es, als hätte sich die Tischgesellschaft in ein zeit- und raumloses Nichts begeben. Gerade hat man noch am Tisch gesessen, gegessen, sich unterhalten, und eine Sekunde später ist der Raum vollkommen leblos, als wäre tagelang niemand dort gewesen. Was dazwischen geschah, weiß ich nicht mehr, nur, dass Mélie und ich in unser Zimmer eilten, ohne uns noch einmal umzudrehen. Eine Weile haben wir auf dem Bett gesessen und gar nichts gesagt. Wir waren fast sicher, dass eine dritte Person in unserem Zimmer auf einer Luftmatratze übernachten würde, aber keiner kam, um an unsere Tür zu klopfen. Das Haus muss größer sein, als ich dachte, wahrscheinlich erstreckt es sich nicht nur über zwei, sondern sogar über die drei Etagen, die man von außen sieht. Ich bin erleichtert, denn der Gedanke, mit Lizzie, der rebellischen Trinkerin, oder mit Kathy, der betrogenen Ehefrau mit der Opfer-Attitüde, in einem Zimmer zu schlafen, ist nicht gerade verlockend.

»Was für eine komische Familie«, sagt Mélie, bevor wir uns ins Bett legen.

»Komisch findest du das? Du hast ja wirklich einen seltsamen Humor.«

»Ich glaube, wir waren der Auslöser, auf den alle gewartet haben, ohne es zu wissen.«

»Der Auslöser wofür? Für eine Explosion?«

»Wenn ein Organismus oder eine Struktur zu lange unter Spannung steht, muss diese Spannung auf die eine oder andere Weise entweichen. Normalerweise soll Kommunikation als Sicherheitsventil dienen, aber offenbar haben die alle nie miteinander geredet.«

»Na super, dann haben wir ja unseren Zweck erfüllt!« Ich lasse mich auf den Rücken fallen und starre an die Decke. »Ich lasse mich nicht gern gegen meinen Willen benutzen, vor allem nicht zu therapeutischen Zwecken. Ich hoffe, ich begegne keinem von denen, bevor wir uns morgen früh auf den Weg machen. Die Atmosphäre hier ist einfach unerträglich.«

»Nicht mal William?«

»Das ist ein schwerer Schlag.«

»Ja, solche wie er sind die Schlimmsten.«

»Ich habe den Eindruck, dass du das alles furchtbar witzig findest, Mélie.«

»Sehe ich aus, als würde mir das Spaß machen? Das amüsiert mich alles kein bisschen. Wirke ich, wenn ich mir Sorgen mache, etwa wie jemand, der sich amüsiert? Wenn es so wäre, wäre das echt verstörend.«

»Nein. Na ja, ein bisschen vielleicht. Ich wollte nur sagen, ich habe den Eindruck, du findest das alles lustig.«

»Nein.«

Ich seufze.

»Mélie, keine Sorge, ich kann dir versichern, dass du nie so wirkst, als würdest du dich amüsieren. Lass uns versuchen zu schlafen. Morgen fahren wir nach Hause, und dann ist alles wieder in Ordnung.«

Nach einem Moment der Stille sagt Mélie leise: »Ich glaube nicht, dass es irgendeine Art von Ordnung im Leben gibt.«

Ich ziehe mir die Decke über den Kopf und drehe ihr den Rücken zu. Ich schlafe, glaube ich, schnell ein, bin mir aber nicht sicher, irgendwie schwebe ich zwischen Schlafen und Wachen. Ich lasse mich in Morpheus' Arme sinken, dann befreie ich mich wieder aus der Umarmung. Ich schaffe es nicht einzuschlafen, und so geht es einige Stunden lang. Um zwei Uhr morgens bin ich hellwach und vollkommen entnervt. Ich habe noch nie einen besonders guten Schlaf gehabt, die kleinste Erregung, jeder Ärger, Kummer, aber auch Freude halten mich davon ab. Ich seufze. Zwei Nächte mit wenig Schlaf bedeuten, dass ich morgen aussehen werde wie ein Gespenst. Ich betrachte meine Schwester. Sie liegt auf dem Rücken und hat die Arme über der Brust gekreuzt, als wäre sie tot. Sobald sie sich ins Bett legt, schläft sie ein und wacht acht Stunden später ausgeruht und mit fast perfekter Frisur wieder auf. Sie bewegt sich kaum, und ich erinnere mich, dass ich als Kind öfter dachte, sie wäre im Schlaf gestorben. Selbst jetzt noch halte ich, wenn wir nebeneinander schlafen, manchmal die Hand unter ihre Nase, um sicherzugehen, dass sie noch atmet. Vielleicht wird sie eines Tages merken, dass sie nicht mehr zu atmen braucht, und einfach damit aufhören.

Ich will Mélie nicht durch mein unruhiges Hin- und Hergewälze wecken und setze mich auf die Bettkante. Es gibt keine Fensterläden wie an den meisten Häusern hier. Ich sehe das

Licht der Straßenlaterne, das vom Schnee reflektiert wird. Warum kann ich heute Nacht schon wieder nicht schlafen? Mit welchem Problem kämpft mein Gehirn? Im Grunde habe ich nichts mit den Streitigkeiten dieser Leute zu tun. Das ist weder meine Familie noch meine Geschichte. Ich frage mich, wie William darüber denkt. Ich kann mir kaum vorstellen, dass es ihm gleichgültig ist. Seine gelassene Art muss eine Fassade sein. Jemand, der eine so spielerische Ader hat wie er, kann nicht gefühllos sein. Ich denke an das Zimmer, in das er mich hineingezogen und in dem er mich gegen die Tür gedrückt hat. Ich glaube seinen Geruch an mir wahrzunehmen, als hätte meine Haut ihn angenommen. Als ich an seinen Kuss denke, fängt mein Herz heftig an zu schlagen, und mir wird klar, dass ich etwas an ihm bemerkt habe, das er normalerweise verbirgt: das Feuer unter dem Eis.

Ich seufze. Wenn ich so weitermache, werde ich nie zur Ruhe kommen, und der Besuch des Sandmännchens wird ganz ausbleiben.

Ich beschließe, mir ein Glas Wasser zu holen. Vorsichtig trete ich auf den Flur hinaus, bewege mich leise, um niemanden zu wecken, falls jemand im Wohnzimmer schläft. Mit langsamen Schritten taste ich mich vorwärts. Ich glaube, Kathy auf dem Sofa zu erkennen. Ich höre sie vom Flur aus leise schnarchen. Ich gehe in die Küche und schenke mir ein Glas Wasser ein. Eine Weile bleibe ich am Tisch sitzen und starre durch das Fenster auf die kahlen, mit Pulverschnee bedeckten Bäume. Ich versuche an nichts zu denken, werde aber nicht müde. Die Stille und die Nacht voller Schnee beruhigen mich aber immerhin ein wenig.

Ich weiß nicht, wie lange ich da unten sitze. Irgendwann beschließe ich, wieder nach oben zu gehen, weil meine Füße kalt werden. Ich schleiche langsam den Flur entlang, es reizt mich nicht gerade, mir den regelmäßigen und ruhigen Atem meiner Schwester anzuhören. Unter der Tür des Zimmers, in das mich William gezogen hat, bemerke ich einen schmalen Lichtstreifen. Ob das sein Zimmer ist? Logisch wäre es … Ich lege mein Ohr an die Tür und höre Schritte dahinter. Ich komme mir idiotisch vor. Wenn mich jemand dabei sehen würde, wie ich hier herumspioniere, würde ich vor Scham tot umfallen. Eine Sekunde nach der anderen vergeht, und ich frage mich, was ich hier mitten in der Nacht auf dem Flur eigentlich mache.

*In deinem Kopf herrscht eine Leere so groß wie der Weltraum, meine Liebe!*

Nein, das stimmt nicht, von Leere kann keine Rede sein. Ich denke an unsere Umarmung und sterbe vor Verlangen, dass sie da weitergehen möge, wo sie aufgehört hat. Schließlich ist Weihnachten, ich habe ein hartes Jahr hinter mir, ein paar schlimme Stunden, und das Wetter ist mies. Also kann ich durchaus zulassen, dass mich jemand an den Rand eines steilen und schwindelerregenden Abhangs führt.

*Und wenn jetzt nicht er da drin ist, sondern seine Eltern?*

In Gedanken gehe ich durch, was ich bisher so erlebt habe, und komme zu dem Schluss, dass es wohl das schlimmste Erlebnis meines Lebens wäre, in dieser Situation plötzlich Lena gegenüberzustehen. Da habe ich eine geniale Idee: Ich überlasse mich dem Schicksal, nutze aber auch die moderne Technologie.

Ich gehe leise in unser Zimmer, nehme das Handy meiner Schwester, suche Williams Nummer und schicke ihm eine Nachricht:

*Ich schlafe nicht.*

Dann setze mich aufs Bett und warte gespannt wie ein Schulmädchen. Und schon fängt der Hamster in meinem Kopf wieder an, sein Rad zu drehen. Vielleicht hat William sein Handy ausgestellt, vielleicht war das nicht er hinter dieser verdammten Tür, vielleicht schläft er tief und fest, schließlich ist es mitten in der Nacht. Wenn er die Nachricht erhält, wie reagiert er auf ein so unverblümtes Angebot? Ich hätte vielleicht ein bisschen subtiler sein können. Inzwischen finde ich meine Nachricht unmöglich, und an seiner Stelle würde ich antworten: Das freut mich zu hören, danke für die Information.

Ich lege das Handy wieder auf den Nachttisch, als hätte ich mir die Finger daran verbrannt. Aber gerade als ich mich hinlege, leuchtet es auf. Ich fahre hoch wie der Teufel auf einer Sprungfeder. Dann lese ich die Nachricht:

*Ich schlage ein neues Gespräch über Mut vor. Erste Tür links, wenn Sie herauskommen.*

*Also war es die richtige Tür.*

Großartig. Um zwei Uhr morgens habe ich offenbar gute Karten. Ich stehe wieder auf und begutachte mich im Spiegel. Ich bin angespannt wie vor einer wichtigen Präsentation. Eine Art Fieber, das jeden Muskel meines Körpers in Spannung versetzt. Ich lächele meinem Spiegelbild zu und stecke mein Haar hoch. Dann verlasse ich das Zimmer, halb beschämt wegen dem, was ich vorhabe, und halb euphorisch, weil es mir so wenig ähnlich sieht.

Auf den wenigen Metern zu seinem Zimmer überlege ich, was ich ihm sagen werde. Wie soll ich mich verhalten? Gibt es irgendwelche Regeln, wenn man mitten in der Nacht im Zimmer von jemandem auftaucht, den man gerade erst kennengelernt hat? Oder soll ich einfach alles geschehen lassen? Als ich noch Studentin war, bin ich solchen Situationen immer ausgewichen. Jetzt wünsche ich mir, ich hätte damals wenigstens eine solche Gelegenheit genutzt. Ich atme tief durch und öffne langsam die Tür zu seinem Zimmer. Es brennt kein Licht. Ich gehe ein paar Schritte in den dunklen Raum hinein und will gerade etwas sagen, das hoffentlich distanziert und cool klingt, als William mich um die Taille fasst und mich zu sich zieht. Reflexartig, so als hätten wir dies schon x-mal gemacht, umarme ich ihn. Unsere Lippen finden sich schnell, wir küssen uns leidenschaftlich. Ich spüre seine Haut unter meinen Händen, sie ist heiß, und sein Atem klingt in meinen Ohren wie eine sinnliche Musik. Seine Hände gleiten an meinem Rücken herab, er umfasst meine Hüften und presst mich an sich. Ich bin wie elektrisiert. Er trägt ein weites T-Shirt, meine Hände schlüpfen darunter. Ich streichele seinen Rücken und seine Schultern. Seine Haut ist glatt und gespannt, ich spüre ein paar Adern auf seinem Unterarm. William beginnt, meinen Hals und meine Brust mit gierigen Küssen zu bedecken.

Er streicht mit seiner Zunge um mein Ohrläppchen, erreicht mein Kinn und meinen Hals. Ich zittere, Hitze steigt in mir auf und lässt meine Brüste anschwellen. Ich packe ihn fester, er beißt sanft in meine nackte Schulter, mit der Hand hält er meinen Nacken umfangen. Ich atme schneller und dränge mich an ihn. Mein Körper will, dass es schneller geht, aber William erkundet unbeirrt meine Rundungen und macht mich damit fast wahnsinnig. Ich stoße einen klagenden Seufzer aus, und mein Körper biegt sich seinen Liebkosungen entgegen.

Plötzlich fühle ich mich hochgehoben und aufs Bett geworfen. William stützt sich auf, um mich zu betrachten und die Umrisse meines Körpers zu sehen. Er legt eine Hand an meinen Hals und lässt sie am Träger meines Satinoberteils entlang zu meinen Brüsten und weiter nach unten gleiten. Er zeichnet Kreise auf meinen Bauch und bewegt sich dann weiter auf meine Schenkel zu, ohne je dort anzukommen. Dieses provokante Herauszögern reizt mich nur noch mehr.

Ich richte mich auf, packe ihn an den Schulterm und ziehe ihn zu mir herunter. Er nimmt meine Hände, drückt sie auf das Bett und erkundet mit seinen Samtlippen meinen Oberkörper. Erst am Hals, dann am Schlüsselbein entlang, ich spüre seine Küsse überall. Ich winde mich vor Verlangen, verschränke meine Beine mit seinen. Ich stöhne auf, halte aber gleich wieder inne, aus Angst, man könnte uns hören. Er lässt meine Handgelenke los, und zieht mir mit einer ungeduldigen Bewegung das Oberteil aus. Ich mache das Gleiche mit seinem T-Shirt. Ich sehe seinen Körper im schwachen Licht, das durch das Fenster hereindringt. Er hat perfekt geformte Schultern, das sieht mein Architektenblick sofort. Und auch seine schmale Taille und der Rest seines schlanken muskulösen Körpers gefallen mir sehr.

Er umfasst lustvoll meine Brüste. Seine Bewegungen sind sanft, aber ich spüre doch, wie groß sein Verlangen ist und dass er sich zurückhalten muss. Ich bin in dem gleichen Zustand und gebe mir kaum Mühe, es zu verbergen. Ich will ihn, und ich kann nicht mehr lange warten. Sein Körper drängt sich gegen meinen, seine Finger streicheln meine Haut, fahren kurz unter den Bund meiner Pyjamahose, streichen wieder über meinen Bauch. Dann bewegt er sich auf intimere Gefilde zu. Ich bewege einladend meine Hüften. Er zieht mir die Pyjamahose und den Slip aus. Jetzt liege ich nackt vor ihm. Er hält inne und schaut mich an. Sein Blick auf meiner Haut ist noch erotischer als seine Berührungen. Ich weiß, dass er meine Brüste ansieht, meinen Bauch, meinen Intimbereich, und so steigert er unsere Lust noch weiter. Spontan öffne ich meine Schenkel, seufze leise und erwarte, dass er mich endlich nimmt. Er legt die Hände um meine Taille, lässt sie dann schnell nach unten gleiten, und endlich berührt er mich. Ich beuge den Kopf nach hinten und beiße mir auf die Lippen. Er rollt sich zur Seite, und ich höre, wie eine Verpackung aufgerissen wird. Instinktiv taste ich nach seinen Händen und helfe ihm, das Kondom überzuziehen. Denn legt er sich auf mich und dringt langsam in mich ein. Eine glühende Hitze durchdringt mich, er küsst mich heftig überall, ich komme kaum zum Atmen, er hält mich fest, seine Stöße sind langsam, sanft und kontrolliert. Ich spüre seinen Atem, der Rhythmus wird schneller, alle meine Sinne sind in Aufruhr, ich werfe den Kopf hin und her. Er nimmt meinen Körper in Besitz. Ich schalte meinen Verstand völlig aus und spüre nur noch ihn in mir. Die Art, wie er sich in mir bewegt, gefällt mir, mal ist er zärtlich, mal gierig und etwas grober, er passt sich meinen Reaktionen an. Ich verberge mein Gesicht an seinem Hals und dränge meine Lippen gegen seine Haut, um nicht zu laut zu stöhnen. Meine Nägel graben sich in seine Schultern, als hätte ich Angst zu fallen. Mit den Beinen umschlinge ich seine Hüften, ich will ihm so nah sein wie möglich.

Der Taumel wird immer größer, mein Körper ist wie elektrisiert, seine Bewegungen werden schneller. Als wir den Höhepunkt erreichen, presse ich die Hand auf meinen Mund, um einen Lustschrei zu unterdrücken, und er küsst mich leidenschaftlich. Irgendwann gewinnen wir wieder die Kontrolle über unseren Atem. Sein Körper entspannt sich, er liegt schwer auf mir. Ich mag das Gefühl, ganz von ihm bedeckt zu sein. Seine Hände streicheln sanft meine Hüften, und ich fahre mit der Hand zart über seinen Rücken. Lange verweilen wir so, ohne ein Wort zu wechseln, allein über unseren Atem scheinen wir ein Zwiegespräch zu führen. Ich bin berauscht durch das Wiegen unserer Körper und genieße das angenehme Gefühl der Betäubung, das mich überkommt. Ich denke nicht mehr nach, nichts geht mir mehr durch den Kopf, keine Angst, und keine Fragen, die ohne Antwort bleiben. Ich habe Verlangen nach nichts, ich bin einfach nur da, hier in diesem Zimmer, auf diesem Bett und fühle mich wohl in den Armen dieses Mannes.

Nach einer Weile, deren Dauer ich nicht ermessen kann, rollt William sich auf die Seite, entlässt mich aber nicht aus seinen Armen. Er knipst die Nachttischlampe an, die den Raum mit warmem Licht erfüllt und den kalten Schein von draußen wettmacht. Er sieht mich mit seinen dunklen Augen fest an, mit einer solchen Intensität, dass sich mein Bauch noch einmal zusammenzieht. Ich spüre, dass ich rot werde. Seine Augen leuchten auf, und ein besonderes Lächeln umspielt seine Lippen, provozierend und amüsiert zugleich. Er betrachtet eingehend mein Gesicht, meinen Hals, meine Brüste, meine Hüften, meine Beine. Es könnte mir unangenehm sein, aber aus seinem Blick spricht so viel Zuneigung und Begehren, dass ich mich darüber freue. Er legt seine Hand an meine Wange, berührt sie kaum, spielt mit ein paar Haarsträhnen, die er danach sorgfältig hinter mein Ohr schiebt, dann fährt er mit einem Finger von meinem Ohr bis zur Schulterbeuge. Es ist, als ob er alles im Geiste fotografieren würde, um mich nicht zu vergessen. Es fällt mir schwer, mich von seinem Blick zu lösen, seine Augen erzählen so viele Geschichten, die ich gern höre würde.

Endlich nehme ich mir die Zeit, ihn zu betrachten. Er hat die schlanken Muskeln eines Läufers. Auf seinen Schultern und dem Rücken sehe ich Sommersprossen. An einer Rippe hat er eine V-förmige Narbe. Seine Beine sind lang und muskulös, und er ist fast so blass wie Mélie, stelle ich belustigt fest. In Großbritannien gibt es einfach zu wenig Sonne. Offenbar wirke ich vergnügt, als ich ihn so anschaue, sein Lächeln wird breiter, und er zeigt eine Reihe makelloser Zähne. Ich spüre, dass ich ihm vertraue. Ich breche das Schweigen.

»Wie weit sind wir mit unserer Mutdebatte?«

»Die Debatte muss sich noch entwickeln, aber der Anfang ist gemacht.«

Ich muss lachen und gebe ihm einen Schubs.

»Du bist ein echter Verführer.«

Da wir einander so nahegekommen sind, finde ich es ganz natürlich, ihn nicht mehr zu siezen.

»Protestiert hast du ja nicht gerade.«

»Vielleicht hast du kein gutes Gehör.«

Ich hole tief Luft und starre auf die Wand. Die Endorphine in meinem Blut treten allmählich den Rückzug an, und mein Gehirn beginnt langsam wieder zu arbeiten. Ich spüre schon wieder Angst in mir aufsteigen. Ich fand diesen Augenblick so wunderschön. Und damit meine ich nicht nur die körperliche Erfüllung. Ich kann mich nicht erinnern, dass es je mit jemandem beim ersten Mal so einvernehmlich und natürlich war. Ich habe sonst immer gezögert und mich gefragt, ob ich mich nicht irre, ob ich das wirklich will, oder ob es beim nächsten Mal ähnlich sein wird. Aber dass ich einfach nur glücklich bin, neben ihm hier in diesem Zimmer, dass ich gar nicht aufstehen und zu Mélie zurückgehen will, macht mir Angst. Ich hatte nicht damit gerechnet, und auch nicht gedacht, dass ich mir wünsche, dass das mit uns weitergeht. Aber wie soll es weitergehen? Ein anderes Land, eine ganz andere Familie.

*Jetzt hör doch auf, tausend Probleme zu sehen!*

Ich hole tief Luft und fahre mir mit der Hand über die Stirn.

»Ich weiß, es ist alles ein großer Mist«, sagt William.

Zuerst freue ich mich, dass er offenbar auf der gleichen Wellenlänge ist wie ich. Dass er dieselben Zweifel hat.

»So ist es nun mal.«

»Ich möchte jedoch eines klarstellen, damit es hier keine Missverständnisse gibt«, erklärt er im Ton eines Notars.

»Und das wäre?«

»Alles ist deine Schuld.«

»Wie bitte?«

»Du bist in die falsche Toilette gegangen.«

»Ich dachte, dieses Thema wäre erledigt.«

»Ich glaube nicht, dass sich durch das, was wir eben gemacht haben, irgendetwas erledigt hat.«

»Das Hauptproblem ist, dass du zu schnell Türen aufmachst.«

»Eins steht fest, an Scharfzüngigkeit werden wir die Franzosen niemals übertreffen.«

Wir schmiegen uns aneinander und genießen die Stille. Nach einer Weile frage ich mich, wann ich am besten in mein Zimmer zurückkehre. William scheint mich nicht loslassen zu wollen, und ich habe auch keine Lust, mich von ihm zu trennen. Irgendwann wird uns aber kalt werden, und ich möchte den peinlichen Moment vermeiden, in dem man seine Kleider sucht und sich anzieht und hofft, die magische Stimmung nicht zu zerstören. Ich stehe auf und suche meinen Pyjama, aber William zieht mich wieder aufs Bett. Er hebt die Decke an, damit wir uns darunterlegen können.

»Das ist meine Tür, und hier gelten meine Regeln. Und ich weiß, dass du sie genauso magst wie ich.«

Es fällt mir schwer, mein Lächeln zu verbergen.

# KAPITEL 14

Nie wird mir jemand weismachen können, dass manche ein schlechteres Karma haben als andere oder dass es kein Gesetz der Serie gibt. Oder dass es nicht noch schlimmer kommen kann.

Doch, dies alles ist sehr wohl möglich.

Je größer das Glück, desto tiefer der Sturz. Gestatten Sie mir eine Rückschau auf die vergangene Nacht. Ich könnte eine sarkastische Bemerkung darüber machen, ich habe viele passende in meinem Repertoire, aber ich bin gar nicht in der Lage dazu, denn ich bin zu aufgewühlt. Sarkasmus weicht vor Gefühlen zurück. Ich weiß, dass das sehr klischeehaft ist. Aber heute Nacht habe ich etwas erlebt, woran ich nicht mehr geglaubt hatte: vollkommene Zufriedenheit. Das Gefühl, zu wissen, dass man sich da, wo man ist, am richtigen Ort befindet. Ohne Hintergedanken, ohne das böse Murmeln der inneren Stimme, die jede Freude und jeden Stolz zerstört und einen in die graue Realität zurückbringt, nach dem Motto: »Ist ja schön, aber …«

Ich habe mich einem Mann hingegeben. Auch das ist ein Klischee, aber es gibt keine anderen Worte, um zu erklären, was ich empfunden habe. Es war, als ob der seit dem Tod meines Vaters gespannte Draht, der jegliches Gefühl in mir sofort schmerzlich vibrieren ließ, sich plötzlich gelockert hätte. Als wäre er beweglich und weich geworden, ein kleiner Wollfaden, der sich um meine Zuneigung zu William legt. Ich muss mir eingestehen, dass dies alles kein Spiel mehr ist. Es geht nicht mehr bloß um Verführung, die kein Morgen kennt. Ich bin vielmehr mit beiden Füßen voran in den See der Gefühle gesprungen. Das ist schlimm.

Ich habe es nicht gewagt, mit William darüber zu sprechen. Ich habe mich zuerst gar nicht getraut, überhaupt zu reden. Nachdem er gesagt hatte, ich solle die Nacht in seinen Armen verbringen, habe ich kein Wort mehr gesprochen. Ich habe geschwiegen, weil ich zu nichts anderem fähig war. Mir gingen so viele Gedanken durch den Kopf, dass ich fürchtete, er würde mich für hysterisch halten, wenn ich versuchte, auch nur einen davon zu formulieren. Der Augenblick war vollkommen. Seine Wärme umgab mich wie eine Decke, ich hörte sein Herz in meinem Rücken schlagen, seine Lippen berührten meinen Nacken. Er hielt mich so fest, dass ich mich kaum rühren konnte, aber das wollte ich auch gar nicht.

Ich glaube, er ist schnell eingeschlafen, aber im Laufe der Nacht hat er mich immer wieder gestreichelt, an der Schulter, der Hüfte, dem Bauch. Vor kurzem hätte ich diese Art Zärtlichkeit verabscheut, weil sie bis ins Herz geht und ich die Tür zu solcher Innigkeit nicht öffnen wollte. Jedenfalls nicht mehr seit Papas Tod. Warum sind Gefühle bloß so kompliziert, so unkontrollierbar? Warum kann man den Hahn der Emotionen nicht einfach zudrehen, wenn man möchte?

Ich habe mich das im Lauf der Nacht immer wieder gefragt und keinen Schlaf gefunden. Diese Schlaflosigkeit hätte mich vor der Apokalypse retten können, die dann folgte, aber ich befand mich in einer Starre, erschöpft von meinen eigenen quälenden Fragen.

Seit einiger Zeit ist die Sonne aufgegangen. Ich habe einen schweren Kopf und drehe mich zum Nachttisch um, der Wecker zeigt sieben Uhr. William spürt, dass ich mich bewege, und umarmt mich fester.

*So kann ich wenigstens nicht davonfliegen.*

Ich muss über diesen Gedanken lächeln, und ich fühle mich geschmeichelt. Da sieht man mal, wie schwierig und fragil mein Ego ist. In seiner unbewussten Umarmung entdecke ich viele Zeichen, als hätte er mir einen Vortrag gehalten. Ich finde, dass darin etwas Einzigartiges steckt, das vom Herzen ausgeht. Jetzt ist es heraus. Ich spüre seit der letzten Nacht das Flair von etwas ganz Besonderem. Nie habe ich so etwas erlebt.

Wir müssen wirklich darüber reden, und ich hoffe, ich mache dabei nichts kaputt.

Mir ist klar, dass es mir schwerfällt, alles richtig zu deuten. Ich denke nach und überlege, ich überlege und denke nach. Immer wenn ich glaube, dass ich fertig bin mit Grübeln, fängt es wieder von vorn an.

Auf einmal geht die Tür auf. Erschrocken winde ich mich aus Williams Armen und setze mich eilig auf. Alles geht rasend schnell, plötzlich steht Williams Mutter vor mir. Ohne jede Vorankündigung.

»William, es tut mir leid, dich so früh zu wecken, aber wir müssen wirklich …«

Dann starren wir uns beide erschrocken an. Wir sind beide der Meinung, dass die andere Frau hier nichts zu suchen hat. Das Schweigen scheint sich eine Ewigkeit hinzuziehen, dauert aber sicher nur eine Sekunde.

Dann bricht das Drama los oder besser gesagt das Jüngste Gericht – und zwar auf britische Art.

»Oh Gott!«, schreit sie theatralisch. »Wie konntet ihr nur? William, was fällt dir ein? Und Sie … also *Sie*!«

In diesem ›Sie‹ liegt die Missachtung des ganzen Universums. Der Schrei seiner Mutter hat William aus dem Schlaf gerissen, er ist aber noch so schlaftrunken, dass er unfähig ist zu reagieren. Ich ziehe mir die Decke bis unters Kinn und hoffe, dass sie mir Schutz bietet. Aber der verurteilende Blick, den Williams Mutter mir zuwirft, spricht eine andere Sprache.

»Mutter!«, ruft William jetzt und schüttelt den Kopf, um wieder klar zu denken, jedenfalls vermute ich das. »Beruhige dich bitte und schrei nicht so.«

»Ich denke nicht dran! Dein Bruder ist nebenan im Wohnzimmer, ebenso deine Großmutter und deine Tante! Wie konntet ihr nur! Das ist eine Schande!«

William greift nach seiner Hose, und dies befreit mich aus meiner Starre. Ich krabbele so schnell ich kann zu meinem Pyjama und ziehe ihn über, in der Hoffnung, mir wenigstens etwas Würde zu bewahren. Ich schaue vorsichtig zu meinem Komplizen hinüber. Sein Gesichtsausdruck ist hart. So düster habe ich ihn noch nie gesehen. Seine Kiefer arbeiten, er knirscht mit den Zähnen. Wenn ich nicht wüsste, dass er zu so etwas kaum in der Lage ist, würde ich vermuten, dass er gleich auf seine Mutter losspringt und sie ohrfeigt.

»Mutter, sofort raus aus meinem Zimmer!«, befiehlt er im Ton eines Priesters bei einer Teufelsaustreibung.

»Warum? Ich habe offenbar gestört, was längst hätte gestört werden müssen!«

Ich stehe in einer Zimmerecke und frage mich, ob das richtig ist und ob ich nicht in dieser Lage etwas anderes tun sollte. Die Mutter meines Liebhabers überrascht uns und ist fest davon überzeugt, dass ich die Freundin ihres anderen Sohnes bin, der in Wirklichkeit schwul ist Es ist wie in einer Bollywood-Komödie. Es fehlt nur noch, dass alle anfangen, zu tanzen und zu singen.

Ich würde jetzt gern ins Gästezimmer verschwinden, meinen Koffer packen, meine Schwester mitnehmen und dieses Irrenhaus verlassen, aber die Furie versperrt den Ausgang. Da ich sie nicht zur Seite drängen kann, ohne dass die ganze Situation sich zu einem dantesken Höllengeschehen auswächst, sehe ich keinen anderen Ausweg, als stumm stehen zu beiben, so diskret wie möglich, zwischen Schrank und Nachttisch.

*Wenigstens bin ich nicht mehr nackt. Das kann man Fortschritt nennen.*

William zieht einen leichten Pullover über, geht auf seine Mutter zu, schiebt sie zur Seite und verschwindet im Flur. Sie stolziert wütend hinter ihm her. Ich warte eine Sekunde, und dann folge ich ihnen. Sie schreien immer noch.

»Du weißt doch gar nicht, wovon du redest!«, ruft William.

»Ach, dann erklär es mir doch bitte«, entgegnet seine Mutter spöttisch, und ihre Stimme überschlägt sich.

»Mein Privatleben geht dich nichts an. Du bist hier in meinem Haus, wenn ich dich daran erinnern darf. Hör endlich auf, eine so lächerliche Szene zu machen!«

Ich hätte ihn nicht gerne zum Feind, seine Stimme ist eisig, schneidend wie ein Faustkeil. Es ist, als würde er mit einer Angestellten reden, die er beim Ausrauben der Kasse erwischt hat. Ich bin jedoch erstaunt, dass William trotz der Heftigkeit des Streits seinen Bruder nicht verrät. Er könnte die ganze unerfreuliche Sache leicht beenden, indem er Thomas' Lüge aufdeckt. Thomas ist schließlich groß genug, um die Folgen seiner Täuschungsmanöver selbst zu tragen.

*Und so könnte er mir aus meiner Verlegenheit helfen …*

Nun erscheint auch Thomas im Flur. Ich höre ihn in meinem Rücken seufzen. Als ich mich umdrehe, sehe ich, dass er einen halb spöttischen, halb gleichgültigen Gesichtsausdruck aufgesetzt hat.

*Großartig! Offenbar findet er das komisch …*

Wut steigt in mir auf. Er ist schuld an dieser Sache, und aus brüderlicher Treue, die ich etwas übertrieben finde, lässt William sich beschimpfen, und ich stehe als »französische Hure« da.

»Was haben die beiden denn jetzt schon wieder?«, fragt Thomas da.

Ich muss mich sehr anstrengen, um ihn nicht anzufahren.

»Ihre Mutter hat uns beide zusammen erwischt.«

»Erwischt? Wo denn?«

»In Williams Schlafzimmer. Ihn und mich. Unter der Bettdecke. Ein Hinweis: Wir haben nicht Scrabble gespielt.«

Endlich sage ich ihm doch die Meinung. Thomas sieht mich an, und ich registriere, dass seine Maske der Gleichgültigkeit rissig wird. Ich weiß nicht, ob er so tut, als wäre er betroffen, oder ob ihn das, was ich sage, wirklich trifft.

»Oh nein, das ist nicht wahr!«, murmelt er. »Was hab ich bloß getan?«

Vielleicht ist er aufrichtig. Da ich mir nicht sicher bin, mache ich ihm keine weiteren Vorwürfe. Das alles ist zu viel für mich. Ich möchte nur noch dieses Haus verlassen und nach Hause fahren. In ein paar Stunden nehmen wir die Fähre. Bald habe ich diese Geschichte hinter mir.

»Es tut mir leid, Scarlett!«, sagt Thomas mit gequälter Miene. »Wie konnte ich wissen, dass es so weit kommen würde. Es wird ja immer schlimmer.«

»Ich habe dir keine Ratschläge zu geben, aber ich glaube, du solltest zu den Menschen halten, die dich wirklich gernhaben. Ich meine damit die, die dich so nehmen, wie du bist.«

»Das heißt?«

»Das Bild zu lieben, das man sich von jemandem macht, das ist keine Liebe. Es ist reine Einbildung. Du solltest deiner Mutter eine Chance geben, dich so zu lieben, wie du wirklich bist. Und wenn sie dann die Illusion vorzieht, ist das ihre Entscheidung.«

Meine Worte zeigen Wirkung. Er ist bestürzt. Einen Moment frage ich mich, ob es richtig von mir war, ihm das zu sagen. Wenn ich nachher weg bin, wird die Familie aufs Bitterste zerstritten sein, vielleicht wird alles durch meine Worte noch schlimmer. Aber ich habe noch nie Dinge verschwiegen. In meiner Familie wird über alles geredet. Sogar zu viel und andauernd. Hätten wir Leichen im Keller, dann würden sie zum Lüften in den Garten gelegt wie Bettvorleger. Aber womöglich ist das Unausgesprochene besser als solche Tragödien? Ich habe gar kein Recht zu beurteilen, welche Familiengewohnheiten die besseren sind.

Aber nun ist es sowieso zu spät. Thomas stürmt mit Riesenschritten ins Wohnzimmer. Ich bleibe im Flur stehen wie eine Zuschauerin am Straßenrand bei einem Verkehrsunfall.

»Lassen wir das, es reicht!«, ruft Thomas.

»Nein, das reicht noch lange nicht! Weißt du eigentlich, dass dein Bruder und deine … *Freundin* es vor deiner Nase treiben?«, ruft seine Mutter empört.

»Ich weiß.«

»Wie bitte? Seid ihr alle wahnsinnig geworden?«, schreit Lena außer sich.

»Na ja, von unserer Familie kann man das ganz sicher sagen.«

Thomas gießt Öl ins Feuer. Ich sehe die Tante und die Großmutter in einer Ecke im Wohnzimmer. Die eine hat zwei Kaffeetassen in der Hand, die andere wedelt nervös mit einer Serviette.

»Was hast du da gesagt?«, ruft Lena mit vor Wut geballten Fäusten.

Ihr Gesicht ist puterrot, und ich sehe am Hals eine dicke pochende Vene. Ich glaube, am wütendsten ist sie darüber, dass sich gerade das idyllische Bild ihrer Familie in Luft auflöst. Sie verliert die Selbstbeherrschung.

»Lass gut sein, Tom«, sagt William.

Warum liegt ihm so viel daran, seinen Bruder zu decken? Wenn Thomas wirklich in Gefahr wäre, könnte ich ja verstehen, dass er ihn schützen will. Aber diese Sache ist wirklich nicht das Ende der Welt. Es ist nur ein Coming-out, und wir leben im 21. Jahrhundert, zum Teufel noch mal! Wenn er jetzt verkünden würde, er hätte im Alter von zehn Jahren den Nachbarn umgebracht, wäre es etwas anderes.

»Nein«, erwidert Thomas, »ich habe genug von diesen Spielchen, Mutter. Scarlett ist gar nicht meine Freundin.«

»Was?«, schreit Lena. »Warum hast du es uns dann erzählt? Warum so eine Lüge? Ich erkenne euch nicht wieder. Ich habe meine Söhne nicht so erzogen. Wirklich nicht.«

»Das glaube ich aber doch«, fährt Thomas in einem Ton fort, den ich erstaunlich ruhig finde.

»Pass auf, was du sagst«, erwidert seine Mutter drohend.

»Du setzt uns so sehr unter Druck«, fährt Thomas fort und stößt einen tiefen Seufzer aus. »Immer muss man perfekt sein, immer im Einklang mit deinem Postkartenbild, immer auf der Höhe. Du verteilst deine Zuneigung wie ein Lehrer Fleißkärtchen. Wir bekommen sie nur, wenn wir alles tun, was du willst, und du entziehst sie uns, wenn wir uns von deinem Ideal entfernen.«

»Ich verbiete dir, so zu reden, Thomas. Ich kann nichts für dein Verhalten. Ich bin eure Mutter und war für euch und eure Erziehung verantwortlich. Und das habe ich gut gemacht. Was hier gerade passiert, kann nur auf schlechten Einfluss von außen zurückgehen. So habe ich dich noch nie reden hören.«

*Ein Glück, dass sie nicht mich im Visier hat.*

»Es war deine Aufgabe, uns zu erziehen, nicht, uns mit einer Liebe zu ersticken, die autoritär war und uns Schuldgefühle beigebracht hat. Es ist leicht für dich, uns zu verurteilen, aber vergiss nicht, dass wir unter deinem Regime aufgewachsen sind. Wir mussten dir gefallen, um jeden Preis, und hatten keine Wahl. Deshalb haben wir immer geschwiegen, während du mit der Axt alles abgehauen hast, was dir an uns nicht gefiel.«

»Ich habe euch nie mehr als notwendig bestraft. Jetzt stellt ihr euch als Opfer dar und macht einen Sündenbock aus mir!«

Thomas reißt empört die Arme hoch. William schweigt. Er steht da, die Arme über der Brust verschränkt, das Gesicht ausdruckslos.

»Du willst es einfach nicht begreifen«, sagt Thomas. »Du hörst mir nicht zu, aber das hast du ja noch nie getan.«

»Natürlich höre ich dir zu. Ich höre dir zu, seit du auf der Welt bist. Aber du beklagst dich immer nur und jammerst. Ich kann machen, was ich will, es ist nie genug. In Wahrheit bist du ein verwöhntes Kind, Thomas. Du hast nie Not und Entbehrung kennengelernt. Du bist privilegiert und denkst dir Probleme aus, um dich wichtig zu machen. Aber diesmal mache ich das Spiel nicht mit.«

»Ich bin schwul, Mutter.«

Das Schweigen dauert nur einen kurzen Moment. Die Großmutter hat das Terrain gestern Abend schon ein wenig vorbereitet.

»Was soll das jetzt schon wieder heißen?«, fragt Lena und macht aus ihrer Verachtung keinen Hehl.

»Ich bin homosexuell! Ich bin eine Schwuchtel«, ruft Thomas wütend. »Ich liebe einen Mann. Hast du es jetzt kapiert?«

Auf diese Äußerung folgt ein lautes Klirren. Die Tante hat eine Tasse fallen lassen. Lenas Gesicht erstarrt. Wenn man sie geohrfeigt hätte, könnte sie kaum verblüffter sein.

»Was … was sagst du da?«, stottert sie, vermutlich zum ersten Mal in ihrem Leben.

»Ich habe meinen Bruder in eine missliche Lage gebracht und dazu diese wunderbare Frau, die mir nur helfen wollte.

Und das alles nur, um mir deine Liebe zu bewahren. Ich habe das gemacht, weil du mich so erzogen hast. Weil du uns so erzogen hast. Seid liebe und brave Jungen, sonst hat Mummy euch nicht mehr lieb. Der verdammte Ödipus lässt grüßen!«

Schweigen macht sich im Wohnzimmer breit. Kathy starrt auf den Kaffee, den sie auf dem Parkett verschüttet hat, traut sich jedoch nicht, sich zu bücken und ihn wegzuwischen. Das gibt Flecken, aber mir kann das ja egal sein. Ich drehe mich um. Meine Schwester tut es mir nach. Wir schlüpfen ins Gästezimmer, und als die Tür zu ist, sage ich im Befehlston: »Wir packen auf der Stelle und gehen. Wir warten an der Anlegestelle auf die Fähre.«

»Bist du sicher, dass du jetzt von hier wegwillst?«

»Warum, willst du vielleicht hierbleiben, in dieser vergifteten Atmosphäre?«

»Nein, aber es ist nie gut, in einer so angespannten Situation wegzugehen. Du sollest wenigstens mit William sprechen.«

»Weißt du, Mélie, das alles ist mir etwas zu kompliziert. Ich glaube, William hat nicht die geringste Lust, sich auf ein Mädchen einzulassen, das er vor achtundvierzig Stunden kennengelernt hat und das ein Familiendrama ausgelöst hat.«

»Du kannst doch gar nichts dafür.«

»Ich weiß, aber es ist eben zu kompliziert.«

»Ah, ich verstehe.«

Ich sehe sie mit hochgezogenen Augenbrauen an. »Was willst du damit sagen?«

»Es ist wieder mal so weit. Das Märchen ist vorbei. Wir wenden uns der Wirklichkeit zu, Schluss mit lustig. Die Dinge werden wieder real.«

»Ich weiß nicht, wovon du redest, und psychoanalysiere mich bitte nicht, Mélie.«

»Bei dir ist eine Psychoanalyse ganz überflüssig, weil du vorhersehbar bist. Es ist kompliziert, also haust du ab.«

»Hast du eigentlich mitgekriegt, was seit gestern Abend alles passiert ist? Findest du nicht, dass hier alles total verrückt ist?«

»Das Leben ist manchmal total verrückt.«

»Ein ganz schön banaler Satz.«

»Das Leben ist so, weil die Leute verrückt sind. Es liegt in ihrer Natur. Wären sie es nicht, würde uns das Schlimmste, aber auch das Beste an der Menschheit entgehen.«

»Ich rufe jetzt Maman an.«

»Ungaublich, wie du vom Thema ablenkst. Du machst einen großen Fehler.«

»Sicher nicht zum ersten Mal.«

»Du kannst dich in deinen Kokon zurückziehen, aber es wird dir trotzdem wehtun. Du wirst immer wieder leiden, das gehört dazu, Scarlett. Papas Tod wird nicht dein letzter Kummer sein.«

Ihre Worte treffen mich ins Herz. Dumpfe Wut steigt in mir auf, und ich fürchte, sie nicht bändigen zu können. Ich beiße die Zähne aufeinander, um nicht etwas zu sagen, das mir hinterher leidtun könnte. Sie hat mich wieder an die Beerdigung erinnert.

Es war schönes Wetter. So schön, dass ich das unverzeihlich fand, so wenig passte es zu meinem Schmerz. Die ganze Familie und alle Freunde waren gekommen, sie standen da wie schwarze Raben, die sich um ein Stück Fleisch versammelt haben. Ich habe nichts von der Predigt mitbekommen und auch nichts von den tröstenden Worten der Freunde. Ich habe mich an diesem Tag in mich zurückgezogen und sagte mir immer und immer wieder: Nie mehr, nie mehr einen solchen Schmerz!

Es ist einfach so passiert, ohne dass ich groß darüber nachgedacht habe. Alles, was mir im Leben wehtun konnte, habe ich beseitigt und die Menschen auf Abstand gehalten. Mélie hat schon recht, ich will um jeden Preis vermeiden, in komplizierte Beziehungen zu geraten, deshalb war ich mit meinem Single-Dasein, in dem es nur hier und da eine Affäre gab, eigentlich ganz zufrieden. Bis zu der Begegnung mit William, der in mir die kleine empfindliche Saite angeschlagen hat, die ich nicht mehr hören wollte. Das Risiko, dass sie reißt, ist mir einfach zu groß.

»Alles geht vorüber, Scarlett, selbst das«, sagt meine Schwester in sanftem, zärtlichem Ton. »Es gibt keine Liebe ohne Schmerz.«

»Und ohne Liebe gibt es keinen Schmerz.«

»Ohne Liebe ist die Seele so gut wie tot«, sagt sie mit erschreckender Klarheit. Eine Weile schweigen wir und sehen uns gegenseitig in die Augen. Dann werden wir durch laute Stimmen aus unseren Gedanken gerissen. Offenbar streiten sie wieder. Ich nehme mein Handy und rufe unsere Mutter an. Als sie abnimmt, verstehe ich sie kaum, weil die Verbindung ganz schlecht ist. Ich muss alles mehrfach wiederholen. Ich erkläre ihr, dass wir jetzt die Fähre nehmen werden und bald zu Hause sind. Sie antwortet etwas, es klingt fröhlich, aber die Hälfte der Worte ist verschluckt.

»Was hast du gesagt, Maman? Wie?! Du bist in einem *Tunnel*? In der Underground? Aber es gibt doch gar keine in Saint-Malo. St. Pancras? In London? Was? Hallo? Maman?«

Die Verbindung ist unterbrochen. Meine Schwester tippt mir auf die Schulter, und ich starre sie entgeistert an. »Was ist, geht es Maman gut?«, fragt sie.

»Maman ist in London, am Bahnhof St. Pancras.«

»Das gibt's ja nicht!«

# KAPITEL 15

Ich versuche noch einmal anzurufen. Ich will sicher sein, dass ich Maman richtig verstanden habe, all das kommt mir ungeheuerlich vor. Außerdem will ich ihr sagen, dass sie bleiben soll, wo sie ist, und wir sie abholen.

Mütter lassen sich durch nichts aufhalten, vor allem, wenn es um ihre Kinder geht. Nicht einmal ein Schneesturm hat sie aufhalten können.

Als ich sie endlich erreiche, erklärt sie mir, es hätte heute Morgen noch ein paar Plätze im Eurostar nach London gegeben. Gestern sei sie von zu Hause losgefahren, habe dann bei einer Cousine in Paris übernachtet und sei dann heute Morgen bereits um fünf Uhr an der Gare du Nord gewesen.

*Habe ich Halluzinationen?*

»Das ist ja unglaublich«, sagt Mélie. »Warum hat sie uns das denn gestern nicht gesagt?«

»Keine Ahnung, wahrscheinlich wollte sie uns überraschen. Nach dem Motto: Das habt ihr mir wohl nicht zugetraut.«

»Im Grunde ist das doch nur gut.«

»Findest du? Sie ist doch noch nie mit dem Eurostar gefahren. Und dann um fünf Uhr morgens an der Gare du Nord. Da hätte ja wer weiß was passieren können!«

»Was denn?«

»Ich weiß nicht, vielleicht, dass sie einer überfallen hätte …«

»Sie hätte sich bestimmt gewehrt.«

»Das Ganze ist wirklich unglaublich!«

Ich ziehe mich eilig an, nehme die erstbesten Sachen, egal, ob sie zusammenpassen.

»Scarlett, mach mal langsam. Durchatmen!«

»Das tue ich doch.«

»Nein, du bist ganz rot im Gesicht.«

»Ich …«

Da klopft es an der Tür, und ich halte den Atem an. Mélie will aufmachen, aber ich gebe ihr ein Zeichen, dass sie das lassen soll.

»Was ist los?«, raunt sie mir zu. »Oder meinst du, die glauben, dass wir uns in Luft aufgelöst haben!«

*Warum nicht? Das wäre wahrscheinlich das Beste.*

Meine Schwester öffnet, und Thomas kommt herein. Ich bin erleichtert, dass es nicht William ist. Und ein bisschen enttäuscht.

»Ich wollte nur wissen, ob alles in Ordnung ist«, sagt er verlegen.

»Ja, unsere Mutter ist gerade in St. Pancras angekommen, und wir holen sie jetzt ab«, trompetet meine Schwester gleich los.

*Mélie, kannst du nicht einmal die Klappe halten?*

»Eure Mutter? Wie hat sie es denn nach London geschafft?«

»Sie ist mit ihrem Besen geflogen«, sage ich.

»War sie schon mal hier?«

»Nein, sie reist nicht gern. Ich frage mich wirklich, wie es ihr gelungen ist, hierherzukommen. Wir werden versuchen, sie zu finden, und ein Hotelzimmer reservieren oder eine Karte für die Fähre kaufen, ich weiß es nicht.«

Ich suche nach meiner Handtasche, die irgendwo in diesem Zimmer sein muss. Als ich an Thomas vorbeikomme, fasst er mich an den Schultern.

»Scarlett, es tut mir ehrlich leid, was passiert ist. Ich bin an allem schuld. Ich habe ein blödes Spiel gespielt, das dich und deine Schwester in eine peinliche Lage gebracht hat. Inzwischen hat sich der Sturm allerdings gelegt.«

»Ach, tatsächlich?«

Ich sehe ihn misstrauisch an.

»Ja, wir regeln gerade ein paar Dinge.«

»Wirklich?«

»Sagen wir, mein Bruder tut es«, verbessert er sich verlegen. »Ihr werdet ganz sicher nicht mit euren Koffern durch London irren und eure Mutter suchen. Wir fahren mit dem Auto zum Bahnhof, um sie abzuholen, und wenn ihr heute Abend unbedingt ins Hotel wollt, suchen wir eins hier in der Gegend.«

Mélie und ich denken eine Weile nach. Ich weiß nicht, ob ich einverstanden bin, und will gerade etwas sagen.

»Sehr gute Idee!«, ruft Mélie da schon.

Ich könnte sie erwürgen. Und versuche, die Sache abzubiegen.

»Ich halte das für keine gute Idee, Mélie. Ich meine, wir haben hier schon genug angerichtet, wir sollten verschwinden, bevor es noch peinlicher wird.«

»Das kann ich verstehen«, sagt Thomas. »Aber wenn ich mir diese blöde Geschichte nicht ausgedacht hätte, wäre jetzt alles anders. Lasst mich die Sache wiedergutmachen. Ihr müsst hier nicht verschwinden wie die Diebe in der Nacht, ihr habt nichts getan, ich bin an allem schuld. Außerdem steigt mir William aufs Dach, wenn ich euch unter diesen Umständen einfach so gehen lasse.«

Ich seufze und zucke die Achseln, dann sage ich: »Ich bin mir nicht sicher, ob es William etwas ausmachen würde, wenn wir jetzt gingen und sich alles wieder beruhigen würde.«

»Da täuschst du dich, er ist ziemlich sauer auf unsere Mutter, vor allem, weil sie dich so beschimpft hat.«

»Ich glaube, da irrst du dich.«

»Und warum steht er dann gerade vor ihr in der Küche und verlangt von ihr, dass sie sich bei dir entschuldigt? Wenn es ihm egal wäre, würde er sich das doch ersparen.«

»Oh, Scarlett irrt sich ständig, wenn es um menschliche Interaktionen geht«, sagt Mélie und legt komplizenhaft eine Hand auf Thomas' Arm.

»Na also, dann gibt es doch gar kein Problem. Wir holen eure Mutter ab, bringen sie her, und alles andere sehen wir dann. Und es will ja auch niemand die nächste Szene verpassen.«

»Welche nächste Szene?«, fragt Mélie interessiert und ich verdrehe die Augen.

»Na, die, in der ich meiner Mutter eröffne, dass mein Freund ein Jude ist.«

# KAPITEL 16

Als wir gerade die Treppe hinuntergehen wollen, kommen uns William und seine Mutter entgegen. Eine endlose Sekunde lang sind wir alle höchst verlegen.

»Wollt ihr weg?«, fragt William bestürzt.

»Stell dir vor, ihre Mutter hat es bis nach London geschafft und wartet jetzt in St. Pancras«, erklärt Thomas. »Ich habe ihnen vorgeschlagen, sie mit dem Auto abzuholen.«

»Na klar«, sagt William schnell, »dann gehen wir doch direkt zur Garage.«

»Nein, nein, ich möchte wirklich keine Umstände machen«, sage ich abwehrend. »Es reicht, wenn Thomas uns fährt, es müssen ja nicht alle mitkommen.«

»Thomas kann gar nicht Auto fahren«, entgegnet William.

»Ach … so.« Das ist ganz klar die Nummer eins der Top Ten meiner intelligentesten Antworten.

Plötzlich schaltet sich zu meiner Überraschung Mélie ein: »Nun ja, wir brauchen uns wirklich nicht alle auf den Weg machen. Fahrt ihr beiden, William und du. Inzwischen suche ich schon mal im Internet nach einem Hotel. Lena ist sicher bereit, mir zu helfen.«

Meine Schwester kann richtig zuschlagen. Manchmal – und wenn ich ehrlich bin, sogar sehr oft – ist Mélie meine Heldin.

»Selbstverständlich«, murmelt Lena.

William nimmt meine Hand und zieht mich hinter sich her. Von dieser leichten Berührung wird mir wunderbar schwindelig, und ich denke an unsere Umarmungen in der letzten Nacht. Ich kann nicht umhin, seine Hand fest zu drücken, und er tut das Gleiche. Mein Herz schlägt schneller, und ich würde mich gern an ihn schmiegen und unseren Tanz neu beginnen. Ich würde ihn küssen, und er würde mir die Kleider vom Leib reißen. Na ja, vielleicht geht das ein bisschen weit …

Wir durchqueren ein kleines Zimmer, das als Abstellraum dient, und erreichen die Garage, in der ein schwarzes Auto steht. Ich kenne mich nicht besonders gut mit Autos aus, aber es ist eine Limousine, so viel weiß ich immerhin. Ich setze mich auf den Beifahrersitz, merke aber dann, dass ich mich in der Seite geirrt habe. Ich werde, glaube ich, nie lernen, mit diesem Linksverkehr umzugehen. Langsam rollen wir auf die Straße, die verlassen daliegt. Es hat nachts nicht wieder geschneit, und der Weg ist noch von gestern geräumt. Wir sitzen nebeneinander und schweigen. Die Atmosphäre ist angespannt. Nach allem, was geschehen ist, wissen wir nicht, was wir sagen sollen.

Ich habe Angst, ihn mit irgendeiner Äußerung zu verletzen, das Band, das ich vor ein paar Stunden zwischen uns gespürt habe, zu zerreißen. Die Magie der letzten Nacht ist heute Morgen so brutal zerstört worden, dass ich fürchte, sie ist für immer dahin. Solange keiner von uns redet, besteht noch Hoffnung. Eigentlich ist die Lösung ganz einfach: Wir reden nie mehr miteinander, und alles wird gut.

Ich weiß natürlich, dass das unmöglich ist und dass einer von uns sich vorwagen muss. Ich tue es als Erste, und zwar auf die einzige Art, die ich beherrsche, nämlich ungeschickt.

»Es gibt schönere Arten, morgens geweckt zu werden.«

»Scarlett«, erklärt er mit ernster Miene, »es tut mir sehr leid. Dieses ganze Drama heute Morgen ... Was meine Mutter gesagt hat, ist ungeheuerlich. Ich kann mich nur entschuldigen.«

»Ist schon in Ordnung.«

Eigentlich ist gar nichts in Ordnung, aber ich weiß seine Entschuldigung zu schätzen.

»Ich glaube, du hast inzwischen bemerkt, dass ich eine ziemlich komplizierte Familie habe.«

»Ja, das kann man wohl sagen ...« Ich lächele.

Er lächelt auch.

»Es gibt da Dinge, mit denen ich schon längst hätte aufräumen müssen. Dann wäre es nicht zu so einer Szene gekommen.«

Ich brauche eine Weile, um meine Gedanken zu ordnen.

»Ich finde es beachtlich, dass du deinen Bruder weiter in Schutz genommen hast, als deine Mutter dachte, wir hätten ihn betrogen. Ihr steht einander wohl sehr nahe.«

Ich bin stolz, dass ich das so ausgedrückt habe, denn eigentlich fand ich seine Reaktion ja übertrieben loyal. Dann sehe ich sein erstauntes Gesicht und zweifele sofort wieder an mir.

»Er ist mein *Bruder*«, sagt er mit Nachdruck. »Ich glaube, wenn es um deine Schwester gegangen wäre, hättest du dich genauso verhalten.«

Ich zögere, aber nicht lange genug. Denn schon höre ich mich sagen: »Ich glaube, nicht ganz.«

Ich spüre, dass es keine gute Idee ist, dieses Gespräch zu führen. Aber nur um ihm nicht zu missfallen, darf ich das, was ich bin und glaube, nicht verbergen. Wenn es zwischen uns etwas werden soll, muss unsere Beziehung auf Ehrlichkeit und Offenheit gegründet sein.

»Ich glaube, Lügen ist immer eine schlechte Idee, vor allem dann, wenn andere mit hineingezogen werden. Ich vermute, ich hätte in so einem Fall mit Mélie geredet und ihr gesagt, dass sie mich und einen Unbekannten nicht für ihre Lügen missbrauchen darf. Aber ich sehe ein, dass es leicht ist, das zu sagen, wenn man sich nicht selbst in einer solchen Lage befindet.«

Williams Hände umklammern das Lenkrad. Ich habe offenbar eine empfindliche Stelle getroffen und weiß nicht, welche. Alles, was mit seinem Bruder zu tun hat, erscheint mir undurchsichtig, als verbände ihn ein Geheimnis mit Thomas, jenseits jeglicher Vernunft.

»Die Dinge sind oft nicht nur schwarz oder weiß, es ist nicht immer alles so einfach.«

Damit beendet er das Gespräch auf höfliche, aber bestimmte Art. Mich überkommt ein Gefühl des Unbehagens. Ich fühle mich leer und hungrig und sacke in mich zusammen. Er hat es offenbar bemerkt, denn nun beginnt er erneut das Gespräch: »Kommt deine Mutter zum ersten Mal nach London?«

Er schaltet um auf typisch englischen Smalltalk. Die höfliche und oberflächliche Art, eine Unterhaltung zu führen, frei von jeglichem Sinn und Inhalt. Seine Worte sind glatt wie ein Rasiermesser. Ich würde ihn am liebsten schütteln und auffordern, endlich aus der Reserve zu kommen. Soll er sich doch lieber richtig mit mir streiten. Sonst kommt man einfach nicht weiter! Diese Briten und ihre verdammte Kontrolliertheit. Ich presse die Lippen zusammen, um meine Enttäuschung zu verbergen, und spiele das Spiel mit.

»Nein, sie war noch nie hier. Ich bin sehr überrascht, dass sie die Reise auf sich genommen hat.«

»Offenbar eine Frau mit viel Energie. Die hat ihre Tochter wohl geerbt.«

Ich lächele ein wenig, weiche seinem Blick aber lieber aus. Mir ist es nur recht, dass das hier alles bald zu Ende ist, ich ertrage diese Peinlichkeit nicht, die kein Ende findet und in der wir beide festzustecken scheinen.

Danach reden wir nicht mehr. Wir erreichen den Bahnhof, stellen das Auto auf dem Parkplatz ab, und ich rufe meine Mutter an.

Ich mochte St. Pancras schon immer gern. Von außen sieht das Gebäude aus rotem Backstein aus wie ein riesiges Zauberschloss im Märchen. Wäre alles normal, würde ich mich hier länger aufhalten und meiner Mutter in einem der zahlreichen Cafés der Ladengalerie eine heiße Schokolade spendieren. Meine Laune ist im Keller, ich will mich aber bemühen, meine Mutter nichts merken zu lassen, weil sie sonst sofort mit einem Verhör beginnen würde.

Wir irren ein wenig umher, denn die Erklärungen meiner Mutter sind eher vage, sie stehe »neben einem Fahrkartenautomaten«, sagt sie. Schließlich machen wir sie ausfindig. Ich stürze auf sie zu und umarme sie fest. Ich habe ja nur noch sie und Mélie, und wenn ich sie sehe, so klein, so zerbrechlich, bleibt mir für einen Moment das Herz stehen.

»Maman, du bist wirklich verrückt! Du hättest nicht herkommen sollen, ich habe dir doch gesagt, dass wir die Fähre nehmen ...«

»Ein Schiff auf dem Meer bei diesem Wetter? Und mich nennst du verrückt? Meine Töchter sollen nicht in so einer überfüllten Sardinenbüchse reisen!«

»Maman, das ist eine Fähre, kein Flüchtlingsboot!«

»Mach es deiner Mutter jetzt mal nicht so schwer. Ich habe eine weite Reise hinter mir!«

Als ob wir es ihr überhaupt jemals schwermachen dürften. Ich trete einen Schritt zurück und stelle ihr William vor, so distanziert wie eben möglich.

»William ist der Mann, von dem ich dir erzählt habe. Er war so freundlich, uns heute Nacht zu beherbergen. Netterweise hat er mich hierher gefahren, und er schlägt vor, dass wir bei ihm zu Hause überlegen sollen, wie wir die Rückreise organisieren.«

Präzise, leidenschaftslos, fehlerfrei.

»Mach dir keine Sorgen, liebe Tochter, ich werde mich schon gut benehmen. Es freut mich sehr, Sie kennenzulernen, William. Sie sehen ja gar nicht wie ein Engländer aus.«

»Vermutlich, weil ich dank meiner Großmutter ein Viertelfranzose bin«, antwortet er mit höflichem Lächeln.

»Das ist ja wunderbar. Da werden wir uns gleich viel besser verstehen«, meint meine Mutter. Habe ich mir das eingebildet, oder hat sie ihm zugezwinkert.

Am liebsten würde ich tot umfallen.

# KAPITEL 17

Die Rückfahrt ist die längste, die ich je erlebt habe. Jedes Mal, wenn meine Mutter den Mund aufmacht, halte ich den Atem an. Sie redet frei drauflos, sagt, was ihr durch den Kopf geht. So etwas wie einen Filter kennt sie nicht. Außerdem ist sie abergläubisch und gibt jede Menge Klischees von sich, vor allem über Dinge, von denen sie keine Ahnung hat. Sie ist ein herzensguter Mensch und setzt sich für ihre Mitmenschen ein, aber das kann auch ein Problem sein. Immer will sie helfen und zu allem ihre Meinung sagen, um die Welt besser zu machen. Gefragt oder ungefragt.

William spielt seine Rolle zum Glück perfekt. Er ist höflich, aber nicht zu sehr, natürlich und nicht steif, und seine sarkastischen Bemerkungen sind so raffiniert, dass sie sie unterhaltsam findet. Sollten William und ich uns weiterhin treffen, wird er ihr absoluter Liebling werden.

Ich falle aber nicht ganz darauf herein. Ich beobachte seine Reaktionen, und da ich das bereits seit zwei Tagen tue, kenne ich seine Gestik und Mimik inzwischen sehr gut. Ich weiß, dass es ihm Spaß macht, mich so verlegen zu sehen, vielleicht findet er die Offenheit meiner Mutter sogar erfrischend. Sie ist im Grunde das genaue Gegenteil von Lena – warmherzig, spontan, kompromisslos, ohne Getue. Ich hätte das Gespräch zwischen den beiden genießen können, sage mir aber, wenn die Sache zwischen William und mir morgen zu Ende sein sollte, wird sie mich ewig an diese Begegnung erinnern. Nicht bewusst und ganz harmlos, mitten in einem Gespräch: ›Weißt du noch, der Mann in London, den du getroffen hast, als du und Mélie am Flughafen eingeschneit wart? Wie hieß er noch? Er war so charmant! Schade, dass ihr euch aus den Augen verloren habt.‹ So ungefähr.

Wir erreichen Williams Haus, und meine Mutter kommentiert jeden Stein und jedes Muster an der Fassade. Falls er bisher nicht gewusst haben sollte, dass er in einem vornehmen Viertel wohnt und ein schönes Haus hat, dann weiß er es jetzt.

»Scarlett sagt immer, alle englischen Häuser sähen gleich aus und dass sie sich fragt, wie die Engländer es schaffen, sich nicht im Eingang zu irren, wenn sie nach Hause kommen. Aber hier in der Straße finde ich, dass die Häuser doch alle verschieden sind.«

*Das ist die Hölle.*

»Maman …«

»Nun, Scarlett hat nicht ganz unrecht«, entgegnet William, »manche Fassaden sehen tatsächlich gleich aus. Wir Engländer trinken gern mal einen über den Durst und verlassen uns dann ganz auf unsere Reflexe.«

»Ich mag diesen jungen Mann, Scarlett, sei nett zu ihm. Das hat dir Mélie sicher auch schon gesagt, oder?«

»Ich helfe dir beim Aussteigen, Maman.«

*Heute Nacht war ich bereits sehr nett, das kannst du mir glauben.*

William und ich bringen das Gepäck meiner Mutter ins Wohnzimmer. Mélie erwartet uns auf dem Treppenabsatz.

Meine Mutter packt sie energisch an den Schultern und gibt ihr einen Kuss auf die Wange. Mélie ist wie die meisten Katzen. Sie mag es eigentlich nicht, dass man sie anfasst oder streichelt, aber wenn man sie überrascht, lässt sie es gern geschehen, auch wenn sie es niemals zugeben würde.

Als meine Mutter im Wohnzimmer steht und die anderen Mitglieder der Familie Hill sieht, nimmt ihr Gesicht einen mir nur allzu bekannten Ausdruck an. Ich will schnell etwas sagen, damit sie gar nicht dazu kommt, den Mund aufzumachen, aber es ist zu spät.

»Was für eine Trauergesellschaft ist das denn! Ist jemand gestorben?«

»Maman, sie verstehen dich, sie können alle Französisch!«

# KAPITEL 18

Ich weiß nicht, wie dieses Wunder geschehen konnte, aber eine Stunde, nachdem wir von St. Pancras zurückgekommen sind, sitzen alle gemütlich im Wohnzimmer und plaudern. Thomas wollte unbedingt, dass wir noch am Weihnachtsmittagessen teilnehmen. Er hat so höflich darum gebeten, dass meine Mutter es nicht verstanden hätte, wenn wir die Einladung nicht angenommen hätten. Das Letzte, was ich möchte, ist, meiner Mutter zu erzählen, was hier heute Morgen los war.

Lena versucht, mit mir ins Gespräch zu kommen. Ich glaube, sie möchte unter vier Augen mit mir reden, und das will ich auf keinen Fall. Wenn sie sich entschuldigen würde, täte sie es sowieso nur wegen William, und ich habe genug von ihrer Heuchelei. So gehe ich ihr aus dem Weg, was jemand, der die Szene von außen beobachten würde, sicher sehr komisch fände. Es ist ein echtes Ballett: Eine geht rechts am Tisch vorbei, einen Schritt zur Seite, dann dreht sie sich um sich selbst …

Mélie hat in Hammersmith ein Hotel für uns gefunden. Es ist nicht besonders schön, aber es gibt in London nichts anderes mehr. Wir haben beschlossen, noch ein paar Tage hierzubleiben und unserer Mutter die magischen Orte der Stadt zu zeigen. Bis dahin hat sich bestimmt alles normalisiert, und wir können mit dem Flugzeug nach Paris zurückkehren. Eigentlich scheint alles in bester Ordnung, aber trotzdem habe ich den Eindruck, in einer anderen Dimension zu sein und mich nicht im Einklang mit mir selbst zu befinden.

Lizzie spricht viel mit meiner Mutter. Das überrascht mich nicht. Sie gehören nicht zur selben Generation, haben aber beide etwas Spleeniges an sich und harmonieren sehr gut. Ich meine verstanden zu haben, dass Williams Großmutter von ihrer verlorenen Liebe spricht und von ihrer Bisexualität, die sie ein Leben lang geheim gehalten hat. Meine Mutter antwortet darauf, was sie immer sagt, wenn man auf das Thema Sexualität zu sprechen kommt: ›Die meisten Männer sind nur dazu gut, Ikea-Möbel nach oben zu tragen, und wenn man diese Möbel nicht mehr braucht, kann man auch auf die meisten Männer verzichten.‹ Sie hat es schon immer verstanden, sich direkt und einigermaßen drastisch auszudrücken.

Um zehn Uhr gehe ich in die Küche, um zu sehen, ob ich etwas vorbereiten kann. Ich verdrücke mich diskret, denn ich hoffe, ich kann einen Moment allein sein. Ich weiß immer noch nicht, was ich von all dem halten soll. Ich versuche mir die Zukunft vorzustellen. Sicher werden William und ich uns versprechen, dass wir in Kontakt bleiben und telefonieren werden, um uns bald wiederzusehen. So wird es in den ersten Tagen sein, aber dann wird die Erinnerung an die Ereignisse, die verlegenen Blicke und das peinliche Schweigen das Idyll, das gerade erst begonnen hat, verdüstern, und wir werden den einfachsten Weg gehen. Jedenfalls werde ich es tun. Ich will nicht mehr darüber nachdenken, will nicht mehr ständig Energien aufwenden und kein Risiko eingehen.

»Störe ich?«, fragt William, der im Türeingang lehnt.

»Ich mache hier gerade äußerst wichtige Dinge, werde mir aber Mühe geben, mich nicht ablenken zu lassen.«

Er kommt näher und bleibt dicht hinter mir stehen. Ich fahre mit meiner Beschäftigung fort: Ich schäle Kartoffeln.

»Deine Mutter hat ein tolles Temperament. Meine Großmutter und sie sind auf dem besten Weg, sich anzufreunden, und ich weiß nicht, ob das gut ist oder nicht.«

Ich muss lächeln, denn ich höre den Sarkasmus heraus, den ich so mag.

»Das ist keine gute Idee. Ihre Superpower wird sich verdoppeln.«

Ein leichter Schauer fährt mir über den Nacken, ich weiß, er ist ganz dicht hinter mir. Ich bewege die Hände langsamer und konzentriere mich auf das, was ich fühle, warte darauf, dass er mich berührt. Wir reden nicht mehr; es liegt ein Knistern in der Luft. Mir wird ganz heiß, und ich möchte nur eins: mich umdrehen und ihn in die Arme nehmen. Zugleich finde ich es reizvoll, es nicht zu tun und abzuwarten. Offenbar empfindet er dasselbe, denn es dauert noch eine ganze Weile, bis er die Hände auf meine Schultern legt. Dann aber packt er sie fest, streichelt mir über die Arme, die Hüften, fasst mich an der Taille und zieht meinen Hintern zu sich heran. Ich seufze tief und umfasse seine Arme. Ich beuge den Kopf nach hinten. Er küsst mir den Hals, fährt mit den Lippen über meine Haut, beißt mich sanft. Ich bin ihm alles andere als gleichgültig: Ich spüre seine Lust und genieße es. Langsam bewege ich mich, während ich seinen Atem dicht an meinem Ohr höre. Er berührt mit den Händen meinen Bauch und umfasst meine Brüste. Ich hebe die Arme und lege sie um seinen Nacken. Ein angenehmer Schwindel ergreift mich, ich drehe mich um, umschlinge seinen Hals und küsse ihn auf den Mund. Er erwidert den Kuss. Ich presse meine Schenkel gegen seine, und er umfasst meinen Hintern. Ich mag seine kraftvollen Bewegungen und wie er auf meine Zärtlichkeit reagiert, wie er sie instinktiv vorausahnt. Er passt sich dem Rhythmus meiner Bewegungen an, mit einer Selbstverständlichkeit und Leichtigkeit, als würden wir uns schon seit Jahren kennen.

Ich verliere jede Kontrolle und er auch. Er schiebt mich gegen das Spülbecken. Das Schälmesser und das Schneidebrett fallen zu Boden. Der Lärm stört uns nicht weiter. Ich verberge mein Gesicht an seinem Hals, meine Finger in seinen Haaren. Unsere Umarmung ist stürmisch, und wenn keiner von uns die Reißleine zieht, werden wir gleich auf dem Küchentisch landen. Endlich gelingt es mir, mich seinen Küssen und der Umarmung zu entziehen und unsere Körper voneinander zu trennen. Am liebsten würde ich mir kaltes Wasser über den Kopf gießen, aber der Gedanke, dass ich all dies den anderen erklären müsste, dämpft meine Libido.

William ist außer Atem. Er dreht den Wasserhahn auf und hält die Hände unter den kalten Strahl, fährt sich damit durchs Haar. Kurzes Haar kann man schon mal kurz nass machen, ohne dass es gleich verdächtig wirkt.

»Du hast übrigens deinen Mantel im Auto vergessen«, sagt er.

Ich überlege eine Sekunde.

»Nein, er hängt an der Garderobe.«

»Nein, nein, er liegt im Auto, in der Garage«, sagt er, und seine Augen glitzern.

Ich brauche noch einen Moment, bis ich endlich begreife, was er vorhat.

»Ja, da hast du recht. Mein Mantel ist im Auto in der Garage.«

»Oh Mann, ich dachte schon, ich müsste dir meinen Plan pantomimisch vorspielen.«

»Das hätte ich zu gern gesehen.«

Wir hören Schritte auf der Treppe.

»Hier sind eindeutig zu viele Leute«, sagt William und hebt den Blick zur Decke.

Tante Kathy steckt den Kopf durch die Tür und sagt schon »Entschuldigung«, bevor sie die Küche betritt. Sie sieht aus, als würde sie sich fehl am Platz fühlen. Als würde sie erwarten, weggeschickt zu werden. Sie gehört zu den Leuten, die man sich leicht als Opfer eines Verbrechens vorstellen kann, als läge das in ihrer Natur. Ihr Mann hat, als er sie betrog, vermutlich nicht mal das Gefühl gehabt, etwas Unrechtes zu tun, so sehr lädt ihr Verhalten dazu ein, ihr etwas anzutun. Sie ist Lena so unähnlich, dass man sich fragt, ob nicht eine von ihnen als Baby im Krankenhaus vertauscht worden ist.

»Tut mir leid, euch zu stören«, sagt sie mit hungrigem Blick. »Ist noch etwas von den Vorspeisen von gestern übrig?«

William und ich tauschen einen raschen Blick. Es wird wohl noch dauern, bis wir im Auto nach meinem Mantel suchen können.

»Im Kühlschrank sind noch welche«, sagt er, öffnet die Tür und zeigt auf eine Platte, die mit Folie abgedeckt ist.

Kathy sieht uns dankbar an und geht mit der Platte zurück ins Wohnzimmer. Der magische Moment ist vorüber, und ich mache mich wieder ans Kartoffelschälen. Mir ist klar, dass körperliche Anziehung allein für eine richtige Beziehung nicht ausreicht und dass ich mit William mehr haben will als nur eine Affäre. Ich möchte, dass es etwas ganz Besonderes ist. Dazu aber muss ich seine Persönlichkeit erkunden und Fäden zwischen unseren Seelen knüpfen. Unter normalen Umständen könnte man die Dinge einfach auf sich zukommen lassen. Was ist das nur für ein verrücktes Weihnachten!

Ich muss mit ihm über alles reden.

»William, ich möchte nicht indiskret sein …«

Sofort merke ich, wie banal dieser Satz klingt.

»Wenn jemand das bei uns sagt, bedeutet es, dass man genau das sein will«, bemerkt er.

»In Frankreich ist es genauso. Ich weiß gar nicht, was dieser Satz eigentlich soll.«

»Man will seinem Gegenüber die Gelegenheit geben auszuweichen.«

»Wahrscheinlich.«

Wir schweigen eine Weile.

»Ich weiche dir nicht aus«, sagt er gelassen.

»Ach so.«

»Dann lass uns reden.«

»Vorhin, als wir im Auto waren, hatte ich das Gefühl, einen wunden Punkt zu treffen, als ich mit dir über deinen Bruder sprach. Ich glaube, ich habe etwas Falsches gesagt und habe dich verletzt, ohne zu verstehen, warum. Bilde ich mir das nur ein, oder ist wirklich es so?«

Ich glaube in seinen schwarzen Augen einen Abgrund zu sehen. Ich spüre keinen Ärger, sondern eher Distanz von seiner Seite. Ich begreife plötzlich, dass seine Zurückhaltung angesichts privater Dinge wie die Mauer einer Festung ist, die undurchdringlich vor mir aufragt, sobald ich den Fenstern zu nahe komme.

Ich kenne diese Art psychischer Architektur nur zu gut. Ich weiß, dass sie Beziehungen zerstören kann und dass es manchen nie gelingt, die Türen zu öffnen.

Aber William geht auf meine Frage ein.

»Als wir klein waren, da war Thomas immer das Vorzeigekind, nicht ich. Ich konnte die Tyrannei meiner Mutter viel schlechter ertragen als er. Ich war ein zorniger Junge und tat, was ich konnte, um meine Familie auf die Palme zu bringen. Da Thomas das Lieblingskind war, nahm er immer wieder Dummheiten auf sich, die ich angestellt hatte, weil er wusste, dass Lena dann nicht so wütend sein würde wie bei mir.«

Er macht einen Moment Pause, um Luft zu holen oder die richtigen Worte zu finden, ich weiß es nicht genau.

»Eines Tages habe ich es übertrieben. Wir waren ungefähr zwölf, und ich hatte furchtbaren Streit mit meiner Mutter. Noch nie war ich so außer mir gewesen. Da bin ich ins Wohnzimmer gegangen und wollte mich über die Nippsachen von Lalique hermachen, die meine Mutter über alles liebte. Das waren wertvolle Familienerbstücke. Ich wollte die Vitrine umwerfen, aber mein Bruder hat versucht, mich daran zu hindern. Er wusste, was es für Folgen haben würde. Sein bester Freund, dessen Familie in Liverpool lebte, kam dazu. Es gab ein heftiges Gerangel zwischen Thomas und mir, und ich habe es tatsächlich geschafft, die Vitrine umzuwerfen. Alles zerbrach in tausend Stücke.«

Ich muss genau überlegen, um zu begreifen, dass dieses Ereignis etwas mit ihrer engen Beziehung zu tun hat und warum es ihm so viel ausmacht, die Geschichte zu erzählen. Ich sage nichts und beobachte sein Gesicht. Erst nach einer Weile fährt er fort.

»Wütend wie ich war, habe ich nicht einfach nur die verdammte Vitrine zerbrochen. Mein Bruder, der mich daran hindern wollte, stand im Weg, und sie ist auf ihn gefallen. Ein Glassplitter hat ihn an einem Auge verletzt, und er sieht seither kaum noch damit. Als meine Eltern wenig später zurückkamen, hat Thomas gesagt, sein Freund hätte so wild herumgetobt, dass er die Vitrine umgestoßen habe. Hätte meine Mutter gewusst, dass ich es war, wäre der familiäre Zusammenhalt, der Thomas so wichtig war, vollkommen zu Bruch gegangen. Er beschuldigte jemanden von außen, und so konnte der Clan gegen den Angreifer zusammenhalten. Der Junge wurde sofort weggeschickt. Thomas hat ihn nie wiedergesehen. Er war seine erste Liebe.«

Nach dieser Geschichte bin ich sprachlos. Wie können Eltern ihre Kinder nur so behandeln, ohne zu merken, was sie tun? Vor mir steht ein Mann von großer innerer Kraft und mit einem starken Willen. Ich sehe ihn als Fünfjährigen, Zehnjährigen, Zwölfjährigen vor mir, in jenem Lebensabschnitt, in dem die Seele am empfindlichsten ist, und versuche mir die Einsamkeit und Wut vorzustellen, die er als Kind verspürt haben muss. Ich male mir die Schuldgefühle aus, die ihn nach diesem Unfall ganz sicher überkommen haben. Und jetzt verstehe ich auch die seltsame Zurückhaltung seines Vaters, die Existenzangst der Tante, Thomas' Lüge, die mir so lächerlich erschienen war, und Williams Kälte, als er Lena ansah. Sie ist wie das Auge eines Zyklons, scheinbar vollkommen ruhig und harmlos, aber in Wahrheit wirbeln um sie herum heftige Böen und reißen alles weg, was sich im Weg befindet.

Ich nähere mich William und lege sanft die Hand auf seine Schulter.

»Das ist ja schrecklich, du warst damals viel zu jung, um solche Dinge zu verkraften.«

Er zieht mich an sich und umarmt mich fest. Mir kommt es vor, als wäre es das erste Mal, so anders fühlt es sich an. Viel liebevoller und weniger heftig. Ich küsse ihn sanft auf die Stirn. Lange bleiben wir so stehen, ohne zu sprechen. Als er mich dann loslässt, scheint er sich wieder unter Kontrolle zu haben. Ich möchte noch ein anderes Thema anschneiden und überlege mir meine Worte vorher genau: »Und wie war das Verhältnis zwischen deiner Mutter und deiner Frau?«

Mir ist, als könnte ich das Geräusch der einschlagenden Kanonenkugel hören.

Ich versuche, meine Frage abzumildern.

»Ich weiß, das war jetzt sehr direkt und ist eine ganz andere Sache, aber …«

Er lacht leise.

»Entgegen allen Erwartungen ging es recht gut. Meine Frau stammte aus dem Großbürgertum, sie gehörte also dem Milieu an, das meiner Mutter vertraut war. Wir waren nie so lange bei meinen Eltern zu Besuch, dass wir uns besonders anstrengen mussten, und es genügte meiner Mutter zu glauben, dass sie die ideale Schwiegertochter hatte. Als sie starb, war meine Mutter genauso untröstlich wie ich. Und sie schwor, dass nie wieder eine Frau so sein könne wie sie, die durch ihren Tod zu einer Heiligen geworden war. Wenn sie gewusst hätte, was meine Frau wirklich von ihr hielt! Als Maddie starb, waren meine Trauer und das Unglück jedoch so groß, dass ich nichts dazu gesagt habe.«

Er holt ein Glas aus dem Schrank, füllt es mit Wasser und nimmt einen Schluck. Er ist in Gedanken versunken. Ich glaube, dass die Leichen dieser Familie sich inzwischen nicht mehr im Keller, sondern in allen Zimmern befinden. Sie sitzen auf den Sesseln, an den Tischen, liegen in den Betten. Man kann sich in diesem Haus nicht unbeschwert bewegen.

Ich denke über meine eigene Trauer nach. Noch nie hat mir mein Vater so gefehlt wie in diesem Moment. Vor allem deshalb, weil ich ihm William nicht vorstellen kann. Sie hätten sich gut verstanden. Bisher ist mir das nicht aufgefallen, aber William ist meinem Vater in mancher Hinsicht ähnlich. Die Zurückhaltung beider Männer, ihre Rationalität, aber auch ihre große Sensibilität. Ihr Pflichtgefühl und ihr Bestreben, die ihnen Nahestehenden zu schützen. Wieso habe ich diese Ähnlichkeit nicht früher entdeckt?

Kurz darauf geht mir ein Gedanke durch den Kopf. Zuerst vage, dann aber immer deutlicher und schließlich hell und klar: Aus William und mir wird nie etwas Ernsthaftes werden.

# KAPITEL 19

Wir sind immer noch zu zweit in der Küche, aber etwas ist anders. Es ist kaum wahrzunehmen, aber ich bin sicher, dass er es ebenfalls spürt. Mir fällt nur ein Wort dafür ein: Schlamassel. Ich sage mir, dass William und ich uns bedauerlicherweise nicht zum richtigen Zeitpunkt begegnet sind, und auch nicht am richtigen Ort. Unsere Seelen stehen im Einklang miteinander, daran habe ich keinen Zweifel, aber die Begegnung am Flughafen passierte am falschen Ort zur falschen Zeit. Dagegen ist nichts zu machen. Meine Trauer, seine Trauer, mein Schmerz, sein Schmerz, das Phantom meines Vaters, das Gespenst seiner Frau … Zu viele falsche Noten in der Harmonie unserer Herzen.

Ich lese dieselben Gedanken in seinen Augen. Er sieht mich mit seltsamer Melancholie an. Ich spüre, dass er gern etwas sagen würde, aber darauf verzichtet. Wozu sollte es auch gut sein? Wir haben beide begriffen, dass unsere jeweilige Geschichte die Energie, die durch unsere wunderbare Begegnung entstanden ist, behindert und bremst.

Zwar sagt mir der gesunde Menschenverstand: Na und? Die Vergangenheit war früher. Man kann sich von Trauer erholen. Man muss sich nur bemühen und sich durch nichts beeinträchtigen lassen. Der gesunde Menschenverstand hat recht. Aber eine beginnende Beziehung, eine Liebe, die entsteht und so viel verspricht, ist empfindlich, gefährdet. Man muss sich einander öffnen, das eigene Wesen offenbaren. Man zeigt dem anderen seine Angst, seine Hoffnung, seine Fehler, damit er es auch tut. Aus dem Austausch der innersten Bewegungen und Gefühle entsteht dauerhafte Liebe, echte Empathie zwischen Verliebten. Gibt man sich dem anderen nicht ganz hin, wird man nie ein Paar. Man muss dazu bereit sein, den anderen in sich hineinschauen zu lassen. Aber Trauer, Schmerz und Einsamkeit stellen sich dem in den Weg, und bevor man anfängt, zu fliegen, sind die Flügel schon gebrochen.

Dann gibt man auf. Weil man die Kraft nicht hat. Man bleibt am Boden, tonnenschwer, unfähig, genug Schwung zu holen, um in den siebten Himmel zu gelangen.

*Gesunder Menschenverstand, du verstehst gar nichts, lass mich in Ruhe!*

Bevor William hinauf ins Wohnzimmer geht, geben wir uns einen zarten, einvernehmlichen Kuss. Er ist Ausdruck unserer Zuneigung und der Gewissheit, dass wir uns, wenn wir uns nicht mehr sehen, mit der Erinnerung an diese unglaubliche Begegnung zufriedengeben werden.

Ich bleibe noch in der Küche und lege die Kartoffelscheiben in eine Auflaufform. Mein Kopf fühlt sich leer an.

»Alles in Ordnung?«

*Was?*

Ich drehe mich um. Lena steht in der Küche und sieht mich erstaunt an.

»Entschuldigung?«

»Ich frage nur, ob alles in Ordnung ist«, wiederholt sie. »Sie sehen so gedankenverloren aus.«

»Verzeihung, ich habe Sie nicht hereinkommen hören.«

Ich öffne den Backofen und stelle die Form hinein.

»Ich glaube, es dauert vierzig Minuten, aber es gibt noch genug Reste gegen den ersten Hunger.«

Ich beschließe, mich jetzt um den Nachtisch zu kümmern. Je mehr ich mich beschäftige, desto länger kann ich allein in der Küche bleiben. Aus dem Augenwinkel sehe ich, dass Lena neben mir steht. Die Atmosphäre ist peinlich und angespannt.

Hätte William mir nichts über sie erzählt, hätte ich mir vermutlich Mühe gegeben. Schließlich habe ich mir nichts vorzuwerfen, außer dass ich die Vorzüge ihres geliebten Sohnes ein bisschen genossen habe. Als das gut erzogene Mädchen, das ich bin, hätte ich Konversation mit ihr gemacht. Man wäscht schmutzige Wäsche, jedoch nur in der Familie, und da Lena nicht dazugehört, wäre ich ihr mit Höflichkeit begegnet.

Aber ich finde diese Frau abstoßend. Zuerst hat sie mich beeindruckt mit ihrem Aussehen, ihrer zeitlosen Schönheit, doch jetzt sehe ich nur noch ihren eckigen Kiefer und ihren verkniffenen Mund. Sie ist eine Hexe im Designerkostüm. Also verharre ich in unhöflichem Schweigen.

»Ihre Mutter ist eine charmante Dame«, sagt sie mit falschem Unterton in der Stimme.

*Mal wieder Smalltalk.*

»Das weiß ich.«

Ich hoffe, ich mache es ihr schwer.

»Ich möchte mich für das, was heute Morgen passiert ist, entschuldigen. Für meine, sagen wir, etwas lebhafte Reaktion.«

*Etwas lebhaft? Gebrüllt hast du, und mir wäre fast das Trommelfell geplatzt!*

Ich nehme mich zusammen und antworte ihr höflich: »Ich weiß Ihre Entschuldigung zu schätzen.«

Ich glaube, das hat sehr hohl geklungen.

»Thomas hätte Sie nie da hineinziehen dürfen. Er hat uns alle in größte Verlegenheit gebracht, und sicher haben Sie jetzt ein furchtbares Bild von unserer Familie.«

*Nein, meine Liebe, das furchtbare Bild gibst allein du ab.*

»Er dachte, er täte genau das Richtige. In solchen Fällen haben Kinder Angst, ihre Eltern zu enttäuschen.«

»Und meistens irren sie sich dabei.«

Bloß nicht sich selbst in Frage stellen, man kann nie wissen, nachher wird das noch zum Präzedenzfall.

»Mein Sohn scheint Sie sehr zu schätzen«, fährt sie fort.

Bei mir gehen sämtliche Alarmglocken an, und eine innere Stimme ruft: »Gefahr im Verzug!«

»Ich schätze ihn auch sehr.«

»Sie halten mich sicher für eine Mutter, die ihre Söhne nicht loslassen kann und sichergehen will, dass ihre Frauen vertrauenswürdig sind.«

*Nein, darauf wäre ich nicht gekommen. Nicht mal eine Sekunde lang.*

»Sie denken sicher, Sie tun das Beste für William. Aber mein Sohn hat eine Tragödie erlebt, die ihm sehr zugesetzt hat. Er hat sehr plötzlich seine Frau verloren. Ich nehme an, dass er Ihnen das gesagt hat.«

»Ja, allerdings. Ich habe vor ein paar Monaten selbst meinen Vater verloren und weiß, was so ein Verlust bedeutet.«

Ich will ihr nicht das Trauermonopol überlassen. Dieses Gespräch fängt an, mir auf die Nerven zu gehen.

»Es tut mir leid, das zu erfahren«, antwortet sie. »Wenn eine solche Tragödie passiert, ist es sicher schwer, danach etwas Neues aufzubauen. Wie es so schön heißt, man kann die Asche nicht wieder zum Brennen bringen.«

*So etwas Dummes habe ich noch nie gehört, was will diese Psychopathin von mir?*

»Sie können ganz beruhigt sein, William und ich schmieden keine gemeinsamen Pläne. Wir sind uns unter ganz besonderen Umständen begegnet und haben uns angefreundet, das ist alles. Was danach passiert, liegt in der Hand des Schicksals.«

Ich habe dies höflich, aber bestimmt vorgebracht. Ich hoffe, sie versteht, dass ich damit das Gespräch beenden will. Allerdings traue ich ihr durchaus zu, dass sie zwischen den Zeilen lesen kann. Sie schenkt mir ein zweideutiges Lächeln, missbilligend, aber scheinbar charmant. Dann nimmt sie mit kontrolliert anmutigen Bewegungen ein paar Gläser aus dem Schrank und macht sich auf den Weg zurück ins Wohnzimmer. Auf der Türschwelle dreht sie sich noch einmal um und sagt: »Sie erinnern mich so sehr an mich selbst, als ich in Ihrem Alter war.«

Ich verschlucke mich beinahe und muss husten.

»Auch ich war verliebt und musste am Ende doch meinen Weg gehen.«

*Miststück.*

# KAPITEL 20

Ein dumpfes Geräusch reißt mich aus dem Schlaf. Ich gleite von der Matratze und lande unsanft auf dem Boden.

»Die Engländer haben wirklich Probleme mit dem Platz. Mein Gott, ich breche mir noch die Hüfte!«

Meine Mutter schimpft in dem kleinen Bad unseres Hotelzimmers vor sich hin. Dieses Zimmer ist wirklich klein, obwohl es tatsächlich für drei Personen gedacht ist. Ich glaube bloß, sie dürften nicht größer als einen Meter zwanzig sein und nur zehn Kilo wiegen. Meine Mutter ist sehr klein, einen Meter fünfundvierzig, aber darüber dürfen wir nie reden, und sie ist sehr zart. Sie trägt eine Maria-Callas-Frisur, streng zurückgekämmt und hochgesteckt. Außer ihrer schwarzen Haarfarbe, die Mélie geerbt hat, sehen wir ihr kaum ähnlich. Darüber ist sie sehr erleichtert, denn sie hatte wegen ihrer geringen Größe immer Komplexe. Die Gene meines Vaters, der einen Meter neunzig groß war, haben alles wettgemacht. Meine Eltern passten äußerlich überhaupt nicht zusammen, verstanden sich aber bestens. Er sah aus wie ein Wikinger, sie wie eine kleine Waldfee. Als wir gezeugt wurden, haben die Gene keine ausgewogene Mischung zustande gebracht. Deshalb sehen wir aus wie Adoptivkinder.

Am frühen Abend haben wir uns gestern von William und seiner Familie verabschiedet. Ansonsten verlief der Tag friedlich. Alle haben sich bestens benommen. Selbst Kathy hat den ganzen Nachmittag kein einziges Mal geheult. Meine Mutter hat einen angenehmen Tag verbracht, auch wenn sie den Familienvater etwas merkwürdig und Lena ziemlich verrückt fand. Wie Mélie hat sie ein untrügliches Gespür für Menschen, und ihr entgeht nichts.

William und ich sind ohne besondere Dramatik auseinandergegangen. Wir standen in der Diele zwischen allen anderen, zwischen Koffern, Schals und Handschuhen, es war nicht der richtige Moment für eine liebesfilmreife Umarmung. Ich werde allerdings nie vergessen, wie er mich mit seinen funkelnden Augen ansah. Ich konnte darin eine ganze Welt erkennen. In den Stunden, die wir seit unserer Begegnung miteinander verbracht haben, ist sogar unser Schweigen zu einer Art gemeinsamen Sprache geworden. Gestern Abend habe ich um zehn Uhr eine Nachricht von ihm bekommen. Darin stand nichts als »Gute Nacht«, aber das hat mich mehr berührt, als ich gedacht hätte. Deshalb habe ich beschlossen, mir keine Fragen mehr zu stellen, die mit »Was wäre, wenn« beginnen. Ich bin froh, dass ich dieses so seltsame Weihnachten erleben konnte, denn die wenigen Tage haben mein Herz erfreut.

»Jetzt ist aber mal Schluss! Warum ziehst du so ein Gesicht?«, fragt plötzlich meine Mutter im Ton einer sowjetischen Milizionärin.

»Ich ziehe gar kein Gesicht.«

»Mélie, was meinst du, zieht Scarlett ein Gesicht?«

»Na und ob«, antwortet meine Schwester, die gerade versucht, sich eine Wärmflasche zu machen.

Ich sage abwehrend: »Das stimmt doch gar nicht.«

»Wo liegt das Problem?«, fragt meine Mutter an Mélie gewandt. »Seid ihr nicht stolz auf eure alte Mutter, die allein den Elementen getrotzt hat, um zu euch zu kommen, in ein Land, in dem es minus tausend Grad kalt ist?«

»Das Problem ist William.«

»Mélie, bitte …«

»Was? Darf deine Schwester mit mir nicht über deine Probleme reden? Traust du mir nicht mehr zu, meine Töchter zu trösten? Was habe ich dir getan, dass du mir nicht mehr vertraust? Wer kann dir sonst zuhören und dich verstehen? Ich habe dich neun Monate in mir getragen, ich habe dich geboren und aufgezogen. Deine Schwester, du und ich, wir sind dasselbe, dasselbe Herz, dasselbe Blut.«

Ich versuche, sie zu besänftigen.

»Darum geht es doch gar nicht, Maman, es gibt dazu bloß nichts zu sagen. Ich habe ein bisschen mit William geflirtet, und dann wurde alles kompliziert. Viel zu kompliziert für einen Urlaubsflirt.«

Sie sieht mich streng an und wendet sich wieder an meine Schwester.

»Mélie?«

Ich verdrehe die Augen und lasse mich aufs Bett fallen.

»Das war nicht nur ein Flirt. Sie hat die Nacht mit ihm verbracht und wurde morgens von Williams Mutter überrascht. Thomas hatte am Vorabend behauptet, sie sei seine Verlobte. Nur, um vor seiner Familie zu verbergen, dass er schwul ist. Es gab einen Riesenkrach, am Ende hat Thomas die Wahrheit gesagt, aber die Atmosphäre blieb angespannt.«

»Ich hatte recht«, antwortet meine Mutter feierlich. »Das ist alles die Schuld von dieser Lena. Wenn ein Sohn mit dreißig Jahren noch Angst hat, mit seinen Eltern über seine sexuelle Orientierung zu sprechen, dann haben sie etwas falsch gemacht. Da der Vater nichts ist als eine Muschel, die stumm am Felsen klebt, ist allein die Mutter verantwortlich.«

Ein Bild erscheint vor meinem inneren Auge: eine Muschel mit dem Kopf von Williams Vater, die sich mit aller Kraft an einem Felsen festhält.

Nun gibt auch meine Schwester ihre Analyse zum Besten: »Ich glaube, Lena ist einerseits zutiefst frustriert und hat Minderwertigkeitskomplexe. Ich bin sicher, dass sie sehr unglücklich ist. Jede Art von Glück und Freiheit ist ihr zuwider, weil sie das selbst nicht mehr hat, und das macht sie grausam und kleinlich.«

Meine Mutter stimmt ihr zu. Sie und Mélie sind sich meistens einig. Außer beim Namen unseres Kaninchens.

»Was hast du eigentlich mit Cholera gemacht?«, frage ich plötzlich besorgt.

»Nett, dass du auch mal nach ihr fragst. Helena kümmert sich um sie. Wechsele nicht das Thema, meine Liebe, und lass deine Schwester erklären, was dir zu schaffen macht.«

»Das alles wäre nicht so schlimm, wenn es da nicht ein Problem gäbe«, fährt Mélie sogleich fort.

»Ich wusste es«, behauptet meine Mutter und wirft mir triumphierende Blicke zu.

Ich lege ein Kissen auf mein Gesicht. Am liebsten würde ich in Ohnmacht fallen.

»Das Problem ist, dass Scarlett sich in William verliebt hat und er sich in sie. Aber er trauert immer noch um seine verstorbene Frau und Scarlett um Papa. Trauer und Trauer, daraus kann kein Paar werden.«

Meine Mutter zieht das Kissen von meinem Gesicht, legt ihre Hand auf meine Stirn und streicht mir durchs Haar so wie früher, als ich noch klein war. Und auch jetzt beruhigt mich diese Geste.

»Schätzchen, große Liebesgeschichten, die einzigen, für die es sich lohnt zu kämpfen, sind fast nie einfach. So ist das nun mal. Gott hat sie erfunden, um sich darüber zu amüsieren.«

In meiner Familie hat man sehr eigene Vorstellungen von Religion und vor allem davon, was Gott im Kopf herumgeht oder nicht.

»Ihr wollt mir ja wohl nicht erzählen, dass es nach dem, was in den letzten Monaten passiert ist, Sinn hat, eine Beziehung mit einem Engländer anzufangen, der aus einer Familie von Irren stammt und noch an seine verstorbene Frau denkt, die durch ihren Tod eine Art Heilige geworden ist! In einem halben Jahr wäre ich doch total am Ende. Da müsst ihr mir recht geben!«

Sie sehen mich an wie zwei sture Generäle. Ich hasse es, wenn sie sich heimlich gegen mich verbünden. Und auf meine Frage geben sie mir auch keine Antwort.

»Gott, ich danke dir«, ruft meine Mutter ich weiß nicht welche Gottheit hier im Zimmer an, »endlich ist es passiert! Seit der Grundschule, und das ist verdammt lange her!«

»Wovon redest du?«

»Deine Schwester hat recht, Scarlett, du bist verliebt.«

»Ihr dramatisiert diese Geschichte ganz schön.«

»Keineswegs«, entgegnet meine Mutter. »Ich kenne meine Kinder, ich weiß, wann ihr traurig, froh, krank oder verliebt seid. Das ist dir seit der Grundschule mit dem kleinen Kevin nicht mehr passiert.«

»Welcher kleine Kevin? Ich habe mich nie in einen kleinen Kevin verliebt!«

»Mélie?«

»Stimmt genau.«

»Was weißt du schon davon? Als ich in der Grundschule war, hast du vermutlich noch Windeln getragen.«

»Windeln oder nicht, mein Gedächtnis hat das nie beeinträchtigt«, sagt meine Schwester ungerührt.

»Ich weiß nicht, warum ich überhaupt noch mit euch rede.«

»Ich verstehe nicht, dass ihr trotz meiner Erziehung so verschlossen gegenüber Romantik und Liebe seid.«

»Maman, *Vom Winde verweht* ist nun nicht gerade das beste Beispiel für Romantik«, erkläre ich.

»Natürlich ist es das.«

»Aber nein, Scarlett O'Hara ist ein schreckliches Mädchen aus den Südstaaten, egoistisch und kapriziös, und sie gibt sich Rhett Butler vor allem deswegen hin, weil er Geld, Rang und Namen hat. Rhett liebt sie mehr als sie ihn. Wenn du uns schon im Sinn großer Liebesgeschichten erziehen wolltest, hättest du uns Jane Austens *Stolz und Vorurteil* als Beispiel geben müssen.«

»Lizzie interessiert sich für Darcy auch erst, nachdem sie sein riesiges Landgut gesehen hat«, korrigiert Mélie mich.

»Kannst du nicht einmal, nur einmal versuchen, auf meiner Seite zu sein? Nur um zu sehen, was dann passiert …«

»Ihr macht es eurer Mutter sehr schwer.«

Maman steht mit der Würde einer beleidigten Königin auf und geht ins Badezimmer, um Make-up aufzulegen. Sie versteht es bestens, Kleopatra zu spielen, und ich gebe nach.

»Na gut, angenommen, meine Geschichte mit William war nicht ganz harmlos, und ich empfinde mehr für ihn als ein bisschen Schwärmerei. *Angenommen.*«

»Mélie, dein Handy hat nicht zufällig eine Aufnahmefunktion, oder?«, fragt meine Mutter nicht eben subtil.

»Doch«, sagt meine Schwester, die das Gerät schon in der Hand hat.

Irgendwann werde ich eine mit Hilfe der anderen umbringen und vom Richter mildernde Umstände bekommen.

»Also gut. Was soll ich aus eurer Sicht machen?«

»Bleib ruhig und offen für sich bietende Gelegenheiten«, rät meine Mutter nicht ganz untheatralisch.

»Was bedeutet das?«

»Das bedeutet, dass du in seiner Stadt bist und erreichbar. Er muss einen Schritt auf dich zugehen, und darauf lässt du dich ein. Du fragst dich, ob diese Geschichte dir etwas bedeuten kann … Und wenn er Kontakt zu dir aufnimmt, ist das der Beweis, dass du auf ihn gewartet hast und bereit bist, auf ihn zuzugehen.«

»Und wenn er es nicht tut?«

»Das werden wir sehen. Manchmal sind Männer dumm, und man muss ihnen unter die Arme greifen. Dieser aber scheint mir eher klug zu sein. Er erinnert mich ein bisschen an deinen Vater. Er hat damals den ersten Schritt gemacht. Du musst weiter daran glauben, mein Schatz, dann passiert es auch.«

Sie kommt aus dem Bad, sieht aus, als wollte sie die Welt erobern, reicht mir ihr Schminktäschchen und sagt: »Glaub daran, aber mit Hilfe von ein bisschen Rouge und Mascara läuft alles besser. Gott mag Menschen, die sich hübsch machen.«

Da regt sich in mir plötzlich doch ein klein wenig Zuneigung zu Gott.

# KAPITEL 21

Nachdem ich mich gekämmt und genug Lippenstift aufgetragen habe, um mit meiner Mutter und Schwester mithalten zu können, verlassen wir unser Hotel und gehen Richtung Oxford Street. Für den 26. Dezember sind erstaunlich viele Leute in den feinen Londoner Straßen unterwegs.

Wir gehen in ein paar Läden, sehen uns das berühmte Kaufhaus Harrods an und trinken in dem nicht weniger vornehmen Kaufhaus Selfridges eine heiße Schokolade. Meine Mutter ist begeistert von dem prächtigen Weihnachtsdekor in den Schaufenstern. Es ist eine Mischung aus Märchenwelt, Mode, leuchtenden Girlanden. Auf der Straße riecht es nach Schnee und Zimt. Wir genießen die frische Luft, und ich freue mich darüber, meine Mutter und Mélie lächeln zu sehen. Ich hätte Maman diese Stadt viel früher zeigen und mit ihr Reisen unternehmen sollen. Meine Arbeit und mein stressiger Tagesrhythmus haben mich vergessen lassen, dass sie jetzt meistens allein ist. Ich nehme mir vor, demnächst einen Plan für eine Reise zu dritt zu machen. Es ist schön, so unter sich zu sein.

Wir haben noch den herrlichen Geschmack der nicht gerade kalorienarmen Cinnamon Rolls im Mund, die wir unsere Mutter haben probieren lassen, als wir uns auf den Weg zum französischen Viertel South Kensington machen, wo wir unserer Mutter das Victoria and Albert Museum zeigen wollen. Ich mag das Naturhistorische Museum noch lieber, das gleich nebenan liegt, nicht nur wegen der Wasserspeier in Form von Flugsauriern, aber ich verzichte auf die Tiere, um eine Ausstellung über Brautkleider vom 17. Jahrhundert bis heute zu besuchen.

Die Zeit vergeht sehr schnell, und um vier Uhr schlage ich vor, im herrlichen Teesalon des Museums einzukehren. Die Augen meiner Mutter leuchten, als sie die weißen Kolonnaden mit den vergoldeten Motiven sieht. Durch die rechteckigen Fenster dringt Licht, und die gewölbte Decke mit den Blumenmustern verleiht dem Ort eine einzigartige Atmosphäre. Ich erkläre den beiden den kunstgeschichtlichen Hintergrund des Gebäudes und überprüfe ab und zu im Internet, ob ich nicht völligen Unsinn erzähle. Mélie geht mir auf die Nerven, weil sie sich ständig über ihr Handy beugt, und ich weiß nicht wie viele Nachrichten hineintippt.

»Mélie, kannst du deinen Patienten nicht sagen, dass du dir drei freie Tage für deine Familie genommen hast? Können ihre Sex-Probleme während der Weihnachtstage nicht mal Pause machen?«

»Ich arbeite gar nicht.«

»Was machst du dann die ganze Zeit mit deinem Handy?«

»Ich diskutiere.«

»Mit wem?«

Es gibt allen Grund, irritiert zu sein, denn Mélie hat das Sozialleben eines Einsiedlermönchs.

»Scarlett, hör auf, deine Schwester auszuspionieren. Mélie, mit wem redest du?«

»Ach, wenn du fragst, ist es plötzlich nicht mehr wie beim Großinquisitor«, sage ich beleidigt zu meiner Mutter.

»Mit Thomas«, antwortet Mélie.

Eine Weile ist es still, dann frage ich: »*Der* Thomas von hier?«

»Ja«, erwidert meine Schwester gleichmütig. »Oder kennt ihr noch einen anderen in Frankreich?«

»Nein, wieso?«

»Weil er mit mir spricht.«

»Ich meine, warum redet er mit dir?

»Weil er nun mal mit mir spricht.«

Ich weiß nicht, warum es mich so stört, dass Mélie andauernd Nachrichten mit Williams Bruder austauscht.

»Was erzählst du ihm denn?«, will ich wissen.

»Alles und nichts. Er sagt nur, mit Lena sei es immer noch schwierig, dass sie aber heute Morgen wieder nach Hause gefahren sind. Ihr Onkel scheint wieder aufgetaucht zu sein und versucht, bei Kathy gut Wetter zu machen. Thomas findet William, wie er sagt, noch schweigsamer als sonst. Er fragt mich auch um Rat für den Umgang mit seinem Freund. Ihm wird langsam klar, dass Sex nicht alles ist.«

»William ist schweigsam?«

»Wir haben uns ja gefragt, ob er die gleichen Gefühle hat wie du, das ist die Antwort«, verkündet meine Mutter.

»Vielleicht ist er schweigsam, weil es mit seiner Mutter so schwierig ist.«

»Das ist sicher seit seiner Kindheit so, für ihn ist das Routine«, sagt die Frau, die mich zur Welt gebracht hat und keine Gelegenheit versäumt, dies zu betonen. »Warum soll er plötzlich irritierter davon sein als sonst?«

Nachdem William mir von seiner Kindheit erzählt hat, kann ich meiner Mutter nur recht geben. Ich muss ein wenig lächeln. Ich komme mir vor wie ein Teenager, leichtsinnig, oberflächlich, dumm.

William hat heute nicht angerufen. Und so murre ich: »Soll er nur weiter vor sich hin grübeln. Ich habe nichts davon.«

»Männer sind dümmer als Frauen. Hör doch auf deine Mutter. Hab Geduld.«

»Reden wir über was anderes. Ich weiß gar nicht, warum ich solche Fragen stelle. Ich bin erwachsen. Lasst uns austrinken und dann nach Covent Garden gehen.«

Zwanzig Minuten später machen wir uns zur Underground-Station auf. Es ist schon fast dunkel, aber wenigstens nicht mehr ganz so kalt. Plötzlich spüre ich, wie mein Handy in meiner Manteltasche vibriert. Ich sehe auf das Display, und mir bleibt das Herz stehen.

»Verdammt, das ist William …«

»Mein Engel, du benimmst dich wie ein Huhn, das ein Messer gefunden hat und nicht weiß, was es damit anfangen soll.«

»Was soll ich machen?«

»Du drückst auf die grüne Taste mit dem Telefon-Symbol«, sagt meine Schwester in ernstem Ton.

»Ich lache mich gleich kaputt.«

»Scarlett, geh dran, um Himmels willen!«, befiehlt meine Mutter.

»Hallo?«

Williams Stimme ist vornehm und warm. Mich überkommt ein Gefühl von Ruhe und Sanftheit. Er fragt mich, wie es mir geht und ob meine Mutter die Engländer erträglich findet. Ich sage, dass die Stadt ja glücklicherweise sehr kosmopolitisch ist und auf einen Engländer ein Italiener, drei Franzosen und ein Deutscher kommen. Er sagt »Du hast mir gefehlt heute Nacht«, was mir den Atem nimmt. Er lässt mir keine Zeit zu antworten und erzählt schnell wieder etwas ganz Banales. Dann höre ich, wie er zögert. Schließlich erkundigt er sich, ob ich vielleicht etwas von Lizzie gehört hätte. Ich bin überrascht: »Von deiner Großmutter? Warum fragst du das? Ist sie wieder verschwunden?«

Jetzt fällt mir ein, dass Lizzie mich um meine Nummer gebeten hatte. Ich gab sie ihr, war aber überzeugt, dass sie sie nicht benutzen würde. William bestätigt mir, laut Kathy sei sie heute Vormittag verschwunden, ohne jemandem Bescheid zu sagen. Er vermutet, dass sie mich anrufen wollte, denn sie habe ihm gesagt, dass sie mich gernhätte. Es tut mir leid, ihm sagen zu müssen, dass sie sich nicht gemeldet hat.

»Ich habe leider nichts von ihr gehört, William. Du hast sicher versucht, sie anzurufen, oder? … Ach so, sie geht nicht ran. Soll ich es mal versuchen? Ich gehöre nicht zur Familie, vielleicht fällt es ihr leichter, mit mir zu sprechen.«

William entschuldigt sich, dass er mich damit behelligt. Ich spüre seine Betroffenheit, doch ich bin nicht überrascht, denn ich habe schnell bemerkt, dass Lizzie und er sich sehr nahestehen. Ihm zuliebe möchte ich Lizzie wiederfinden, sodass er wieder lachen kann. Ich möchte seine Augen zum Leuchten bringen. Er sagt, ich solle darüber nicht mehr nachdenken, er würde es schon allein schaffen, und ich solle mir einen schönen Tag in London machen. Dann will er wissen, was wir heute unternommen haben. Ich habe ein schlechtes

Gewissen, während ich es ihm erzähle und das Gespräch in die Länge ziehe, wo er doch sicher lieber nach Lizzie suchen würde. Ich muss aber sagen, dass ich unsere telefonische Zweisamkeit genieße. Es würde mir noch besser gefallen, wenn meine Mutter und meine Schwester nicht dabei wären. Schließlich legen wir auf, nachdem er versprochen hat, abends wieder anzurufen.

»Du hast ganz recht, meine Liebe, du scheinst ihm völlig gleichgültig zu sein«, sagt meine Mutter ironisch.

Ich glaube, ich werde rot.

Wieder klingelt mein Handy, und ich stürze mich regelrecht darauf. Ich kenne die Nummer des Anrufers nicht, aber als ich abnehme, höre ich zu meiner Überraschung Lizzies Stimme. Sie klingt ziemlich normal, so normal jedenfalls, wie sie sein kann. Sie erklärt mir, sie würde sich gern mit uns treffen, da sie ohnehin in der Innenstadt sei. Ich bin verblüfft. Sie scheint nicht zu ahnen, dass sich ihre Familie Sorgen um sie macht. Als sie mich nach ein paar Minuten endlich zu Wort kommen lässt, erkläre ich ihr, dass William Angst um sie hat, weil er nicht weiß, wo sie ist. Sie schweigt. Ich komme mir vor, als würde ich mit einem störrischen Teenager reden, dann aber verspricht sie, sie werde ihn anrufen, ihn beruhigen und bitten, sie abzuholen. Aber erst, nachdem sie uns getroffen hätte. Ich frage meine Mutter und Schwester mit Blicken, und sie nicken beide ein wenig zu begeistert. Ich glaube, sie amüsieren sich wie verrückt.

Wir verabreden uns in Covent Garden. Dort gibt es viele Cafés, wo man etwas Warmes zu essen kriegt, was bei diesen Temperaturen genau das Richtige ist.

Lizzie erwartet uns in einem typisch englischen Teesalon. Parkett und Tür sind aus lackiertem Holz, an den sandfarbenen Wänden prangen Fresken mit Blumenmustern. Die warme Luft ist geschwängert vom Duft nach Muffins und Zitronenkuchen, und wir fühlen uns gleich wohl. Wir unterhalten uns über dieses und jenes, und da weder meine Mutter noch Lizzie besonders zurückhaltend sind, gleitet das Gespräch schnell in gefährliche Gefilde ab.

»Sie haben es also geschafft, sich den Klauen Ihrer grässlichen Tochter zu entziehen?«

»Das war ganz schön schwierig, das können Sie mir glauben«, entgegnet Lizzie, die über die italienisch-französische Direktheit meiner Mutter keineswegs schockiert ist. »Ich hätte eigentlich zur gleichen Zeit gehen sollen wie Sie, aber ich wollte noch ein bisschen mit meinen Enkeln zusammen sein. Ich sehe sie so selten gemeinsam! Sie sind immer so beschäftigt.«

»Ich verstehe nicht, wieso diese Frau so viel Macht über Ihre Familie hat. Dabei sind Sie doch alle starke Persönlichkeiten.«

»Sie hat das Geld.«

Das klingt hart, aber sie hat vermutlich recht.

»Ach so, ich verstehe«, sagt meine Mutter, die nie Geld verdient hat und ein Lied von finanzieller Abhängigkeit zu singen weiß.

»Wenn man zur Oberschicht gehört, glaubt man, Privilegien zu haben, und es gibt immer Nutznießer, die einen in der Illusion wiegen, dass man sie tatsächlich hat. Das Problem ist vor allem durch ihren Vater und mich entstanden. Als Lena geboren wurde, war sie das hübscheste Baby auf der Entbindungsstation.

Später war sie die Schönste und Begabteste ihrer Schule, und so ging es weiter. Sie hat schnell begriffen, welche Vorteile sie aus ihrem Image des perfekten kleinen Mädchens ziehen konnte.«

»Die Leute mögen Wesen, die strahlen, auch wenn die Kehrseite der Medaille oft düster ist«, bemerkt meine Mutter.

»Genauso ist es, und nach und nach gibt man diesen Geschöpfen, ohne dass man es merkt, eine riesige Macht, davon ernähren sie sich, und dann benutzen sie sie als Waffe. Sie hatten nicht die Gelegenheit, es zu beobachten, aber glauben Sie mir, Lena versteht es, Zuneigung zu ergattern wie niemand sonst. Wenn man sie dann gernhat, macht sie einen abhängig und fängt einen in ihrem Spinnennetz ein. Ohne dass man es merkt, tut man alles, was sie sich wünscht, nur um ihre Zuneigung nicht zu verlieren.«

Ich kann nicht anders als mitzureden.

»William hat mir ein paar Dinge erzählt, die er in seiner Kindheit erlebt hat. Ich war sehr betroffen, denn es war …«

»… die Hölle. Zumal William das genaue Gegenteil von Lena ist. Er hat Horror vor Regeln im Allgemeinen, und seine Freiheit war ihm immer das Wichtigste. Er war ein Kind mit eisernem Willen. Es konnte zwischen ihnen nicht gut gehen. Hätte er nicht eine enge Verbindung mit Thomas, hätte er sicher seit langem die Brücke zu seiner Mutter abgerissen. Thomas kann sich aus ihren Fängen nicht befreien.«

»Und welche Rolle spielen Sie dabei?«, fragt meine Mutter. »Sie sind doch Lenas Mutter und könnten ihr sagen, dass sie es zu weit treibt.«

»Ich bin in gewisser Weise auch abhängig von ihr. Seit dem Tod meines Mannes kann sie über all meinen Besitz verfügen. Sie könnte mich ohne weiteres in einem Altersheim einsperren.«

»Das ist ja furchtbar!«, empört sich meine Mutter. »Ich kann nicht glauben, dass Kinder gegenüber ihren Eltern so grausam sein können.«

»Sie ist nicht wirklich grausam, ich glaube eher, sie ist zutiefst unglücklich. Mit zwanzig hat sie sich in einen jungen Mann verliebt. Sie haben sich verlobt und wollten heiraten. Aber ein paar Monate vor dem Fest hat der Mann sie wegen einer anderen verlassen. Sie war schwanger, hat das Kind jedoch verloren. Ihre Rivalin war in Lenas Augen ein Mädchen aus der Gosse. Solche Leute fand sie grauenvoll, und sie fühlte sich ihnen überlegen. Sie hat sich nie von dieser Geschichte erholt und später aus Trotz einen unattraktiven Tölpel geheiratet, aus guter Familie, fleißig, ehrlich und voller Bewunderung für sie.«

»Frustration, auch in der Sexualität, führt manchmal zu schweren seelischen Störungen«, sagt Mélie und betrachtet dabei ihren Muffin mit Nüssen. »Man muss da sehr vorsichtig sein.«

»Da haben Sie ganz recht, meine Liebe«, sagt Lizzie, »kein Wunder, dass sie jedem die Hölle auf Erden bereitet, der glücklich zu sein scheint. Aber das alles wird sich für mich jetzt ändern. Ich habe ihr vorhin die Meinung gesagt und kein Blatt vor den Mund genommen. Danach bin ich gegangen. Das hätten Sie erleben müssen! Ich lebe lieber unter der Brücke oder im Heim, als ihr Theater noch länger zu ertragen. Mein Leben lang war ich ein Hasenfuß, aber damit habe ich nun abgeschlossen.«

»Reden Sie von Ihrer Freundin?«, fragt meine Mutter und legt mitfühlend eine Hand auf ihren Arm. »Machen Sie sich keine Vorwürfe, das ist nicht immer so einfach, wenn man eine Familie hat. Man kann nicht alle Freiheiten haben. Sie haben getan, was Sie konnten.«

»Ja, aber ich habe einen Teil meines Lebens verpasst. Und ich will nicht, dass William oder Thomas das Gleiche passiert. Sie glauben, sie schützen uns, ihren Vater, ihre Tante und mich, wenn sie sich alles von Lena gefallen lassen. Sie fürchten, dass die Familie sonst auseinanderbricht. Deshalb habe ich beschlossen, es richtig krachen zu lassen. Ich habe furchtbare Sachen zu meiner Tochter gesagt. Es führt kein Weg zurück. Ich hoffe, dass ihre Söhne sich jetzt von ihr emanzipieren, und vielleicht sogar auch ihre Schwester.«

Am Ende ihrer Rede nimmt sie einen großen Schluck von ihrem Cappuccino. Ihr Gesicht wirkt irgendwie jünger. Die Meuterei scheint ihr gutzutun.

»Ich weiß gar nicht, wo ich jetzt wohnen soll.«

»Wieso das?«

»Ich habe doch bei ihnen gewohnt«, erklärt sie, als fände sie ihre Lage amüsant.

»Wo schlafen Sie denn dann, bei William?«, fragt meine Mutter.

»Das glaube ich kaum!«

»Warum? William hat Sie sehr gern, er würde sich bestimmt freuen, Sie bei sich aufzunehmen«, beteuere ich.

»Natürlich, aber er weiß nicht, dass ich praktisch auf der Straße stehe, ich habe ihm nichts davon erzählt.«

»Was? Sie haben mir doch am Telefon gesagt, Sie wollten ihn anrufen, gleich nachdem Sie aufgelegt haben, damit er sich keine Sorgen macht.«

»Habe ich das gesagt?«

»Aber ja.«

»Wie auch immer, ich habe es nicht gemacht.«

»Aber das ist schlimm!«, rufe ich.

Ich kann meine Aufregung kaum verbergen. Ich habe William versprochen, ihm Bescheid zu geben, wenn ich etwas Neues weiß, und sie hat mir versichert, ihn anzurufen. Sie hat aber gelogen, und William ist sicher halbtot vor Angst.

»Sie müssen ihn sofort anrufen. Er macht sich Sorgen um Sie und sucht nach Ihnen.«

»Ich weiß.«

»Ich verstehe Sie nicht, warum tun Sie ihm das an?«

»Ich will ihn ein bisschen anstacheln.«

Ich sehe meine Mutter und meine Schwester an. Mélie scheint Lizzies Aussage nicht im Geringsten zu überraschen. Ich verpasse ihr einen leichten Fußtritt unter dem Tisch, damit sie etwas dazu sagt. Sie fängt tatsächlich gleich an zu reden, als hätte ich mit dem Tritt eine Mechanik in Gang gesetzt.

»Lizzie will William dazu bringen, seine Zurückhaltung aufzugeben, und ihm dazu verhelfen, sich zu befreien und über seine Beziehungen zu anderen Menschen selbst zu bestimmen.«

»Ist das nicht eine etwas riskante Vorgehensweise?«

»Man braucht das Risiko, wenn man etwas erreichen will«, sagt Lizzie strahlend. »Ich habe mit dem, was ich meiner Tochter gesagt habe, eine Bombe platzen lassen und will nicht, dass William glaubt, er könne wieder alles zurechtbiegen. Das darf nicht passieren, denn sonst wird aus eurer schönen Geschichte nichts.«

Ich fange an zu zittern. Ich weiß nicht, wie ich reagieren soll, und auch nicht, was ich empfinde. Ich will nicht, dass unsere »schöne Geschichte« so viel Aufsehen erregt. Damit fällt zu viel Licht auf etwas sehr Privates. Außerdem fühle ich mich für die ganze Sache mitverantwortlich, als hätten meine Gegenwart in Williams Haus und die Beziehung zu ihm eine Katastrophe ausgelöst. Was geschieht, wenn William und ich am Ende nicht füreinander geschaffen sind? Wenn es nur eine Urlaubsromanze ist?

*Das ist alles so furchtbar kompliziert.*

»Mir ist das alles ziemlich unangenehm …«

»Das muss es nicht sein. Auch ohne Sie wäre alles explodiert. Es hätte sicher etwas länger gedauert. Wenn Sie wüssten, meine Liebe, wie sehr ich darauf gewartet habe, dass Williams Augen wieder funkeln. Durch den Tod seiner Frau war er wie versteinert, und das hat Lena ausgenutzt, um wieder mehr Einfluss auf ihn auszuüben. Seither hat keine Frau jemals wieder dieses Strahlen in seine Augen zurückgebracht. Dann ist Weihnachten, und Sie tauchen hier auf, und da sehe ich, dass mein Enkel wieder ist wie früher. Er ist wieder glücklich und lebendig.«

Man merkt ihr die Rührung an, ihre Stimme bebt leicht, ihre Lippen zucken. Ich kann mir vorstellen, was die Hills durchgemacht haben, und plötzlich vergleiche ich mich mit ihnen. Der Tod meines Vaters hat auch mich tief erschüttert, warum sollte es anderen nicht genauso gehen? Wer glaubt, Menschen wären austauschbar, und alles ginge vorüber, der täuscht sich. Die Leute, die man liebt, sind gerade deshalb unersetzlich. Unsere Liebe macht sie einzigartig. Wenn sie fortgehen, verschwinden der Schmerz und die Leere, die sie hinterlassen, nicht einfach. Man lernt, damit zu leben und andere zu lieben. Je mehr es sind, desto besser erstickt man den Schmerz. Doch er geht nie ganz vorbei.

Ich hatte schon gefürchtet, dass mein Herz nie mehr Liebe verspüren könnte, dass ich in meiner Erinnerung verharren und nichts Neues mehr kennenlernen würde. Dann kamen der Schneesturm und die Begegnung mit William, die alles auf den Kopf gestellt hat. Ach, wäre es doch für ihn genauso.

Ich stehe jetzt vor einem echten Dilemma. Da ist einerseits Lizzie mit ihrer Art, Krisen in der Familie zu bewältigen, und auf der anderen Seite ist da William. Wenn ich ihn anrufe, vereitele ich den geheimen Plan seiner Großmutter, tue ich es hingegen nicht, belüge ich ihn. Das Gespräch geht weiter, aber ich höre nicht mehr zu. Ich hänge meinen eigenen Gedanken nach. Vielleicht hat Lizzie recht, und ich sollte sie gewähren lassen. In gewisser Weise hilft sie ja auch mir.

Ich stehe auf.

»Entschuldigung, ich gehe nur kurz auf die Toilette.«

Ich durchquere das Café. Der Eingang zur Toilette ist von unserem Platz aus nicht zu sehen. Mélie, Lizzie und meine Mutter können also auch mich nicht sehen. Ich rufe William an, denn ich hasse Lügen.

Ich erzähle ihm alles, woraufhin er schrecklich wütend wird. Er sagt, seine Großmutter sei verrückt und mische sich in Dinge ein, die sie nichts angingen. Sie projiziere ihre eigenen Wünsche auf andere, richte damit nur Schaden an und bewirke nichts Gutes. Er habe genug davon, die Hysterie und die Manipulation der Frauen in seiner Familie auszugleichen.

Ich versuche erst gar nicht, ihm zu widersprechen. Er hat ja vollkommen recht. Thomas und er müssen den Krieg dieser beiden Frauen ertragen, der längst hätte beendet werden müssen. Mutter und Tochter hätten sich versöhnen müssen.

Bevor er auflegt, kündigt er an, die Dinge nun selbst in die Hand zu nehmen. Dann verabschiedet er sich von mir, und zwar mit einem furchtbaren Satz, den ich auf keinen Fall hören wollte: »Es ist zu kompliziert.«

# KAPITEL 22

Das Schlingern der U-Bahn schläfert mich ein. Als wir eingestiegen sind, habe ich Mantel und Schal anbehalten, was eindeutig ein Fehler war, denn die Wärme macht mich noch müder. Ich habe den Kopf gegen die Scheibe gelehnt und starre hinaus in das blasse Licht und den wolkenverhangenen Himmel, der alles trostlos aussehen lässt.

Es ist der 28. Dezember, 9 Uhr 40, wir fahren Richtung Heathrow. Der Kreis hat sich geschlossen. Den ganzen gestrigen Tag haben wir in der Umgebung von London verbracht und sind im Schloss von Henry VIII. in Hampton Court in die Geschichte der Tudors eingetaucht. In den großen Räumen des Schlosses haben Schauspieler eine Szene aufgeführt, in der es um die Vorbereitungen der Heirat von Henry VIII. und seiner sechsten und letzten Gattin Catherine Parr ging. Meine Schwester und meine Mutter waren ganz begeistert von dem wunderbaren geometrischen Bauwerk aus rotem Backstein. Es heißt, dort spuke noch der Geist der jungen und wahnsinnigen fünften Gattin des Monarchen, Catherine Howard, sie heule in den Fluren und flehe ihren Gemahl um Verzeihung an, um nicht enthauptet zu werden. Verlorene Liebesmüh, denn ganz offenbar hatte Henry ein Faible für Frauen ohne Kopf.

Ich war vor ein paar Jahren schon einmal dort, als zufriedene Kunden mir zum Dank alle möglichen Sehenswürdigkeiten zeigten. Normalerweise hätte ich mich gefreut, das Schloss wiederzusehen, doch gestern war ich geistesabwesend. Meiner Schwester und Mutter ist das, glaube ich, aufgefallen, aber sie haben nichts gesagt. Mir gelang es nur mit Mühe, die Gedanken an die Ereignisse der letzten Tage zu verdrängen, und sie wollten unbedingt noch mehr besichtigen. Ich fühlte mich innerlich leer, als wir abends ins Hotel kamen. Schon gegen neun Uhr ließ ich mich müde aufs Bett fallen.

William hat nicht wieder angerufen. Keiner aus der Familie hat sich bei mir gemeldet. Zuerst habe ich aufgeregt auf Nachrichten gehofft. Alle fünf Minuten überprüfte ich mein Handy, weil ich dachte, es hätte geklingelt. Ich habe mehrfach nachgesehen, ob ich es nicht vielleicht auf stumm geschaltet hatte. Meine Mutter und Mélie machten sich über mich lustig und sagten, ich sei ungeduldig wie eine Jugendliche.

Dann verging Stunde um Stunde, und ich habe nicht mehr auf mein Handy geschaut, zuerst aus Wut auf mich selbst und dann auf William und schließlich, weil ich einfach aufgab. Maman und Mélie haben sich nicht mehr über mich amüsiert, wir fanden es jetzt alle drei nicht mehr lustig.

Dann wurde mir klar, dass meine schöne Geschichte vorbei war, genau wie Weihnachten, und dass sie wie in vielen Märchen nicht bis zum neuen Jahr überlebt hatte.

In mir breitete sich ein schales Gefühl aus, wie nach einem rauschenden Fest, wenn man das Licht wieder anschaltet und nur noch schmutziges Geschirr und ein paar traurige Girlanden übrig sind.

Wir redeten nicht mehr über die Sache, und ich war froh, dass es schnell zu Ende gegangen war. Mich hatte das alles schon genug mitgenommen, dabei hatte unsere Geschichte nur wenige Tage gedauert. Was wäre gewesen, wenn sie noch länger gegangen wäre? Dann wäre das Ende viel dramatischer gewesen. So hat es nicht allzu sehr wehgetan.

Wir erreichen den Terminal 5 in Heathrow. Als ich die Flughafenhalle betrete, wird mir schwer ums Herz. Ich kann mich noch so bemühen, immer wieder denke ich an die Begegnung mit William. Es war so etwas Besonderes. Wie der Beginn einer romantischen Komödie, die mit der Wirklichkeit nichts zu tun hat. Wir checken ein, um unsere Koffer loszuwerden, gehen durch die Sicherheitskontrolle und kommen in den Bereich mit den Duty-free-Läden.

Ich sehe mir die Anzeigetafel an. Wir sind zu früh hier, viel zu früh. Wir hatten solche Angst, dass es wieder schiefgeht, dass wir am liebsten schon gestern hergekommen wären. Aber seit dem 25. hat es nicht mehr geschneit, und die Straßen sind frei.

Es sind viele Leute am Flughafen, und die meisten von ihnen sehen entspannt und heiter aus. Viele von ihnen waren sicher auch durch den Schneesturm eingeschlossen und haben hier genau wie wir endlos gewartet. In der Halle herrscht eine Stimmung wie am Ende eines großen Abenteuers.

»Wir haben noch drei Stunden Zeit bis zum Abflug«, sagt meine Schwester.

»Seht ihr, wenn ich dabei bin, geht alles gut«, bemerkt meine Mutter. »Ich sage euch aus gutem Grund, ihr sollt nicht so weit weg fahren.«

»Lasst uns einen Kaffee trinken gehen«, schlage ich vor, »auf bequemen Sitzen wartet es sich besser.«

»Ich würde gern etwas Typisches aus London mitnehmen, Whisky vielleicht?«, sagt meine Mutter.

»Maman, wir haben gestern zwei Stunden lang eingekauft, und du wolltest nichts haben, und jetzt, hier am Flughafen, willst du etwas Typisches aus London kaufen?«

»Am Flughafen verkaufen sie doch immer typische Sachen. Deswegen gibt es doch auch überall Flughäfen, sie nehmen die Farbe ihrer Länder an.«

»Whisky ist eher schottisch«, erklärt meine Schwester.

»Es ist doch aber dieselbe Insel«, entgegnet meine Mutter, »es sind halt Nordengländer. Nun nimm es nicht so genau.«

In diesem Moment dreht sich William Wallace, der Vorkämpfer der schottischen Unabhängigkeit, sicher in seinem Grab um.

Ich hole tief Luft und sage: »Dann gehen wir jetzt in den Souvenirladen und versuchen etwas typisch Englisches von weiter südlich zu kaufen.«

Wir landen schließlich in der Flughafenfiliale von Harrods. Fast eine Dreiviertelstunde lang wandern wir dort umher. Meine Mutter kauft eine Teedose und drei Tassen mit Harrods-Aufdruck, die sie wunderbar auch vorgestern hätte kaufen können, als wir im Hauptgeschäft in der Oxford Street waren.

Währenddessen arbeitet meine Schwester wieder und telefoniert mit ihren Patienten. Eins habe ich auf dieser Reise gelernt: Die Leute, um die Mélie sich kümmert, sind wirklich in Not.

Wir trinken in einem Café einen Chai Latte und warten dort auf den Abflug.

Ich sehe meine Schwester durchdringend an und sage: »Mélie, kannst du vielleicht eine Stunde lang mal nicht telefonieren? Wir fliegen doch gleich.«

»Meine Patienten schätzen es, wenn ich immer erreichbar bin.«

»Du bist mehr als erreichbar, das ist die reinste Hingabe.«

»Genau darauf beruht mein guter Ruf.«

Ich verdrehe die Augen. Ich weiß nicht, warum es mich so stört, aber ich bin seit heute Morgen nicht in bester Stimmung. Alles nervt mich, und ich gehe den anderen sicher auch auf die Nerven. Ich will nur noch eins, möglichst schnell in das verdammte Flugzeug steigen. Ich sehe mich um, die Halle ist wie ein riesiger Ameisenhaufen mit zwei Etagen, einmal das Erdgeschoss mit den braunen Sesselreihen und den Edelgeschäften, und oben mehrere Galerien, die man über Rolltreppen erreicht, überdacht von einer gewölbten, von weißen Stahlträgern gestützten Decke.

Ich nehme mein Tablet und beantworte berufliche Mails. Angesichts von Mélies Arbeitseifer habe ich schon ein schlechtes Gewissen.

Meine Muter blättert in einer Zeitschrift, die sie sich vorhin gekauft hat, meine Schwester tippt mal wieder auf ihrem Handy herum, und wir schweigen.

Nach ein paar Minuten ruft Mélie unvermittelt: »Ich habe Hunger!«

»Dann hol dir doch ein Sandwich, die gibt's ja hier an jeder Ecke.«

»Nein, die mag ich nicht«, sagt sie und rümpft die Nase, als ich ihr die Theke zeige.

»Letzte Woche hast du noch so eins gegessen und dich nicht darüber beklagt.«

»Ja, aber da habe ich gemerkt, dass ich es nicht mag.«

»Dann hol dir woanders eins«, sage ich genervt, »wir warten auf dich.«

»Allein zu essen ist traurig. Weißt du, was ich mir wünsche?«

»Nein, aber ich spüre, dass es mir gefallen wird.«

»Sei nicht so ironisch«, sagt meine Mutter.

»Wieso ironisch?«

»Sarkastisch übrigens auch. Ich kenne nicht genau den Unterschied, aber sie gehören zur selben Familie.«

»Gordon Ramsay!«, ruft Mélie plötzlich.

»Was? Wo denn?«

»Nein, nur sein Restaurant.«

»Ach so.«

Ich kann meine Enttäuschung nur schwer verbergen. Ich hätte den berühmten Fernsehkoch gern gesehen und einen seiner hysterischen Ausbrüche miterlebt. Er hätte sich zum Beispiel über die Kaffeepreise am Flughafen aufregen können. Ich zucke mit den Schultern. »Welches Restaurant meinst du denn?«

Die gibt es schließlich überall.

»Das da«, antwortet sie, »das Plane Food. Es ist in der ersten Etage. Es gibt dort ausgezeichnete und bezahlbare Menüs.«

»Willst du da wirklich jetzt hin?«

»Na ja, es ist typisch englisch«, sagt Mélie feierlich.

*Fünf, vier, drei, zwei, eins …*

»Aha, es gibt also doch typische Sachen an Flughäfen«, sagt meine Mutter triumphierend. »Los, nichts wie hin!«

Wir gehen durch die Halle und betreten eine Rolltreppe, um nach oben zu fahren. Normalerweise hätte ich die Idee gut gefunden, aber ich bin in melancholischer Stimmung, was ich mir gleich wieder selbst zum Vorwurf mache. Ich bin in der Familie diejenige, die die anderen mitzieht und motiviert. Das ist eigentlich meine Rolle, doch diesmal bin ich völlig lustlos und fühle mich schuldig.

»Stopp!«, ruft Mélie da, zeigt auf mich und sieht auf ihr Handy.

Ich muss lachen. »Was ist eigentlich los, Mélie?«

»Da ist es.«

Wir befinden uns mitten auf einer der Galerien, die die Wartehalle überspannen.

»Hier gibt es doch gar kein Restaurant, jedenfalls keins dieser Art. Du bist offenbar die Einzige, die es sieht.«

»Dann dreh dich mal um«, fordert meine Schwester mich auf, »hier zu dieser Seite.«

»Mélie, hast du Stoff genommen?«

»Was für Stoff?«

»Maman, das ist so wie Reinigungsmittel durch die Nase hochzuziehen.«

»Mélie, hast du Reinigungsmittel geschnüffelt? Wann denn?«

»Scarlett, schau mal nach unten, danach können wir über Drogen reden. Versprochen.«

Ich blicke in die Richtung, in die sie zeigt, während ich mich über ihre Theatralik aufrege.

Dann sehe ich, was sie meint, und die Worte bleiben mir im Hals stecken. Taumelnd gehe ich ein paar Schritte vorwärts.

Ich weiß nicht, ob ich noch atme, aber was ich weiß, ist, dass alle möglichen Gefühle auf mich einfluten. Unten in der Halle, mitten zwischen den Sesselreihen, erkenne ich William und dicht hinter ihm seinen Bruder. Ich drehe mich zu Mélie um.

»Wie hast du das gemacht?«

Meine Schwester hält mir ihr Handy vors Gesicht und sagt dann: »Thomas. Perfekt synchron.«

Ich stolpere weiter vorwärts, aber meine Mutter hält mich zurück.

»Lass ihn zu dir kommen, Mädchen, dann kannst du entscheiden, ob du mit ihm tanzen willst.«

Ich gehorche und muss lächeln. Ich sehe zu William hinüber, er macht sich auf den Weg zu uns hoch. Er scheint sich zu beeilen. Vielleicht tun auch nur die vielen Liebesfilme, die meine Mutter uns ständig gezeigt hat, ihre Wirkung. Er nimmt mehrere Stufen der Rolltreppe auf einmal. Als er so nahe ist, dass ich ihm in die Augen schauen kann, verwandelt sich meine Aufregung in Freude.

Er bleibt vor mir stehen. Ich vergesse die Leute um uns herum, meine Mutter, meine Schwester und Thomas. Da sind nur noch wir zwei und das, was wir uns zu sagen haben. Ich will ihm tausend Fragen stellen, kann aber nicht sprechen. Schließlich unternehme ich doch einen neuen Versuch. »Was … was machst du denn hier? Wie bist du überhaupt hier reingekommen?«

»Ich habe mir ein Ticket gekauft, damit ich durch die Sicherheitskontrolle und zu dir kommen konnte. Ich glaube, es ist ein Flug nach Accra.«

»Accra? Wo ist das?«

»Ich glaube, es ist die Hauptstadt von Ghana, bin mir aber nicht sicher.«

»Dort ist schöneres Wetter als hier.«

»Das ist ja nicht besonders schwer.«

Er sieht mich mit einem vielsagenden Lächeln an. Ich spüre einmal mehr unsere einzigartige Beziehung. Es ist, als wäre der unsichtbare Faden zwischen uns wieder da, der uns fest miteinander verbindet. Ein paar Sekunden lang herrscht Stille. Ich freue mich, weil ich in seinen Augen erkenne, dass er nichts anderes sieht als mich. Ich bin sein Horizont, sein ganzer Horizont.

Leise sagt er: »Tja. Jetzt sind wir wieder am Ausgangspunkt.«

»Ja.« Ich zögere, und füge dann hinzu: »William, sag mir, hat sich die Sache gelohnt?«

Mit seinen warmen Händen umfasst er mein Gesicht. Mein Herz klopft wie wild.

»Ich bitte dich um Verzeihung«, murmelt er. »Es tut mir leid, dass ich dir nicht früher gesagt habe, dass sie sich gelohnt hat und sich immer noch lohnt. Und zwar schon seitdem du gesagt hast, die Pissoirs seien Babysitze, schon seitdem ich dich im Spiegel der Herrentoilette hier am Flughafen gesehen habe.«

Ich lächele.

»Ich weiß nicht, wann ich auf Abwege geraten bin«, fährt er fort und seine Augen funkeln. »Ich dachte, wenn ich aus dem Licht gehen und mich in die Dunkelheit zurückziehen würde, dann wäre alles einfacher. Ich mache das seit Jahren so. Ich habe mich daran gewöhnt. Aber durch dich habe ich verstanden, was ich mich weigerte zuzugeben. Ich habe genug von der Dunkelheit, Scarlett, ich habe lange genug im

Finsteren und im Winter gekämpft. Ich sehne mich nach Licht und Liebe. Nach deiner Liebe.«

Er macht eine kleine Pause, und ich wage nicht, ihn zu unterbrechen.

»Ich habe getan, was ich seit langem hätte tun müssen: Großreinemachen. Ich habe jeden auf seinen Platz verwiesen und meine Freiheit zurückgewonnen. So war ich ein bisschen im Rückstand und musste ein Flugticket in eine Stadt kaufen, von der ich nicht einmal weiß, wo sie liegt.«

»Mich vor dem Sicherheitscheck zu treffen wäre einfacher gewesen.«

»Es hat länger gedauert, als ich dachte, meine Mutter zu beerdigen.«

Ich muss leise lachen.

Dann sagt er in ernsterem Ton: »Auch wenn ich beseitigt habe, was meinen Horizont versperrte, besteht meine Familie noch immer aus Verrückten. Mein Bruder benimmt sich wie ein Kleinkind, meine Großmutter ist in der Pubertät, meine Tante depressiv, und da ich meiner Mutter schlecht einen Pflock ins Herz treiben kann, wird sie vielleicht ab und zu noch versuchen, uns zu verhexen. Aber ich möchte glauben, dass das alles ganz unwichtig ist. Nichts davon ist wichtig, und nichts davon zählt. Was wichtig ist und zählt, das sind wir. Also dachte ich, vielleicht lässt du zu, dass ich deine Hand nehme und dich mitnehme.«

»Wohin? Nach Accra? Ich glaube, dafür bin ich falsch angezogen.«

Er legt eine Hand an meine Hüfte und zieht mich zu sich. Dann sagt er zärtlich: »Wir gehen auf eine Reise und sehen, wohin uns das führt. Wir drehen uns nicht mehr um und schauen nur zum Horizont. Das ist nicht schwierig. Und das war es auch nie.«

»Soll ich mich etwa mit dir auf ein Abenteuer einlassen?«

»Ich bitte dich, bei mir zu bleiben, mich nicht aus den Augen zu lassen und immer meine Hand festzuhalten.«

»Alles andere kriegen wir schon hin …«

»Oder wir schaffen es uns vom Hals. Ich habe jetzt ein bisschen Erfahrung im Wegräumen von Problemen. Was meinst du?«

Er berührt mit der freien Hand mein Gesicht, nähert sich mit seinem Mund meinen Lippen.

»Nimm meine Hand«, sagt er.

Jetzt küsse ich ihn, und währenddessen fasse ich seine Hand und drücke sie fest.

Es dauert ein paar Minuten, bis mir etwas Wichtiges bewusst wird: In meinen Kopf wirbeln keine Gedanken mehr herum. Sie sind plötzlich verschwunden.

# WE WISH YOU A MERRY CHRISTMAS …

»Na gut, Sie glauben also nicht an Jesus, und trotzdem feiern Sie Weihnachten?«, fragt meine Mutter Moshe, den Freund von Thomas.

»Na ja, ein bisschen hat ja beides miteinander zu tun«, antwortet dieser höflich.

»Kein Weihnachtsbaum, keine Geschenke, kein Truthahn? Das ist aber traurig«, klagt sie und hält ihm ein neues Champagnerglas hin, um ihn zu trösten.

Ich komme dem armen Kerl zu Hilfe.

»Maman, keine Sorge, sie haben jede Menge andere Feste, bei denen es gutes Essen gibt.«

»Ja, das ist im Grunde unsere Spezialität«, sagt Moshe mit einem breiten Lächeln.

»Aber der Weihnachtskuchen …«

Ich trete ans Fenster von Williams Haus. Wir haben beschlossen, nicht nach Frankreich zu fliegen, und auch nicht nach Accra. Stattdessen möchten wir das neue Jahr in London beginnen. Mitternacht ist vorüber, es ist Neujahr, und William füllt gerade die Gläser der Gäste nach. Er sieht mich an, und in seinen Augen erkenne ich, dass es unsere »schöne Geschichte« noch immer gibt. Sie hat den Jahreswechsel überlebt, und ich möchte ihn jetzt unbedingt küssen und ihm ein frohes neues Jahr wünschen.

Mélie und Thomas stehen dicht beieinander, und wäre er nicht schwul und hätte keinen Partner, könnte man schwören, dass sie etwas miteinander haben. Meine Mutter hat sich in den Kopf gesetzt, Moshe von ihrem Gottesbild zu überzeugen und ihrer Kirche näherzubringen, und Lizzie macht sich seit fast einer Stunde darüber lustig.

Heute werde ich wie in den letzten Nächten in Williams Armen schlafen. Er wird mich fest umarmen und mich daran erinnern, dass ich keinerlei Lust habe, nach Hause zu fahren. Er wird sagen, er habe alles vorbereitet, damit meine Gefangenschaft so angenehm wie möglich wird und der Genfer Konvention entspricht, da er schließlich Engländer sei, ein Gentleman in jeder Lebenslage. Dann werde ich lächeln, wie so oft.

Lizzie hat Jazz aufgelegt, leichte, stimmungsvolle Melodien, wie man sie in Aufzügen hört. Ich drehe mich um und schaue aus dem Fenster. Es schneit wieder, und draußen sehe ich eine Postkartenlandschaft. Es ist der perfekte Augenblick.

Nein, perfekt ist er nicht.

Plötzlich spüre ich etwas, was ich seit dem Tod meines Vaters nicht mehr empfunden habe. Ich habe jetzt ein Wort dafür, ein Wort, das zu diesem wunderbaren Abend passt, ein selbstverständliches und doch beinahe magisches Wort: »einfach«.

*Es ist ein so einfacher Moment.*

# … AND A HAPPY NEW YEAR!

ISBN 978-3-85179-408-3


Die Originalausgabe erschien bei
HarperCollins France, Paris
Titel der französischen Originalausgabe: *Pas si simple*


Umschlaggestaltung: Christina Krutz, Biebesheim am Rhein

Satz: Christine Paxmann • text • konzept • grafik, München
Druck und Bindung: CPI books, GmbH, Leck

www.thiele-verlag.com